Doris von Spättgen

Irrlicht

Roman

Doris von Spättgen: Irrlicht. Roman

Erstdruck: Leipzig, Rothbarth, 1919. Die Autorin Doris von Scheliha (1847-1925) veröffentlichte unter dem Pseudonym »Doris Freiin von Spättgen«.

Neuausgabe
Herausgegeben von Karl-Maria Guth
Berlin 2019

Der Text dieser Ausgabe wurde behutsam an die neue deutsche Rechtschreibung angepasst.

Umschlaggestaltung von Thomas Schultz-Overhage unter Verwendung des Bildes: Palma Vecchio, Eine blonde Frau, 1520

Gesetzt aus der Minion Pro, 11 pt

Die Sammlung Hofenberg erscheint im
Verlag der Contumax GmbH & Co. KG, Berlin
Herstellung: BoD – Books on Demand, Norderstedt

ISBN 978-3-7437-3257-5

Bibliografische Information der Deutschen Nationalbibliothek

Die Deutsche Nationalbibliothek verzeichnet diese Publikation in der Deutschen Nationalbibliografie; detaillierte bibliografische Daten sind im Internet über www.dnb.de abrufbar.

Graf Ignaz Sumiersky legte das unscheinbare Blatt Papier – es war ein Briefbogen schlichtester Art – auf die Schreibtischplatte nieder und sah mehrere Minuten sinnend vor sich hin.

Der Name klang nicht übel: »Job Christoph von der Thann«

Aber man brauchte auch kein Schriftkenner zu sein, um sofort zu erraten, dass diese Unterschrift von einem Menschen stammte, dessen Wesen und Gewohnheiten von peinlichster Ordnungsliebe und Genauigkeit als bemerkenswerteste Charakterzüge durchsetzt schienen.

In klarster Perlschrift stand jedes einzelne Wort, korrekt in Form und Ausdrucksweise, nicht zu viel, nicht zu wenig gesagt, auf dem Papier.

Der Graf lächelte überlegen. Und dennoch leuchtete etwas aus den Zeilen heraus, was zu denken gab:

Der Schreiber war mittellos, ein brotsuchender, armer Kerl, vielleicht innerlich fiebernd, angstvoll erregt, die Hand gierig ausstreckend nach dem lockenden Köder. Und doch hatte Graf Sumierskys Brief ja nur eine kurze Anfrage bezweckt, ob jener Job Christoph von der Thann, als geprüfter und sprachkundiger Bibliothekar, dessen Fachkenntnisse von bewährter Seite empfohlen worden waren, ihm, dem Besitzer von Schloss Strelnow, einen Dienst zu leisten und für mehrere Wochen daselbst Aufenthalt zu nehmen gewillt sei.

Die Antwort lautete befriedigend. Weiteres nach mündlichem Übereinkommen.

Gut also! Graf Sumiersky trommelte etwas ungeduldig auf das grüne Tuch.

Was bot man solchem Manne? Ein paar blaue Lappen, je nachdem, wenn seine Bemühungen von Erfolg gekrönt waren.

Wirklich, man ist eigentlich viel zu nachlässig und lau in Bezug auf Familienpapiere und wichtige Urkunden. Den Kuckuck hatte er sich jemals um das lederne Zeug in seinem Archiv gekümmert, wo seit Jahrzehnten alles vergilbte und vermoderte. Stammbaum! Lächerlich! Er kannte seine Ahnenreihe am Schnürchen, tadellos rein, durch Generationen, war sie geblieben, sonst hätte ihm damals der alte, stolze Jankowicz seine einzige Tochter auch nicht zur Frau gegeben. Ach ja, die himmelanstürmende, schöne Jugendzeit – wie schnell schien sie doch verrauscht. In wildestem Taumel lebte man darauflos, zahlte Tribute an Gesundheit, Nerven und Geld, bis dann plötzlich die Ernüchterung kam. Ernüchterung?! Pah – wer nennt es so? Die Duckmäuser, die Leute, die alle Weisheit und Vernunft mit Löffeln gefressen haben, drum aber doch Schafsköpfe sind. Er hatte sein Leben genossen und war deshalb kein Mummelgreis, keine Ruine geworden. Ja, und wenn's Glück ihm weiter hold blieb und dieser Maulwurf Job Christoph von der Thann, der sein Dasein mehr im Düstern von Staatsarchiven und geheimnisvollen Katakomben als unter dem Sonnenglanze der Lust und des Vergnügens verbrachte, ihn dabei unterstützte, dann musste die hässliche Sorgenwolke, die ihm das Zukunftsbild seit einigen Wochen trübte, verschwinden.

Graf Ignaz verließ den Sitz und reckte seine hohe, sehnige Gestalt, die noch eine gewisse Elastizität und Straffheit zeigte. Nur das kurzgehaltene, graumelierte Haar und unzählige Fältchen im fast lederbraunen Gesicht ließen ihn wohl älter erscheinen, als der Gothaer verriet. Auffallend waren seine von buschigen, pechschwarzen Brauen überwölbten Augen, die bei jeder Erregung, je nach Gefühlsausbrüchen, nicht nur den Ausdruck, sondern auch die Farbe zu wechseln schienen.

In seiner noch heute schmerzlich betrauerten Jugendzeit war Graf Ignaz ein gefährlicher Herzensbrecher gewesen, der auch während seines zwölfjährigen Ehestandes der früh verstorbenen Gattin manche bittere Stunde bereitet hatte.

Die gute, sanfte Raineria! Ja, ja, dachte er sinnend. Sie war schön, auffallend schön, aber oft ein wenig eng in ihren Ansichten gewesen. Mein Himmel, über die Stränge schlagen tat doch ein jeder einmal bei Gelegenheit. Vielleicht war's zu ihrem Glück, dass sie so früh vom Schauplatz irdischen Jammers abgerufen worden; sie beide hätten auf die Dauer wohl kaum mehr zueinander gepasst! –

Langsam im Zimmer auf und nieder wandelnd, sandte der Graf die Blicke zu dem anmutigen Frauenbildnis, das über seinem Schreibtisch hing, hinauf.

Es kamen ihm heute so allerlei seltsame Gedanken, die die alten Zeiten wieder lebendig in seinem Geist auftauchen ließen.

Seine Diplomatenlaufbahn hatte ihm damals ein reizvolles Feld der Tätigkeit eröffnet. Wien, Madrid, Paris – stets ein neues Bild, und wenngleich auch Schwiegervater Jankowicz nach dem Tode der Tochter nur reichliche Erziehungsgelder für die beiden Enkelkinder zahlte, so war doch zu jener bewegten Zeit für ihn selbst ein Glücksfall eingetreten, der in feiner Eigenart ans Romantische streifte.

Ein achtzigjähriger, als halbverrückter Sonderling bekannter Sumiersky war in irgendeinem, kleinen russisch-polnischen Nest an der litauischen Grenze plötzlich gestorben. Da weder Kinder, Enkel noch Angehörige vorhanden waren, die sich um die Bestattung des Greises bekümmerten und seine anscheinend wertlose Hinterlassenschaft in Empfang genommen hätten, so waren des Alten Habseligkeiten vonseiten des Gerichts versiegelt und versteigert worden. Der Erlös der schlichten Möbel sollte wenigstens die Beerdigungskosten decken. Zur allgemeinen Überraschung fanden sich jedoch im Geheimfach eines wackeligen Pultes, wohlgeordnet, goldsichere Staatspapiere und Pfandbriefe, die ein Kapital von einer viertel Million Rubel darstellten.

Als Graf Ignaz Sumiersky, der gerade auf seinem Posten als Legationsrat in Paris weilte, und dessen Adresse die Behörde jener kleinen Stadt nach vieler Mühe ausfindig gemacht hatte, diese seltsame Kunde erhielt, entsandte er postwendend ein notariell beglaubigtes Aktenstück dorthin, worin sein Verwandtschaftsgrad zu dem Verstorbenen sonnenklar zutage trat. Letzterer erwies sich als der Vetter seines eigenen Großvaters, und da die wenigen noch lebenden Sumierskys einer Nebenlinie angehörten, so schien es natürlich zweifellos, dass er, Ignaz Sumiersky, der einzige und rechtmäßige Erbe des Vermögens sei. Nach kaum drei Monaten war er auch schon in dessen Besitz.

Eine viertel Million Rubel! Graf Ignaz konnte dieses Sümmchen im Augenblick gerade gebrauchen; kostete sein Leben, seine gesellschaftliche Stellung in Paris doch Unsummen, zumal er mit Bestimmtheit darauf rechnete, den Gesandtenposten in einer Residenz zu erhalten. Da hieß es plötzlich, Graf Sumiersky wolle sich ins Privatleben und auf sein in der Provinz Posen gelegenes Gut zurückziehen.

Warum? Keiner wusste etwas Bestimmtes darüber zu sagen. Man munkelte natürlich von politischen Intrigen; einerseits habe er die Interessen seiner Landsleute zu scharf vertreten, anderseits sich Indiskretionen zuschulden kommen lassen. Einige behaupteten auch, die Millionenerbschaft sei bereits verpufft – kurz, Ignaz Sumiersky hatte es nie verstanden, sich Freunde zu erwerben, und so trauerte niemand seinem Scheiden nach.

Darüber waren nun vierzehn Jahre hingegangen, in denen der Gutsherr von Strelnow gar viel von seinen hochgeschraubtenАнсprüchen und vornehmen Gewohnheiten, indes nur blutwenig von seinen schroffen, empfindsame Gemüter oft verletzenden Charaktereigenschaften abgelegt hatte. Sowohl von Polen als auch von den deutschen Nachbarn seiner scharfen Zunge und seiner krassen Ichsucht wegen tunlich gemieden, hauste er nun auf seiner Wasserburg, einem von breiten Wallgräben umgebenen, einstmals gewiss feudalen, jetzt dem sichtbaren Verfall entgegengehenden Schlosse.

Der Besitz war allerdings schön und auch gewinnbringend; da sich der Graf jedoch nicht für Landwirtschaft interessierte und die Bewirtschaftung seinen Beamten überließ, sogar über jeden braunen Lappen, der für künstlichen Dünger und sonstige Verbesserungen verausgabt werden musste, schimpfte, so hätte Strelnow im Laufe der Jahre bei Weitem höhere Erträge liefern müssen, als es geschah.

Nur zwei Dinge gab es, die für Graf Ignaz einen Reiz besaßen: Das war das Spiel und sein Viererzug Trakehner Rappen.

Drinnen in der Kreisstadt, wo die Gutsherren an jedem Sonnabend zusammenkamen, wurde nach Erledigung der Geschäfte meist eine »harmlose« kleine Bank gelegt. Dann mochte wohl oft die zweite oder dritte Morgenstunde schon geschlagen haben, wenn das elegante Strelnower Viergespann im gestreckten Galopp über das holperige Straßenpflaster sauste und der offene Jagdwagen mit Graf Ignaz als leichtes Spielzeug hinterdrein flog.

Man erzählte sich, er erfreue sich eines fabelhaften Kartenglückes, und galt als der beste Quinzespieler weit und breit; von Verlusten sprach er indes niemals, und so wäre das wirkliche Ergebnis kaum festzustellen gewesen.

Im Strelnower Schloss ging seit Jahren stets alles im nämlichen Gleise und Schlendrian fort.

Einerseits nach altvornehmem Zuschnitt: abends sieben Uhr die Hauptmahlzeit, wozu der Graf im Gesellschaftsrock oder Frack, seine Tochter im Abendkleid erschien; anderseits musste man das Innere, die Ausstattung der Gastzimmer, die Küchenräume und Dieneranzüge nicht schärfer ins Auge fassen; es fehlte ja auch überall der wachsame Blick einer leitenden Herrin. Der junge Koch lungerte meist, nachdem seine Arbeit am Herd getan, mit schmieriger weißer Jacke vor der Hintertür oder spielte Ziehharmonika, wozu die lustigen Boschas und Marinkas fröhlich tanzten, dass die bunten Röcke und seidenen

Schürzen nur so flogen, als ob es auf der Welt keine andere Arbeit gäbe.

Dem Strelnower, wie Graf Ignaz im Volksmunde hieß, war das alles einerlei.

Gäste kamen höchst selten, und wenn solche erschienen, wurde von der Hausordnung nicht abgewichen. Der Tisch war immer gut und reichlich besetzt.

»Die Bande da unten« (er meinte damit die Dienerschaft) »frisst mich ja förmlich auf!«, brummte er oft grollend; desungeachtet hatte die Mamsell volle Freiheit, und der Schlossherr dachte keineswegs daran, seine Tochter zu veranlassen, sich doch einmal etwas um das Hauswesen zu bekümmern.

Solche Zumutung hätte seinen Anschauungen über die Stellung einer vornehmen Frau glatt widersprochen. Vielleicht tat er auch gut daran, denn Raineria hatte keine blasse Ahnung davon, Dienstboten anzuleiten, Wirtschaftsbücher und Rechnungen in Ordnung zu halten.

Ihr ganzes Auftreten wie ihre Erscheinung kennzeichneten so vollkommen die Dame, dass sie ein derartiges Ansinnen wohl nur als Scherz belächelt hätte. Wenn sie des Abends, von ihrer Zofe tadellos frisiert und nach modernstem Schnitt gekleidet, in den Saal trat, wo Papa bereits ihrer harrte, so huschte oft ein Zug innerer Genugtuung um Graf Ignaz' Lippen, und leise lächelnd sagte er sich immer wieder: »Das Mädel hat der Mutter Schönheit, aber meinen Verstand und meine Haltung geerbt! Donnerwetter, für dies Kind muss was Rechtes herbeigeschafft werden!«

Bis zum achtzehnten Jahre war Raineria im Kloster Sacre-cœur zu Pressbaum verblieben, wo nach der Mutter Tode ihre Erziehung geleitet und vollendet wurde. Darauf hatte sie der Vater noch für einige Jahre zu den österreichischen Verwandten Jankowicz gegeben, wo eine dem Hof nahestehende Tante dem jungen Mädchen den letzten gesellschaftlichen Schliff zuteil werden und es Faschingsfreuden genießen ließ.

Nach vielem Sträuben und weidlicher Überwindung war darauf die Zweiundzwanzigjährige endlich in das ihr völlig fremd gewordene Vaterhaus heimgekehrt.

Stephan, der um zwei Jahre jüngere Bruder, hatte es aber doch endlich erreicht, der Schwester selbstherrlichen, etwas störrischen Sinn umzustimmen schien er doch der einzige Mensch, dessen Rat sie befolgte. Alle nur denkbaren Gründe wurden seinerseits vorgebracht: Der

Vater bedürfe einer Stütze und Aufheiterung, das Haus einer Frau, und er selbst, wenn er zu den Ferien käme, einer anregenden Gesellschaft.

Jetzt lachte Raineria oft verächtlich über Stephans Worte, und das Herz quoll ihr über in Bitterkeit und Grimm.

Gab es denn nicht Tage, an denen sie den Vater nur zu den Mahlzeiten sah? Und da war er einsilbig, mürrisch oder voller Widerspruch – die Folgen durchspielter Nächte. Nein, nach Strelnow passte Raineria mit ihrem lebensdurstigen Herzen, mit ihrer Seele voller Hoffnungen und Träume nicht. Warum hatte das Schicksal sie zu solch trübseligem Dasein verdammt? Warum blieb sie? Pflichten? – Pah! Besaß sie nicht das Muttererbteil an Geld, das sie unabhängig machte? Aber wenn man dem Vater davon sprach, dann lächelte er so verächtlich und überlegen, und eine dicke Zornesader schwoll ihm dabei über der Stirn. Er bezahlte ihre Rechnungen, murrte auch nicht, wenn sie oft etwas höher ausfielen, doch sonst blieb sie abhängig wie ein Kind.

War dagegen Stephan in Strelnow, wie gerade jetzt zu den Osterferien, dann hatte das Leben für Raineria wohl einen gewissen Reiz.

Die Geschwister machten weite Spaziergänge miteinander, spielten Tennis oder fuhren in die Nachbarschaft. Allein, mit Bangigkeit sah sie seinem baldigen Scheiden und der dann wieder gähnenden Einsamkeit entgegen.

»So! – Bitte, nehmen Sie Platz, Herr von – der – Thann. Ich spreche hoffentlich Ihren Namen richtig aus?«, sagte Graf Sumiersky in völlig reinem Deutsch, das er nur etwas schnarrend redete, und wies nach einem Sessel.

Der Angeredete verneigte sich leicht und setzte sich dem Hausherrn gegenüber.

Das helle Licht der goldigen Aprilsonne fiel voll auf sein schmales, blasses Gesicht, das jener einer scharfen Musterung unterwarf.

Er hatte den jungen Mann bald nach seiner Ankunft in Strelnow empfangen.

»So! – Also, es ist mir lieb, dass Sie ein paar Tage früher kommen konnten, denn die Arbeit, die hier Ihrer wartet, ist, wie ich bereits schrieb, mühsam«, fuhr der Graf leutseligen und wohlwollenden Tones fort. Er tat das oft, wenn es sich um eigene Wünsche handelte.

»Ich bin an schwierige Arbeiten gewöhnt, Herr Graf, unterziehe mich ihnen gern. Das Ergebnis, der Erfolg ist dann umso befriedigender«, entgegnete der Jüngere zuvorkommend und immer im gleichen Ernst.

Seine Stimme besaß einen eigentümlich warmen, vollen Klang.

»Gut, gut! Freut mich. Doch vorerst haben Sie ja noch keine blasse Ahnung von dem, was Ihnen hier blüht. Meinen Pferdestall auszumisten, ist Kinderspiel dagegen – hahaha!«

Herr von der Thann verzog bei jener unzarten Äußerung keine Miene seines gutgeschnittenen, jedoch durch einen sich darauf ausprägenden schwermütigen Zug tief ernst erscheinenden, aber äußerst ansprechend zu nennenden Gesichts. Was besonders darauf auffiel, waren die Augen, große, graublaue Augen, die, vielleicht gerade jetzt durch den sich darin fangenden Sonnenglanz, beinahe emailfarbig schillerten. Sie redeten eine eigene Sprache für sich, so wie Menschenaugen reden, in deren Tiefe die Seele liegt, eine Seele, die alle Geheimfächer des Leides streng verschlossen hält.

Lachend fuhr Graf Sumiersky fort: »Denken Sie sich ein finsteres, dumpfes, nur durch zwei schießschartenartige Fenster erhelltes Moderloch, worin allerlei Kisten und Kasten übereinandergehäuft stehen seit neunzig – hundert – vielleicht auch zweihundert Jahren, angefüllt mit Folianten, Büchern, Ledermappen, kurz Dreck! Ich war vor Kurzem einmal mit meinem Diener da unten und öffnete solchen Behälter. Puh! – Da hatten wohl die Mäuse drin gehaust, nichts als Schnitzel. Als ich die Hand darin versenkte, lief es mir genau so durch die Finger, als wenn es Hafer aus der Futterkiste meines Pferdestalls wäre. Nette Bescherung!«

»Es werden sich aber sicher noch wertvolle Stücke im Archiv vorfinden, Herr Graf.«

Sumiersky schüttelte ungläubig den Kopf.

»Das sollen Sie ja eben herausbuddeln. Also, um vorwärts zu kommen: Ich suche unseren Stammbaum, der in diesem Wust von Makulatur vergraben sein muss! Wo? Das wissen die Götter. Ich selbst habe das Ding leider nicht zu Gesicht bekommen; doch mein seliger Vater hat oft davon gesprochen, dass unsere Familie bis lange vor der Mongolenschlacht, also bis zum zwölften Jahrhundert hinaufreicht, was auch verschiedentlich festgelegt sei. Der Gothaer weist indes neuerdings erhebliche Lücken und Fehler auf, eben weil sich seit Jahrzehnten keine

Katze mehr darum bekümmert hat. Die Strelnower, unsere Linie, ist die älteste – das Stammhaus ganz bestimmt. Ein paar Vettern meines Großvaters sind außer Landes gegangen. Der eine, sagen wir A., starb in Litauen, ohne Nachkommen. Von dem anderen, B., hat man seit Menschengedenken nichts gehört, und was sonst etwa noch von Sumierskys lebt – wenngleich alle dasselbe Wappenschild haben – das zählt nicht mehr als Verwandte. Nun ist jetzt kürzlich – na, wie soll ich mich ausdrücken – eine Art Familienstreit entstanden. Irgendwo in den Vereinigten Staaten ist urplötzlich ein angeblicher Nachkomme von B. aufgetaucht, der behauptete, sein Großvater wäre der allernächste Anverwandte des in Litauen verstorbenen A. gewesen, was ich glatt bestreite.«

»Dann muss es ja durch den Stammbaum genau festzustellen sein«, warf Dr. von der Thann, jetzt sichtbar gefesselt, etwas lebhafter ein.

»Gewiss – aber erst haben!«

Grimm und Spott zuckten bei diesen Worten um des Hausherrn Mund, und sein tadellos kräftiges Gebiss blitzte unter dem graugesprenkelten Schnurrbart hervor.

Doch schnell fragte er wieder gutgelaunt: »Ja, ja, mein bester Doktor, ich baue allerdings sehr auf Ihren Verstand. Ich selbst bin Diplomat gewesen, habe manch wichtiges, hochpolitisches Aktenstück in Händen gehabt, das entscheidend war über Krieg, Frieden und Völkerwohl, und nun, wo es sich mal um das eigene bisschen Sein oder Nichtsein handelt, da ist man lahmgelegt, hilflos, ein alter Taperhans!«

»Ich werde mein Bestes tun, dem Herrn Grafen nach Wissen und Kräften beizustehen. Bitte nur über mich zu verfügen.«

Herr von der Thann erhob sich, weil der Graf, im Sessel zurückgelehnt, wie abgespannt und ermüdet die Augen halb geschlossen hatte.

»Ich darf mich wohl zurückziehen?«

»Ja, natürlich, lieber Doktor. Alles Weitere für später. Sie werden nach der Reise etwas müde sein. Himek wird Ihnen Ihr Zimmer anweisen. Wir essen um sieben Uhr. Dann werde ich Sie auch meinen Kindern vorstellen. Auf Wiedersehen!«

Graf Sumiersky winkte, ohne aufzustehen, freundlich mit der Hand, und Herr von der Thann verließ das Gemach. –

Himek, des Grafen Kammerdiener und Mädchen für alles, ein kurzhalsiger, blonder Mensch mit auffallend slawischen Gesichtszügen, aus denen zwei listige Augen funkelten, hatte soeben den Mokka herumgereicht, während ein kleiner Groom (Graf Sumiersky nannte ihn den Dreikäsehoch) den älteren Kollegen lächerlich nachäffend, Komtesse Raineria die Zigaretten und Hölzer reichte.

»Anbrennen!«, befahl diese herrisch; allein noch ehe der Junge dies zuwege brachte, war Herr von der Thann herbeigesprungen und hielt der jungen Dame ein entzündetes Streichholz hin.

Ein kurzer, zwischen Neugier und Unwille schwankender Blick streifte den dicht vor ihr Stehenden, und das ihren Lippen entschlüpfende knappe »Danke« hatte einen spottgefärbten Klang.

Ganz malerisch in ein hellrosa, silberdurchwirktes, weites Chiffontuch eingewickelt, lehnte Raineria am geöffneten Fenster, das heißt, sie saß halb auf dem Brett und ließ ihre reizend beschuhten Füße herunterbaumeln.

Sie blies, ohne an der allgemeinen Unterhaltung teilzunehmen, zierliche Rauchringel in die Luft.

»Du wirst dich erkälten, Ary! Komm doch weg! Blödsinn, deine Vorliebe, im Zuge zu sitzen!«, rief der Hausherr vom Sofaplatz herüber der Tochter unwillig zu. Sein bräunliches Rassegesicht schien durch den Lampenschein merklich verjüngt. Er legte stets Wert auf peinlichen Abendanzug. Die breite, weiße Hemdbrust und der Frack kleideten ihn besonders gut.

Sein Sohn und Herr von der Thann, der wieder bescheiden zurückgetreten war, schritten in dem großen Raum auf und nieder, wobei jener mit wohltuender Liebenswürdigkeit Unterhaltung zu machen suchte.

»Aber gewiss, Herr Doktor«, sagte er lachend, »unsere Gegend hier ist sagenumwoben und reizvoll. Drunten im Launower See soll die alte polnische Königskrone versenkt liegen, und geradeswegs von unserem Schloss aus führen unterirdische Gänge tief unter dem Wasser bis zum ehemaligen Franziskanerkloster von Rokowo hinauf.«

Der Angeredete lächelte in seiner stillen Art.

»Sagt man«, fügte der junge Graf schnell hinzu. »Beweisen könnt' ich's natürlich nicht, und das Nachspüren würde viel Geld kosten. Sie, Herr Doktor, werden Ihre kostbare Zeit natürlich auch viel besser anwenden. Ein reizvoller Beruf, den Sie gewählt haben. Archäologe – Ägyptologe – nicht wahr? Vater erzählte uns von Ihren Forschungen.«

»Ach nein, Herr Graf, das Wort Forschungen wollen wir ganz beiseite lassen, was meine Wenigkeit betrifft. Ein armer Teufel wie ich, der für jede ihm gebotene Arbeit dankbar ist, vermag vorläufig seine vielleicht gar zu hochfliegenden Pläne nicht zu verwirklichen. Ich habe dem Herrn Grafen Vater bereits schriftlich über meine Person Bericht erstattet und nahm das mir gemachte Anerbieten mit Freuden an.«

»Und Ihr Werk über kunst- und kulturgeschichtliche Sammlungen, das Sie vorhin erwähnten, Herr Doktor?«

»Das ruht vorerst bei einem Verleger. Wenn ich hier fertig geworden bin und es mir gelungen sein sollte, dem Herrn Grafen einen Dienst zu leisten, dann ist mir durch gütige Fürsprache die mögliche Aussicht eröffnet worden, eine bescheidene Anstellung am Germanischen Museum in Nürnberg zu erhalten. Das wäre ja ein Schritt vorwärts – allerdings.«

»Man wird auf Sie aufmerksam geworden sein, Herr Doktor.«

Diese Worte klangen so ermutigend und warm, dass Herr von der Thann unwillkürlich und mit deutlichem Wohlgefallen die Züge des jungen Sumiersky schärfer betrachtete.

Das freimütige, hübsche Gesicht, seine frische, freundliche Sprechweise hatten etwas Herzerquickendes, und unwillkürlich verglich er ihn mit seiner Schwester.

Lag in deren Benehmen und Haltung nicht eine stumme, doch umso bezeichnendere Abwehr – etwas wie spöttischer Trotz – ungefähr so: Du armer, bezahlter Kerl! Bilde dir nicht etwa ein, dich gleichzustellen mit uns. Du mit deinem schlecht sitzenden Rock und deiner Schüchternheit – jetzt, wo du einen Blick getan in eine Welt, in der ich lebe.

Ja, das hatte Dr. von der Thann von den roten, eigentümlich zuckenden Lippen gelesen, als Graf Sumiersky ihn der Tochter vorstellte.

Freilich, sie mochte recht haben. Seine Welt war eine andere, die Welt der Arbeit, des unermüdlichen Forschens, wo der Wissensdrang der Mannesseele Flügel wachsen lässt und sie über alle kleinen Äußerlichkeiten hinwegträgt. O, seine Interessen lagen wohl himmelweit entfernt von denen jenes hochmütigen, jungen Wesens dort – und innerlich belustigte er sich doch über so viel Dünkel und kleinliche Engherzigkeit.

Auf des Vaters Geheiß schritt Raineria, die Zigarette im Munde, langsam in den Lichtkreis der auf dem runden Sofatisch brennenden Spirituslampe und setzte sich schweigend nieder.

»Unser altmodisches Haus weist leider noch keine elektrischen Anlagen auf«, hatte Graf Ignaz Sumiersky entschuldigend zu dem Gaste gesagt.

Auch die jungen Männer hatten jetzt dort Platz genommen; allein das Gespräch wollte nicht mehr recht in Fluss kommen. Der Schlossherr, der erst in früher Morgenstunde aus der Stadt gekommen war, schien müde zu sein und döselte in seiner Sofaecke.

Raineria blätterte in Zeitschriften, und so hielt es der Doktor für angemessen, Gute Nacht zu wünschen und sich zurückzuziehen.

Höflich verneigte er sich vor der Haustochter; dabei streiften ihre Blicke noch einmal das bleiche, schmale Männergesicht, und sekundenlang ruhten beider Augen fest ineinander.

»Gute Nacht, Herr von der Thann! Schlafen Sie wohl in unserem alten Gespensterschloss! Eine Ahnfrau treibt ihr Unwesen hier und soll besonders so ungastlich sein, Fremde oftmals zu belästigen«, sagte Raineria mit leichtem Spott, doch mit einem seltsam unruhigen Ton in ihrer schönen, tiefen Stimme. –

Job Christoph von der Thann hatte vor dem Essen beim Umkleiden kaum Zeit gehabt, das Zimmer, das der Diener ihm für die Zeit seines Aufenthaltes hier als Wohnung angewiesen, näher ins Auge zu fassen. Die Zwei Stearinkerzen auf dem Spiegeltische verbreiteten nur dürftiges Licht. Er nahm beide Leuchter zur Hand und bestrahlte den großen, doch ziemlich niedrigen Raum.

Überall die nämliche, fast schäbige und verblichene Herrlichkeit vergangener besserer Tage, die gegen die dürftige Einfachheit anderer Gegenstände grell und störend abstach.

Über der schlichten, eisernen Lagerstatt hing ein verschossener und verstaubter, violettsamtener Betthimmel mit schwerer, golddurchflochtener Franse. Der unter dem kahlen Sofatisch liegende Teppich war schadhaft und an manchen Stellen kümmerlich geflickt. Rohrstühle billigster Art standen an den Wänden entlang.

Nur ein wunderschöner Rokoko-Maser-Schreibtisch mit prächtigen, nun aber blind gewordenen Bronzebeschlägen bildete sozusagen das einzige Prunkstück des wenig anheimelnden Gemaches.

Job Christoph lächelte wehmütig. Er war an die tadellose Ordnung und Sauberkeit des Elternhauses gewöhnt. Seine Mutter als Majorswitwe hatte trotz ihrer geringen Pension stets dafür gesorgt, dem heranwachsenden Sohne ein gemütliches Heim zu schaffen.

Noch jetzt, nachdem die Opferwillige längst unter dem Rasen schlummerte, gedachte er in Dankbarkeit jeder Stunde, die er unter ihrer Fürsorge verbracht.

Hier dagegen schien die Luft so eng, so schwül und drückend. Ob etwa die Ahnfrau in diesen vier Wänden ihr Wesen trieb? – Job Christoph lächelte abermals. Wahrlich, irgendetwas Sonderbares schien allerdings in der Strelnower Luft zu liegen. Er fühlte sich eingeengt, benommen, ja unsicher, und auch jetzt noch beim Alleinsein dünkte es ihn, den durch den Alltag und die harte Schule eines arbeitsreichen Lebens fast zu nüchtern gewordenen Menschen, als habe er soeben mit scheuen, unberufenen Blicken ein Zaubergebilde erschaut.

Gab es in Wirklichkeit denn solche Reize, solch ein Zusammenwirken von Schönheit und verführerischer Anmut, so viel herb jungfräulichen Stolz? Gleich goldgesponnener Seide hatte des Mädchens Haar, als es sich unter dem Lampenlichte nach den Zeitschriften gebückt, geflimmert, und die pechschwarzen, scharf gezeichneten Brauen gaben den großen, halb meergrünen, halb bernsteinfarbigen Augen noch erhöhten Glanz. Noch immer sah er im Geist das spöttisch-nervöse Zucken des schönen, etwas sinnlich geschnittenen Mundes.

Der Gräfin kühle, absprechende Art forderte offenbar seinen Widerspruch heraus, und dennoch war er sich ihr gegenüber so unbeholfen und linkisch erschienen, dass ihm noch jetzt die Röte des Unwillens darüber in die Wangen stieg.

Sonderbare Menschen waren das hier, die ein Dasein ohne jeglichen Lebenszweck, ohne innerliche Harmonie zu führen schienen. Das war Job Christoph bereits während jener ersten, flüchtigen Stunden klar geworden. Nichts passte hier zusammen, weder Menschen, Ansichten, Interessen noch Umgebung. Vielleicht durfte man in dem Sohne Herz und Gemüt voraussetzen. Aus seinen freundlichen blauen Augen leuchtete ein teilnehmender, warmer Blick.

Job Christoph hatte seinen Rundgang durchs Zimmer beendet und ging zu Bett.

Er träumte von den unterirdischen Gängen, dem See, worin die polnische Königskrone versteckt lag, von der Ahnfrau, die unhörbar durch das Gemach glitt und dicht an sein Bett trat. Allein unheimlich erschien nur das Schweben und ihr verwittertes Gewand, nicht die bernsteinglitzernden, wunderschönen Augen – die gehörten ja der so kühl absprechenden Komtesse, deren volltönende Altstimme ihm noch immer in den Ohren klang.

»Und Sie reisen morgen wirklich ab, Herr Graf?«, fragte der junge Doktor beim Essen, das Raineria und Stephan allein mit ihm eingenommen. Der Gutsherr war bereits vor Dunkelwerden zur Stadt gefahren, wie es im Allgemeinen seine Gewohnheit schien, lautlos, ohne Sang und Klang zu verschwinden und sich weder um die Kinder noch um den nun seit vierzehn Tagen in Strelnow anwesenden Hausgenossen zu bekümmern. Auch dieser, hatte sich bereits daran gewöhnt.

»Ja, Herr Doktor, morgen in aller Frühe, nach München. Es ist wahrlich hohe Zeit, wieder von der Bärenhaut runter ins stramme Joch zu kommen. Ich habe hier grässlich gefaulenzt, kein Buch angesehen, und schäme mich oft vor Ihnen, der Sie schon beim Morgengrauen bei der Arbeit sind.«

Der Angeredete wehrte lächelnd ab. »Hin und wieder Ferien zu genießen, das erfrischt, Herr Graf; übrigens ist das, was ich hier leiste, keine Arbeit, sondern ein Vergnügen, ein Genuss für mich.«

Dabei streiften seine Augen Rainerias ihm nur im Profil zugewandtes Gesicht. Trotzdem gewahrte er, dass es unter den halbgesenkten Lidern seltsam aufblitzte und ein leises Zucken um die leicht geschürzten Lippen flog.

Stephan hatte die Schwester schon mehrere Mal prüfend beobachtet. Gleich nach Beginn des Mahles war auf ihren Befehl eine Flasche Champagner im Eiskübel gebracht worden, und unter Lachen und Scherzen hatte sie den beiden jungen Männern tapfer zugetrunken. Immer größere Erregung und lebhafter Redefluss machten sich an ihr bemerkbar.

»Wir müssen doch deinen Abschied feiern, Stephan«, sagte sie hastig und hob gegen den Bruder das überschäumende Glas. »Morgen, wenn der Doktor und ich uns hier allein gegenübersitzen müssen, wird Trübsal geblasen! Ja, Sie können mir glauben, Herr von der Thann, dieser dort ist das belebende Prinzip in Strelnow, seine Anwesenheit bringt Sonnenschein. Ich selbst bin grässlich launenhaft, so unbefriedigt vom Dasein, mal liebenswürdig und heiter, mal unhöflich und brüsk. Sie werden das noch gründlich merken, Doktor von der Thann, und ich orientiere Sie daher schon im Voraus.«

Die vom perlenden Nass noch feuchten Lippen halb geöffnet, den blonden Kopf in den Nacken gebogen, so verharrte Raineria mehrere Sekunden regungslos auf ihrem Platz und starrte träumerisch sinnend ins Leere.

»Es wäre mir peinlich, glauben zu müssen, dass Sie, Komtesse, sich meinetwegen den geringsten Zwang auferlegen könnten oder auch nur darüber nachdenken sollten, ob Sie mich vorgestern, gestern oder heute schlecht behandelt haben. Ich arbeite für den Herrn Grafen Vater, er bezahlt mich, somit scheint meine Anwesenheit hier genügend gerechtfertigt.«

Aus Arys Augen schoss ein Zorniger Blick. Wie hasste sie diese halb unterwürfige Bescheidenheit an ihm! Mit seinem Geist und Verstand, seinen reichen Kenntnissen war der Doktor ihnen allen doch tausendmal überlegen; das hatten die beiden letzten Wochen sie gelehrt. Die eigentümliche Würde seines Wesens überwog bei Weitem jene dem Hause Strelnow und feinen Bewohnern anhaftende scheinbare Vornehmheit. Talmi! Es war ja so gar nichts echt hier. Der Vater, in seiner schrecklichen Spielwut und seinen kostspieligen Passionen, doch innerlich roh – übertüncht! Sie selbst? Pah! Wenn man das bisschen Schliff, die paar bunten Fahnen abstreifte, blieb nichts übrig, und die Geistesarmut, das Lückenhafte einer nur aufgepfropften Bildung und Erziehung traten klar zutage. Aber halt! Nicht vorschnell und ungerecht urteilen. Stephan, mit seinem stets sonnenhellen, hübschen Gesicht – ganz die Mutter, sagte der Vater oft in leichtem Spott – Stephan war doch anders, der Beste von ihnen. Bemühte er sich nicht immer, nur Gutes zu tun, zu denken und zu wollen, an sich zu arbeiten, um dem Dasein mehr abzugewinnen als eitle Genussesstunden und Zerstreuungen? Ernste Ziele vor Augen, strebte der liebe Junge einem Wirkungskreise, einer Zukunft entgegen, die nichts mit dem öden Schlaraffenleben daheim gemein haben sollte. Und nun war plötzlich ein Mensch in dem Strelnower Gesichtskreis erschienen, der ihren erstaunten Augen ein neues Bild entrollte, ein Mensch, über dessen äußere Erscheinung sie erst gelächelt, den sie sozusagen bemitleidet, ja schlecht behandelt hatte.

Anfangs wollte sie ihm imponieren. Mit Toilettenfähnchen, dem ihr anhaftenden Wiener Schick und den Gesellschaftsformen der großen Welt sollte er geblendet werden; durch ihr fließendes Salonfranzösisch wollte sie ihn einschüchtern.

Allein, nach kurzem erschien das alles Raineria so völlig lächerlich. An der tief ernsten Lebensauffassung dieses Mannes prallten solche Nichtigkeiten gänzlich ab. Nebenbei sprach Herr von der Thann Französisch und Englisch viel besser als sie selbst. Er brauchte ja fremde Sprachen für seine Forschungen.

Nun machte Rameria sich jedoch einen anderen Plan zurecht. Dass sie ihm gefiel und er sie schön fand, schien trotz alledem zweifellos. Jeder Mann hat seine eigene Art zu bewundern; das musste also ausgenutzt werden. Erstens, um sich die oft gähnende Langeweile zu vertreiben, und zweitens, um so viel wie möglich von ihm zu gewinnen und ihre an gar vielen Punkten brachliegenden Kenntnisse zu bereichern. Somit konnte es, auch nach Stephans Abreise, vielleicht noch ganz anregend werden. –

Das Essen war vorüber. Himek und der Dreikäsehoch hatten sich geräuschlos Zurückgezogen; aber auf Rainerias Wunsch war man, Zigaretten rauchend, noch an der Tafel sitzengeblieben.

Der große, in halber Höhe holzbekleidete Speisesaal machte wohl noch den gediegensten Eindruck des ganzen Schlosses.

Die stattliche Ahnenreihe der Sumierskys an den Wänden hatte einstmals allerdings auf prunkvolleren Tafelschmuck, reicheres Silberzeug und feinere Damastgedecke herabgeschaut; allein das durch einen Schleier gedämpfte Licht der einzigen Hängelampe vermochte den weiten Raum nur spärlich zu erhellen, so dass viele Schäden und Mängel der Einrichtung vorteilhaft verdeckt wurden.

»Papa teilte mir diesen Morgen mit, dass Sie in der Tiefe eines von Makulatur und Plunder vollgepfropften alten Sackes eine Art Aktenmappe entdeckt hätten«, sagte Stephan in fröhlichem Tone. »Sollte sich die schmerzlich ersehnte Urkunde wirklich darin befinden, so telegrafieren Sie mir bitte, Herr Doktor. Man ist doch begreiflicherweise sehr gespannt.«

»Sicherlich, Herr Graf. Möglich könnte es immerhin sein, aber mir dürfen unsere Erwartungen ja nicht zu hoch spannen. So ein vom Zahn der Zeit benagtes, halb verschimmeltes Ding sieht sich immer geheimnisvoll an, und dann ...«

»Dann sind lauter unbezahlte Rechnungen oder Liebesbriefe von unserem Urgroßvater drin!«, fiel Raineria ihm heiter ins Wort. »Ich glaube, Ihre rührende Mühe ist vergeblich, Herr von der Thann. Na, reizvoll bleibt aber die Geschichte dennoch. Ich werde Sie morgen einmal da unten in Ihrem Burgverlies besuchen. Oder stört Sie die Gegenwart unberufener Leute etwa?«

Wenn Raineria jedoch eine verbrauchte Höflichkeit als Antwort erwartet hatte, so lag ihrerseits ein Irrtum vor.

In seiner höflichen, doch stets offenen und knappen Art erwiderte er nur rasch: »Sie, Komtesse, und Ihren Herrn Bruder zur Besichtigung des Archivs, soweit ich einigermaßen Ordnung zu schaffen vermochte, aufzufordern, war längst meine Pflicht. Mein Arbeitsfeld ist trotzdem noch wenig einladend, die Luft darin dumpf und moderig und von Staub erfüllt. Wenn Sie mir indes die Ehre geben wollen ...«

Er zögerte.

»Freilich komme ich! Ich bringe meine Taschenlampe mit und stöbere damit auf eigene Faust ein wenig herum. Vielleicht finde ich noch einen Schatz da unten. Es liegt für mich ein so eigener Reiz im Neuen, Unerforschten. Sie werden eine gelehrige Schülerin in mir finden, Herr von der Thann.«

»Störe nur den Doktor nicht unnötig, Schwesterlein«, warf Stephan fast ungeduldig ein und gab Raineria einen Wink, sich zu erheben.

Gegen Mitternacht – im Schlosse lag alles schon im tiefsten Schlummer – klopfte Stephan noch einmal leise an Arys Tür.

»Bist du bereits zu Bett, oder kann ich dich noch für einige Minuten sprechen?«

»Ich lese noch. Bitte, komm nur herein, mein lieber Junge. Du störst mich nie«, klang die Antwort freundlich Zurück.

Die Klinke in der Hand, blieb Stephan mehrere Minuten Zwischen Tür und Angel stehen.

Wie bezaubernd das Mädchen aussah. Welch wunderbare Haare hatte Ary. Die gelöste, goldig flimmernde Flut stach seltsam intensiv von der hellblauen Farbe des Morgenrockes ab. Sie hatte den Kopf in die Kissen des Liegesofas gedrückt und sah schelmisch und neugierig zu ihm empor. Das Buch war ihrer Hand entglitten und zu Boden gefallen.

»Nun? Hübsch, dass du nochmals kommst, Stephan.«

Er zögerte mit der Antwort.

»Ich habe meine Siebensachen zusammengepackt, tue das immer selbst. Man hat im Leben nicht immer gleich einen Kammerdiener zur Hand.«

Darauf zog er sich einen Stuhl bis zu ihrem Lager hin.

»Na also, Schwesterlein, du wirst mich natürlich, wie schon so oft, einen langweiligen Pedanten und schwerfälligen Kerl schelten, der immer alles gleich bitter ernst nimmt. Einerlei. Sieh mal, Ary, der Doktor ist mir wert geworden in diesen vierzehn Tagen; es steckt nämlich viel in dem Menschen, eine tiefe Gelehrtennatur von streng sittlicher Lebensauffassung ist er. Bitte, Ary, verdrehe ihm doch nicht den Kopf mit deinen schönen Augen!«

Sie lachte kurz.

»Unsinn! Ich denk' ja gar nicht dran!«

»Dann tust du es unbewusst – umso gefährlicher. Erstens hinderst du ihn damit am Arbeiten, und zweitens möchte ich nicht, dass er einer völlig aussichtslosen Sache wegen einen Knacks bekommt.«

»Diese Idee von dir ist wirklich komisch, Stephan!« Jetzt lachte sie wieder, doch herb und gezwungen. »Aber eigentlich hast du so unrecht nicht. So ein armer Narr könnte sich am Ende was einbilden. Mir käme das wahrhaft dumm vor.«

Stephan schaute die Liegende prüfend von der Seite an.

»Dann bitte, kokettiere nicht mehr mit ihm; ganz besonders jetzt nicht, wo ihr beide so viel allein sein werdet.«

»Sei nur unbesorgt, mein Junge. Ich will mich bemühen, deinem braven Doktor hübsch aus dem Wege zu gehen.«

Er strich liebevoll über die schmale, spitzfingerige Mädchenhand.

»Und nicht böse sein, dass ich, der Jüngere, mir herausnahm, dir einen Rat zu erteilen. Wir zwei verstanden uns doch bisher immer.«

»Keine Spur, Stephan, du bist ein lieber, guter Kerl!«

»Na, denn nochmals, lebe wohl! Wenn du morgen früh aufstehst, bin ich über alle Berge.«

In herzlichster Weise trennten sie sich.

Aber Raineria las nicht mehr in dem neuesten spannenden Roman. Mit etwas flackernden Augen starrte sie vor sich hin.

Alter lieber Stephan! Ein Prachtmensch! Allein manchmal verstehen wir uns doch nicht, dachte sie mit aufquellender Bitterkeit. Was habe ich denn hier vom Leben? Diese Lotterwirtschaft ringsum!

Verächtlichen Blickes streifte sie das zwar mit einer gewissen Genialität, doch in flitterhafter Eleganz eingerichtete Gemach.

Verwelkte Blumen – die ersten Frühlingsblüten – steckten in einst kostbaren, jetzt schadhaften Meißener Vasen, der seidene Sofabezug war zerschlitzt, die Politur des hübschen Rokokotisches fleckig und verkratzt, und von der Tapete war die Grundfarbe kaum mehr zu erkennen. Es war ja auch so gänzlich einerlei, ob hier Ordnung und Sauberkeit herrschte oder nicht. Wer sah es, wer fragte danach? O, und diese Langeweile! Und wenn nun ein lebensprühender junger Mensch einmal etwas Anregung, etwas anderes sucht, ein wenig, sagen wir getrost, kokettieren möchte und Spaß daran findet, dass ein Paar unheimlich ernste Männeraugen sehnsüchtig, verlangend und heiß zu leuchten beginnen, wen ginge das wohl an? Rechenschaft ist man sich nur selbst schuldig. Pah! –

Der nächste Morgen war trübe und neblig. Vom Wallgraben herauf, der das Schloss an der Westseite umgab, stiegen allerlei unangenehme Dünste auf. Grüner Schlamm und zäher Entengrieß schwamm darauf herum, und es schien ganz ersichtlich, dass der Koch sich hier wohl öfters der Küchenabfälle entledigte, denn die in einer Ecke des Tümpels angeschwemmten Gemüse- und Fischüberbleibsel, Kartoffel- und Orangenschalen boten ein wenig erquickliches Bild.

»Dieses Loch muss einmal ausgetrocknet und eine hübsche, abfallende Terrasse hier angelegt werden. So hab' ich mir's längst gedacht!«, sagte Graf Ignaz stets zu jedem die Zugbrücke passierenden Gaste. Allein bei jenem Vorhaben war es Jahr um Jahr geblieben.

Heute – die Uhr hatte soeben neun geschlagen – trafen Vater und Tochter zufällig in der großen Eingangshalle zusammen.

Über die breite, ausgetretene Eichentreppe gelangte man zu den Wohnräumen, wogegen sich links eine niedere, eisenbeschlagene Tür befand, die in einen unbenutzten, turmartigen Anbau führte, worin sich auch das sogenannte Archiv befand.

Graf Ignaz im Reitanzug, einen schlappen, braunen Filz über dem linken Ohr, stutzte beim Anblick der Tochter, die, schick angezogen und bereits tadellos frisiert, leichtfüßig vom oberen Stockwerk herankam.

»Nanu? Wo willst du denn hin? Stephan ist ja schon seit Stunden fort«, sagte er mit seinem mehr schroffen als väterlich zärtlichen Lachen.

Die Gefragte sah ihm völlig unbefangen in das hartgeschnittene, braune Gesicht und entgegnete in vorwurfsvollem, trotzigem Ton:

»Es bekümmert sich ja hier sonst keine Seele um unseren fleißigen Maulwurf, wie du den Doktor nennst. Der buddelt und buddelt seit vierzehn Tagen für uns in Moder und Staub herum, und wir bezeigen ihm nicht ein einziges Mal das Interesse, das seinen mühseligen Arbeiten wohl gebührt. Stephan hat Herrn von der Thann nie im Archiv besucht; so will ich es endlich einmal tun. Er ist so fabelhaft bescheiden, und ich denke mir, dass etwas Lob und Anerkennung ihn freuen würde.«

Rainerias klangvolle Stimme hatte einen auffallend weichen Ton, dass der Vater sie überrascht ansah.

»Sanft wie die Tauben und klug wie die Schlangen«, versetzte er mit kurzem Lachen. »Doch du hast recht; man muss solchen Leuten, die einem nützen können, gelegentlich etwas Zuckerbrot reichen. Wenn dieser edle Thann mir wirklich was herausschnüffelt, dann will ich ihn glänzend honorieren« (Graf Ignaz nahm stets eine hochmütige Miene an, wenn er vom Gelde sprach); »mich aber zu ihm dort unten in dies Rattenloch zu setzen – nee, Kind, das kann keiner von mir verlangen. Man hat doch anderes zu tun!«

Raineria lächelte spöttisch und dachte, dass der Vater außer dem Spiel und seinen Pferden eigentlich gar nichts auf der Welt zu tun hätte.

Stirnrunzelnd fuhr der Schlossherr fort:

»Übrigens – ich komme eben aus dem Stall, die kleine Rappstute hat eklig geschwollene Fesseln und lahmt verteufelt, daher mussten die großen Gäule mit dem Sandschneider Stephan zur Bahn bringen. Franzek ist ein Rhinozeros, gibt nicht mehr ordentlich acht. Habe Verdacht, dass er neuerdings säuft.«

»So nimm dir doch einen zuverlässigeren Kutscher, Papa. Deine kostbaren, schönen Pferde sind's wohl wert.«

»Teufel auch! So'n neumodischen, verwöhnten Affen, der Leutnantsgehalt kriegt und vom Vierspännigfahren keinen blauen Dunst hat. Nee, solchen Kerl werde ich mir nicht auf den Bock setzen. Schau, dem Franzek sieht man schließlich den Bauernlümmel von einst wahrlich nicht an. Ich ziehe mir schon meine Leute – hahaha! Also, auf Wiedersehen, Kleine! Grüße mir den Doktor. Ich wäre heillos gespannt auf den Inhalt der alten Ledermappe!«

Einen Gassenhauer pfeifend, eilte der Graf an der Tochter vorbei treppan.

Mehrere Minuten blieb Raineria tiefatmend inmitten der großen, leeren Halle, in der jedes Wort und jeder Schritt dröhnend widerhallten, stehen, dann schlich sie auf Zehenspitzen bis zur entgegengesetzten kleinen, eisenbeschlagenen Tür und klinkte sie leise auf.

Hu! Wie gruselig! Tiefe Dunkelheit gähnte ihr entgegen, und die daraus hervorquellende, kalte Moderluft wirkte atembeklemmend. Der Weg zur Unterwelt! Wenn man hier in die Tiefe abstürzte, gelangte man wohl schnurstracks hinein. Etwas ganz Neues, Reizvolles – allerdings!

Raineria kicherte belustigt; ängstlich war sie keineswegs.

Also die elektrische Taschenlampe hervor und die Treppe gesucht. Halt! Vorsicht! Da kamen schon die Stufen. Sie leuchtete nach unten und zählte laut: »Eins, zwei, drei, vier, fünf und sechs!«

Jetzt wieder halt! Absatz. Der Raum erweiterte sich, und wie von irgendeinem Fenster her drang plötzlich ein schwacher Lichtschein zu ihr herüber. Dabei Grabesstille. In beängstigender Deutlichkeit tönte jeder Herzschlag, jeder leise Atemzug an Rainerias Ohr.

Da – ein Rascheln – Knistern! Das Rattenloch, hatte Papa gesagt. Ekelhaft, man konnte ja leicht auf solches Viehzeug treten.

Und hier arbeitete Dr. von der Thann stundenlang! Unglaubliche Willenskraft! Raineria hob den Arm und leuchtete nun mit dem Lämpchen geradeaus, zugleich vernahm sie einen von den Kellerwänden widerhallenden Ruf: »Wer ist da? Wünscht man mich zu sprechen?«

Des Doktors Stimme! Das war ihr wundervoller Klang, der Raineria vom ersten Tage an entzückt hatte.

»Ja, ich bin's! Raineria Sumiersky!«, klang ihre Antwort heiter zurück, wobei sie mit noch immer hocherhobenem Arm stehenblieb.

Im Nu war Herr von der Thann an ihrer Seite. Seine vom Lichtschein grell beleuchteten Züge verrieten freudige Überraschung, während die meist ernst blickenden Augen einen Ausdruck widerspiegelten, der das Mädchen mit Genugtuung erfüllte.

Noch nie, seit ihrem täglichen Zusammensein, hatte er die Empfindung seines Innern, seine Bewunderung, sein Entzücken so unverhohlen verraten wie jetzt.

Sprachlos, wie benommen, starrte er in das rosig überhauchte, lachende Gesicht.

»Da bin ich nun wirklich in Ihr Verlies hinabgestiegen! Der Weg ist beschwerlich, allerdings, doch ich hoffe, meinen unerfahrenen Laienaugen wird sich hier so viel Reizvolles bieten, dass meine Wissbegier befriedigt sein dürfte!«, begann Raineria unbefangen und gutgelaunt; dabei begegnete sie schelmisch prüfend seinem Blick.

»Ich danke Ihnen, Gräfin. Ihr Besuch macht mich glücklich – und stolz!«, erwiderte er mit stockendem Atem, doch offen und schlicht.

»Haben Sie mein Kommen nie erwartet, Herr von der Thann?«

»Manchmal wohl – allerdings. Allein da der Besuch unterblieb, setzte ich keine allzu große Anteilnahme für den Gegenstand meiner Arbeit bei Ihnen voraus.«

»Wieso?«

»Wenigstens belehrte mich Graf Stephan einmal, dass gerade Sie, Komtesse, das Suchen nach dem Stammbaum für überflüssig halten.«

Sie lachte.

»Vielleicht. Da haben Sie recht. Es ist mir überhaupt schleierhaft, wozu Papa irgendwelche Zweifel hegt. Kennen Sie den Zusammenhang, Doktor?«

»Zum Teil ja.«

»Na also. Deswegen bin ich auch wirklich nicht hier heruntergekraxelt; aber ich möchte Sie mal bei der Arbeit sehen, überraschen. Zu Ihrer Tätigkeit gehört Heroismus! Männer, die etwas im Leben leisten, vor sich bringen, imponieren mir immer.«

»Werden Sie mir zürnen, Gräfin, dass ich darauf erwidere, dies nie von Ihnen gedacht zu haben?«, fragte Christoph zögernd.

»Gott bewahre. Verraten Sie mir lieber, was Sie anfänglich überhaupt noch alles von mir gedacht haben.«

Wieder beleuchtete sie mit der Taschenlampe sein in Erregung zuckendes Gesicht.

»Darf ich?«

»Bitte.«

»Der erste Abend war durchaus nicht ermutigend für mich. Ich hatte das peinliche Empfinden, als würde mein Leisten und Können absichtlich von Ihnen unterschätzt, als mache es Ihnen Vergnügen, mich – sozusagen – zu erniedrigen – und ...« Er stockte.

»Weiter – weiter!«, gebot sie rasch.

»Von irgendeiner anderen Frau wäre mir das völlig gleichgültig gewesen. Mein Beruf steht mir viel zu hoch, um Bitterkeit oder Groll über kleinliche Herabsetzung schmerzlich zu empfinden, allein von Ihnen, Gräfin ...« Wieder zögerte er.

»Ach, bitte, sagen Sie doch alles!«, bat sie diesmal fast weich.

Allein er schwieg.

Raineria reichte ihm lächelnd die linke freie Hand entgegen, die er an die Lippen zog.

»Warum Sie auch immer so bescheiden sind, Herr von der Thann?«, sagte sie dabei merklich gepresst und schritt an seiner Seite dem Arbeitsplatze zu.

Das durch ein kleines, vergittertes Fenster hereinlugende schwache Tageslicht erhellte hier das Feld von des Doktors mühseliger Tätigkeit.

Ein mit Stößen schmutziger und abgegriffener Folianten, zerknitterter Manuskripte und Drucksachen bedeckter Tisch, worauf mehrere Vergrößerungsgläser, eine Flasche Klebegummi und allerhand Schreibgerät ausgebreitet lagen, war das erste, was ins Auge fiel.

Am Boden standen zwei offene, einen bunten Wirrwarr von Büchern und Schriftstücken aufweisende Holzkisten, auch die in Fensternähe an der Wand lehnenden Regale zeigten von Job Christoph nur notdürftig geordneten Lesestoff. Zwei dürftige Stühle trugen zur Vervollständigung dieser kümmerlichen Einrichtung bei. Auf dem einen stand ein noch halbgefüllter Sack, dessen Inhalt zum Teil zerstreut am Boden lag.

Mehrere Minuten blieb Raineria halb neugierig, halb scheu vor diesem Platz stehen, dann sagte sie kopfschüttelnd: »Es ist unverantwortlich, dass Papa Sie in solch einer Umgebung arbeiten lässt, Herr von der Thann!«

Zum ersten Mal lachte er fröhlich auf.

»Ich finde diesen Raum noch recht behaglich und wohnlich, Gräfin, bin ganz anderes gewöhnt. Wenn ich zum Beispiel meine Arbeit in ein elegantes Zimmer verlegen sollte, dann würde mir entschieden die Stimmung fehlen, so harmoniert das alles mit meiner mir lieb gewordenen Tätigkeit.«

»Darum schauen Sie wohl auch immer so schrecklich ernst drein, Doktor? Ich habe mir schon oft gedacht, Sie müssen viel Trübes erlebt haben.«

Raineria hatte sich auf den freien Stuhl gesetzt und sah mit ihren großen, schimmernden Augen teilnehmend zu ihm empor.

Job Christophs Herz begann plötzlich unruhiger zu hämmern. Die Situation, in der er sich hier befand, schien so eigenartig. Gewiss, diese Stunde gehörte ihm. War er nicht ihr Herr? Was wollte das Mädchen? Warum kam es zu ihm herab? Seinetwegen? Tor! Und dennoch. – Das eigene Gemisch in Raineria Sumierskys Natur hatte ihm schon oft zu denken gegeben. Zuweilen lag etwas Ungebändigtes, eine suggestive Kraft in ihrem flimmernden Blick, deren sie sich selbst vielleicht kaum bewusst sein mochte, um dann schnell wieder hochmütiger Unnahbarkeit zu weichen.

Job Christoph hatte ja einer Frauenseele gegenüber nie das richtige Verständnis oder auch nie Gelegenheit gehabt, über weibliche Vorzüge, Charakterschwächen und Fehler nachzugrübeln. Wirklich schlechte Eigenschaften setzte er in seinem vornehmen Sinn und seiner idealen Lebensauffassung an einer Dame nie voraus.

Hier, bei diesem ebenso schönen wie geistvollen Mädchen, ertappte er sich jedoch zuweilen darüber, Vergleiche und Schlüsse zu ziehen, ja sich sogar in den Gedanken zu vertiefen, weshalb das Schicksal gerade ihn noch nie einer Versuchung ausgesetzt hatte.

War es denn in seiner Brust auch schon einmal mit jener Seele und Nerven beherrschenden Gewalt aufgelodert, gleich einem Feuerbrand, Sinn und Herz entzündend, Vernunft und gute Vorsätze zunichte machend?

Nein. Vor Job Christophs Augen trat plötzlich ein Frauenbild in reiner, stiller Jungfräulichkeit, einfach und bescheiden in Haltung, Anzug und Gebärden, die langen, goldbraunen Zöpfe schlicht um den Kopf gelegt, die großen blauen Augen gütig und freundlich zu ihm aufgeschlagen. Genau so hatte er jenes Mädchen während seiner Knabenjahre, als Jüngling und dann als Mann vor sich gesehen und immer gleich anmutig. Der Anblick schien verwachsen mit seinen liebsten, besten Erinnerungen und hatte schon oft beruhigend auf Gemütsstimmung und Verstimmungen gewirkt. Irene! Ja, schon der Name in seiner schönen Bedeutung besaß solch harmonisch friedlichen Klang. Und dann war ein Tag gekommen – es galt ein Abschiednehmen –, an dem sie beide von einer fast quälenden Wehmut ergriffen worden waren. Etwas geheim Verborgenes hatte sich da plötzlich aus Job Christophs Brust Bahn gebrochen.

»Willst du meine Braut und später meine Frau sein, Irene?«, hatte er in überquellenden Glücksgefühlen gerufen, selig in dem Bewusstsein, nun einen Schritt getan zu haben, der ihn zu neuer Arbeits- und Schaffenskraft berechtigen und anspornen sollte. Wie süße Musik klang ihm des holden Mädchens Jawort ins Ohr. Seine Braut! War das nicht Ironie? Zwei junge, mittellose Menschenkinder sollten sich binden, in eine ungewisse, aussichtslose Zukunft hinein? – Sei es drum! Willensstärke und Tatkraft schwellten seine Brust, und in ihren Augen lag ein stilles, hoffnungsseliges Glück. An das alles dachte Job Christoph jetzt, als Rainerias Blicke in seltsam unergründlichem Ausdruck auf ihm ruhten.

Das Glück. – Also es gab doch noch etwas anderes als das, was sein Herz für die holde, sanfte Jugendfreundin, die heimliche Verlobte, empfand?

Gewiss, hoch und unantastbar stand der Gedanke an Irene in seinem Innern, er gehörte zu ihm selbst, er hatte ihm als Halt, als Leitstern in vielen Arbeitsleistungen gedient, im Wust und Staub der harten Werktage hatte er oft den reinen Hauch des süßen Mädchenmundes verspürt.

Allein seit seiner Anwesenheit im Strelnower Schloss schien ein willen- und nervenlähmender Odem um ihn zu wehen. Eine hehre Lichtgestalt, ein Götterbild, glänzend, berückend, stand immer vor seiner fiebernden Fantasie. War er verhext? Trieben böse Geister, etwa die unheimliche Ahnfrau, ihr Spiel mit ihm? O, gerade mit ihm, der jedes Unwahre, Unlautere und Unklare verabscheut! Seine ganze Natur hatte sich anfangs dagegen gesträubt. Gleich Versündigung an der Lauterkeit des eigenen Charakters dünkte es ihn und ließ ihn erröten.

Und dennoch hatte er in Strelnow bereits Nächte durchlebt, in denen er sich mit fast wilder Gier an die bloße Möglichkeit anklammerte, Raineria könne ihm doch vielleicht mehr sein als des Schlossherrn Tochter, die Dame der großen Welt! Ja, wenn? ...

Wie aus wüstem Traum fuhr Job Christoph bei ihrer Frage zusammen.

»Trübes erlebt?«, wiederholte er noch einmal zögernd. »Ja, allerdings, ich habe beide Eltern früh verloren und musste, wo andere noch von sorgender Vaterhand geleitet werden, mir meinen Weg allein bahnen. Aber das Bewusstsein des eigenen Schaffens, die treue Arbeit sind es, die meinem Dasein stets einen Reiz verliehen – sonst nichts!«

Seine Stimme zitterte merklich, als er das sagte.

»Und was hoffen Sie von der Zukunft, Herr von der Thann?«

Raineria war wieder hastig aufgesprungen und stand, die schmale, beringte Hand auf die Tischplatte gestützt, das blonde Haupt ein wenig herabgebeugt, kaum zwei Fuß breit von ihm entfernt.

Job Christophs Atem flog. Ihm schwindelte.

»Haben Sie jemals von einem Narren, einem Wahnsinnigen gehört, der sich Dinge vor die Seele gaukelt, die – eitel Hirngespinste sind, in diesen Fantasiegebilden aber dennoch voll krankhafter Ekstase, in Entzücken fortlebt, bis die graue, krasse, unbarmherzige Wirklichkeit ihn endlich heilt und zur Vernunft bringt? Jetzt an meine Zukunft zu denken, Gräfin, wäre – eine Qual für mich. Ich lebe – will nur der Gegenwart leben!«, stieß er, als ob es ihm eine Erleichterung gewährte, dieses seltsame Bekenntnis zu enthüllen, laut und ungestüm hervor.

Wie Job Christoph dabei vor ihr stand, das leicht gewellte blonde Haar frei aus der breiten Denkerstirn gestrichen, die von tiefster Erregung flammenden Augen groß und weit geöffnet, mit sichtbar zuckenden Lippen, da mochte er wohl mit keiner Faser denjenigen Männern gleichen, die Rainerias Lebensweg bisher gekreuzt hatten. Etwas Souveränes, eine jede Nichtigkeit des Alltags beherrschende Kraft sprach aus diesem Blick, der festgebannt an dem ihren haften blieb.

Hatte er die schmelzende Weichheit nun darin wahrgenommen?

Warum sprach sie jetzt nicht? War dieses herzbeklemmende, allein doch beredte Schweigen die Antwort darauf, dass sie den wahren Sinn seiner Worte verstand?

»Nur der Gegenwart leben!«, stieß er noch einmal, halb ächzend, hervor.

Dann dünkte es dem Manne im schlichten, leinenen Arbeitskittel, als sei alles um ihn herum in blendendes Licht gehüllt. Die düsteren Kellermauern wurden zum Feenpalast, angefüllt mit jenem sinnberauschenden Duft, der, seit er Rainerias Nähe empfand, ihn stets umschmeichelt hatte. Ein Singen und Klingen durchzitterte die Luft.

Träumte er, oder lebte er im wildesten Fieberwahn?

Ein Paar weiche Arme hatten sich plötzlich um seinen Hals geschlungen, der entzückende, ach, so vergötterte Kopf mit dem Goldhaar schmiegte sich dicht an seine hoch und wild pochende Brust, und zwar bebend, doch warm und schmelzend klang eine Stimme an sein Ohr: »Tor! So leben wir doch der Gegenwart! Wer hindert uns beide daran? Willst du denn noch immer blind sein, Job Christoph?«

Beim gemeinsamen Essen um sieben Uhr schien Graf Ignaz auffallend guter Laune.

»Denke dir, Ary, ich habe heut' Nachmittag meine großen Rappen an den Lubowner Baron verkauft. Blödsinnig dummer Kerl, versteht von Pferden den Quark; hat sich verlobt und will mit dem Gespann Parade machen, drüben in Schlesien. Gut und richtig eingefahren sind allerdings die Gäule, aber für den blank auf den Tisch des Hauses gezahlten Preis kann ich mir vier andere Schindluder kaufen – hahaha! Übrigens noch eine Neuigkeit, der Vinzenz Herlingen schreibt mir eben, dass er uns demnächst besuchen will! Famos, nicht wahr? Ist ja sehr großer Herr, aber doch ein charmanter, lieber Junge. Unsere alte Bude hier möchte ich indes recht bald etwas aufputzen, die Gastzimmer vor allem. So'n Perser, gutes Porzellan – du verstehst mich schon, Ary! Sie können es sich ja denken, Doktor, wie's so mit der Zeit geht; eine Weile bummelt die Sache im alten Schlendrian weiter, allein dann muss man wieder mal ins Säckel greifen und das schäbige Lederzeug neu aufwichsen lassen.«

Graf Ignaz lachte wieder brüsk, worauf er, anscheinend teilnehmend, fragte: »Na, was haben Sie heute im Burgverlies ausgerichtet? Zufriedengestellt? Was gefunden?«

Er sprach in leutseligem Tone, während er eine Orange schälte.

Den selig tiefen Blick, den sein Tischgenosse mit Ary wechselte, gewahrte er daher nicht. »Ich habe gerade heute einen für mich reichen Schatz an Kostbarkeiten gefunden, Herr Graf«, entgegnete Herr von der Thann seltsam unruhig und bewegt.

Das machte den Hausherrn stutzen.

»Oho, den Teufel auch! Was denn? Tun Sie doch nicht so geheimnisvoll, mein Bester.«

Über des Mädchens Züge war eine leise Verlegenheit gehuscht, und ablenkend sagte es: »Ich würde jedenfalls Papa erst später das Ergebnis mitteilen, Herr von der Thann. Um jene Pergamentfetzen zu entziffern, dazu gehören wohl noch viele Tage, und wer weiß ...«

»Na, gut, Doktor, überraschen Sie mich!«, unterbrach Graf Ignaz die Tochter ungeduldig. »Übrigens, Ary, du warst ja heute im Archiv. Netter Aufenthalt – wie?«

»Interessant jedenfalls. Der Doktor und ich werden nun öfters zusammenarbeiten. Von einem Fachmann etwas zu lernen, ist längst mein Wunsch gewesen. Man ist grenzenlos unwissend in manchen Dingen«, erwiderte Raineria lachend.

Sie sah bezaubernd aus, während sie das sagte.

Für Sekunden schaute der Vater sie verwundert an.

»Blödsinn! Frauen müssen doch immer die Nase überall hinein-stecken! Das stört Sie bloß, Doktor!«

Über sein ernstes Gesicht flog es wie Sonnenlicht. »Im Gegenteil, Herr Graf, die Komtesse hat mich eine idealere Auffassung meines bisher zu qualvoll peinlichen Studiums gelehrt. Und mit Recht. Ein wortklaubender Kniffler, ein Zweifler hat selten große Erfolge. Bisher meinte ich, im völligen Aufgehen meines Berufes, im Suchen, Grübeln, Forschen das einzigste Glück zu finden, und bin oft enttäuscht worden. Hier liegt der Irrtum! Eine altindische Weisheit sagt: ›Goldkörner fallen meist den Toren in den Schoß!‹ Von heut' ab will ich auf mein Kismet vertrauen und hoffen, nicht umsonst nach Strelnow gekommen zu sein.«

Im Nebenzimmer, als Job Christoph sich empfohlen und Raineria, eine Zigarette rauchend, ziemlich unruhig auf und nieder schritt, fragte der Schlossherr merklich scharf: »Was in aller Welt hatte denn der Doktor heute? Er fantasierte ja förmlich. Na, ich bin eine viel zu prosaische Natur, um dergleichen Gefühlsduseleien beurteilen zu kön-nen. Verstandest du den Quatsch, Ary?«

»Quatsch? Du bist komisch, Papa! Wir haben in Strelnow noch nie einen Menschen gehabt, der an Geist, Wissen und Begabung nur annä-hernd an Herrn von der Thann herangereicht hätte. Wen der Genius mit dem Flügel gestreift wie ihn, der ist beneidenswert. Ich verstehe ihn.«

Mit nur halber Kopfwendung sagte sie das, doch ihre Augen glühten dabei.

»Meinetwegen! Mir ist das ganz schnuppe!«

Graf Ignaz war bei dieser Entgegnung vom Sessel gesprungen und näherte sich der Tochter.

»Übrigens, was meintest du beim Essen mit der Bemerkung, er möchte mir doch erst das Ergebnis mitteilen? Hat er so was Ähnliches wie den alten Stammbaum gefunden? Ich wollte nicht unnötig drängen; die Sache ist mir jedoch von größter Wichtigkeit.«

»Du behauptest ja aber immer ganz bestimmt, dass unsere Linie die ältere ist, Papa. Dein Großvater hat es gesagt, dein Vater auch – warum sich also darüber aufregen?«

»Beweise, Kind! Die Halunken wollen es schwarz auf weiß sehen. Wenn es nicht der Fall wäre, ginge es mir an den Kragen, und ich müsste als Bettelmann hier 'rausziehen. Strelnow könnte ich nicht mehr halten.«

Raineria starrte zu Boden.

»Und wenn sich nun die Urkunde überhaupt nicht finden sollte – was dann?«

»Hm! – Dann gäbe es fürs Erste eine grässliche, Akten über Akten füllende Schreiberei. Ich müsste eventuell eidlich bekräftigen, dass ich im Recht zu sein wähne. Kurz, besser ist es schon, wir finden den Stammbaum.«

Graf Ignaz' Blicke glitten wohlgefällig an der schlanken Mädchengestalt herab. Der leichte Seidenstoff spannte sich über die schönen Formen, und das reizende Gesicht strahlte heute einen solchen Zauber aus, dass er wieder einmal seine Bewunderung nicht zu unterdrücken vermochte.

»Mädel, was bist du hübsch! Schöner noch als deine Mutter, weiß Gott!«

»Was nützt das hier?«

Raineria zuckte die Achsel, während der Graf leise und vergnügt vor sich hinpfeifend, dem Ausgang zuschritt.

Plötzlich drehte er sich noch einmal um und sagte mit halber Stimme: »Ich freue mich übrigens riesig auf den Vinzenz! Hm! – Und, dass er mich aufsucht – famos! – Weißt du, Ary – ich schätze sein jährliches Einkommen mindestens auf vierhunderttausend Mark!«

Dann fiel die Stubentür klappernd ins Schloss.

Seit jener für Job Christoph so bedeutungsvollen Stunde im Archiv waren mehrere Tage in gleicher Einförmigkeit hingegangen, nur mit dem Unterschied, dass Raineria jetzt eine an ihr fremde Heiterkeit und gute Laune zeigte. Oft trällerte sie ein Liedchen vor sich hin, sprach freundlicher mit der Dienerschaft und war bemüht, ihrem Anzug und ihrer Frisur womöglich noch mehr Sorgfalt zu schenken. Ein kurzes Schreiben benachrichtigte Stephan, dass sie »zufällig« einmal das Archiv aufgesucht habe und aus reiner Menschenfreundlichkeit dem Doktor öfters behilflich sei, die schmutzigen Stöße von Akten und Manuskripten, die der alte Leinensack enthielt, bestmöglich zu ordnen und zu sichten. Der Ärmste ersticke ja förmlich unter seiner Arbeitslast, und nebenbei wäre es ja auch für sie recht interessant.

»Lieber, kleiner Bruder«, sagte Raineria, als sie jene flüchtigen Zeilen geschlossen, »du gehörst in deiner rührenden Harmlosigkeit auch zu den Leuten, die alles für bare Münze nehmen, niemals Misstrauen hegen und immer nur das Beste von den Menschen denken. Wozu dir daher Unruhe bereiten – Dingen wegen, die du selbstredend nie billigen würdest! Du, mein lieber Stephan, bist viel zu korrekt und brav, um mein Benehmen, ja meine plötzliche Leidenschaft für Job Christoph zu verstehen. In deiner sittenstrengen Art würdest du nur sagen: ›Willst du Herrn von der Thann heiraten, was in euer beider Vermögenslage eine Torheit wäre, so verlobe dich mit ihm. Sonst – Hand ab!‹

Verloben, heiraten? O, Raineria Sumierska war durchaus kein Mädchen, das diesen Punkt in ihrem Leben nicht schon oft überdacht hätte. Sie war dreiundzwanzig Jahre alt. An Anbetern und Verehrern hatte es ihr während der Wiener Karnevalszeit nicht gefehlt; und mehrere Male würde es, durch der Verwandten Einfluss, vielleicht auch zu einem Ergebnis gekommen sein, wenn der leidige Geldpunkt nicht stets hemmend dazwischengetreten wäre. Die infrage kommenden vornehmen Männer machten eben selbst zu viele Ansprüche, als dass einer den Mut gefunden, ein wenig vermögendes, noch dazu reichlich verwöhntes Mädchen zur Frau zu nehmen. Durch herbe Enttäuschungen und mehr oder weniger tiefgehende Herzensangelegenheiten war Raineria sozusagen mürbe geworden.

Liebte sie Job Christoph nun wirklich? Ihre heißblütige leidenschaftliche Natur verlangte hier in der Einsamkeit nach Bewunderung, nach einem Glücksrausch, der dem öden Einerlei des nunmehrigen Daseins einen Reiz verlieh. Doktor von der Thanns ansprechende Persönlichkeit, seine Eigenart, sein Verstand und glänzendes Wissen ließen ihn in einem ihr romantisch erscheinenden Licht sehen. Sie hatte es erreicht, dass Wonne und Seligkeit diese ernsten Züge erstrahlen machten.

Und doch, wenn Raineria während der Morgenstunden bei ihm im Archiv saß, beobachtete sie oft sein über die ausgebreiteten Schriftstücke herabgebeugtes Gesicht.

Sie hatte in dem düsteren Raum einen uralten, vielleicht seit mehr als hundert Jahren nicht mehr geheizten Kamin entdeckt, und Wladimir, der Dreikäsehoch, musste täglich ein tüchtiges Holzfeuer darin entzünden. So wurde es behaglicher, und die ausströmende Wärme verzehrte Dunst und Moderluft. Hatte doch die Frühlingssonne des Archivs dicke Mauern noch nicht zu durchdringen vermocht.

Auch ein flauschiges, graues Fell lag nun unter des Doktors Arbeitsplatz. Manchmal brachte sie eine Schachtel Konfekt mit herab, aus der dann beide unter Lachen und Scherzen naschten. Musste er nicht entzückt sein von ihrer Aufmerksamkeit? Nicht ihre Zärtlichkeiten allein sollten ihm sagen, dass sie sich von jetzt ab ein Recht anmaße, für ihn zu sorgen.

Gewiss, Job Christoph kniete oft vor sie hin und erklärte freimütig, dass sein armseliges Leben nun erst an Wert gewonnen habe.

Aber Raineria war zu klug, um nicht dennoch zu erraten, dass irgendeine heimliche Sorge, etwas wie ein eherner Druck ihn belaste und an seinem Denken und Fühlen zehrte.

Was mochte es wohl bedeuten? Der Gedanke an die Zukunft? Um diesen heiklen Punkt, der ihr selbst noch unklar war, nicht zu berühren, wagte sie keine Frage.

Vielleicht bedrückten ihn Geldsorgen? Man musste ihm helfen, ihn fördern, sich für ihn verwenden.

Raineria grübelte oft darüber nach, und plötzlich fiel ihr der Vetter Vinzenz ein, der Schlösser und Sammlungen besaß. Der konnte solches Talent vielleicht verwerten? –

Heute hatte der Tag mit einem dichten Frühjahrsnebel begonnen, und ungeachtet der April sich dem Ende zuneigte, spürte man fast noch einmal in der Luft den Hauch von Schnee.

Im alten, aus getriebenem Kupfer kunstvoll gearbeiteten, jetzt von einer schwarzen Kruste bedeckten Kamin, worunter die edle Patinaschicht nur hin und wieder hervorlugte, glühte ein molliges Feuer, das den finsteren Raum mit magisch-rötlichem Licht bestrahlte.

Die erste halbe Stunde von Rainerias Anwesenheit war wie meist unter Liebesbeteuerungen und Zärtlichkeiten vergangen.

Von Job Christophs Arm umschlungen, stand sie jetzt am Tisch und betastete die darauf ausgebreiteten Schriftstücke.

»Halt – halt, Liebling! Das ist ja die mühevolle Arbeit vieler Tage und muss äußerst vorsichtig behandelt werden. Sieh, wie morsch und brüchig das Papier ist.«

Sein Zeigefinger glitt über ein Paar schadhafte Stellen hin.

»Verzeih, aber ich bin doch so neugierig, endlich das Ergebnis zu sehen. Wie stolz kann ich auf dich sein, wenn du vor Papa hintreten und ihm dieses Meisterstück vorlegen wirst. An Stephan müssen wir auch sofort drahten, weil er so ...« Sie stockte jäh.

32

Ein tiefernster, schmerzlicher Ausdruck war über des Doktors Züge geflogen.

»Himmel, was hast du denn, Job Christoph? Ist dir irgendeine Unannehmlichkeit passiert? Betrifft sie dich – oder uns?«

Mehr ungeduldig als erschreckt musterte sie sein merkbar bleich gewordenes Gesicht.

Mit krampfhaftem Druck hielt er die schlanke Mädchenhand einige Sekunden fest umspannt, dann beugte er sich herab und breitete ein völlig vergilbtes, in Quartform zusammengefaltetes Schriftstück sorgsam auseinander. Deutlich ließ sich erkennen, welch mühselige Arbeit es gewesen sein mochte, diese zersetzten, brüchigen und an den Rändern teilweise von Mäusen zerfressenen Teile wieder zu einem Ganzen zusammenzufügen.

Hier zeigte sich nun ein regelrechter, durch Vignetten verzierter und mit dem Sumierskyschen Wappen auf Pergament geschriebener Stammbaum aus dem Jahre 1735.

Verwundert und überrascht starrte Raineria darauf nieder.

»Ja, das ist doch aber tadellos geworden. Job Christoph, jede Zeile, jeder Buchstabe deutlich erkennbar! Bist du nicht zufrieden – freust du dich nicht über dein Werk?«

»Du weißt, Raineria, dass ich anfangs nur unvollkommen unterrichtet war, um was es sich beim Auffinden dieser Urkunde handelt. Du hast mir diese peinliche, verwickelte Familienangelegenheit erst näher erklärt, dass demnach dein Vater, falls er den Beweis seiner direkten Abstammung von jenem litauischen Onkel nicht nachzuweisen vermag, das vor Jahren ererbte Vermögen von einer viertel Million unwiderruflich an die rechtmäßigen Erben herauszahlen muss.«

»Aber Papa kann das doch nun mit Hilfe des glücklich gefundenen Stammbaums sonnenklar beweisen?«

Zum ersten Mal hingen des Mädchens Augen angstvoll an Job Christophs Lippen.

»Leider nein! Und das ist es ja eben, was mich in hohem Grade bewegt und beunruhigt. Jener amerikanische Vetter ist um einen Grad näher dem Erblasser verwandt!«

Raineria war totenblass geworden und rief erregt, fast heftig: »Um Gottes willen! Das bedeutet ja für uns das Ende: Papa besitzt nicht mehr viel außer Strelnow, und das ist reichlich belastet!«

Mit bebenden Händen griff sie nach dem verhängnisvollen Schriftstück.

»Vorsicht! Ich bitte dich. An manchen Ecken ist der Gummi noch feucht.«

Er wollte schützend die Finger darüber breiten, allein schon hatte sie es emporgerissen und völlig auseinandergefaltet. Suchend irrten ihre unheimlich funkelnden Augen darüber hin.

»Da!«

Job Christoph wies auf die bedeutungsschwere Stelle.

Unter stoßweisen Atemzügen las sie. »Das ist ja Wahnsinn! Das darf unmöglich an die Öffentlichkeit gelangen. Wer will es feststellen, dass der Stammbaum in diesem Haufen von Makulatur und Schmutz gefunden worden ist?«

»Raineria, bitte, beruhige dich doch. Dein Vater wird sich als Mann ins Unvermeidliche fügen müssen.«

Liebkosend strich er über das blonde Haar.

Allein nur höhnisches Lachen gab ihm Antwort.

»Sich fügen? Wir sind alsdann am Bankrott. Strelnow ist kein Fideikommiss; es müsste verkauft werden! Was wird mein armer, lieber Stephan dazu sagen? Ihn trifft's am härtesten, seine ganze Existenz hinge davon ab, denn unser mütterliches Vermögen ist ja nur ein Pappenstiel! Oh …!« Rainerias Stimme erstickte ein Schluchzen, während sie seine Hand zornig fortstieß.

»Warum haben Sie uns – uns das angetan, Herr von der Thann?«

»Ach! Komtesse!« Fahle Blässe bedeckte sein Gesicht. »Ich tat nur meine Pflicht«, entgegnete er in auffallender Festigkeit und bemühte sich, ihr den Stammbaum, von dem sich bereits einige angeklebte Stücke zu lösen begannen, zu entwinden.

»Was willst du damit anfangen? Etwa Papa geben, damit der Zusammenbruch vollständig wird?«, rief sie rau.

»Ich bin dazu verpflichtet!«

Durch seine schöne Stimme klang ein weher Ton.

»Niemals! Auf die Gefahr hin – dass – dass – es zwischen uns – beiden – zum – Bruch kommt – und alles zu Ende ist!«

Wie mit Eisenklammern hielt Raineria das bereits verbogene und zerknitterte Schriftstück fest umspannt und stieß ihn abermals von sich.

Alle Leidenschaft ihres ungebändigten Willens trat jetzt deutlich zutage, eine Art Wut schien sich ihrer bemächtigt zu haben, und noch ehe Job Christoph des Mädchens Absicht zu erraten vermochte, war es, einer Tigerkatze ähnlich, zum Kamin gesprungen und schleuderte die schnell auflodernde Urkunde in die rote Glut. Im Nu fraßen hell emporzüngelnde Flammen gierig am letzten Rest des morschen Pergaments.

Völlig entgeistert, beinahe gelähmt, stierte er in das ungeachtet des wilden Ausdrucks dennoch blendend schöne Gesicht.

Darauf richtete er sich straff und in einer unnahbar stolzen Haltung empor und erwiderte kalt: »Ich habe im Leben schon viele Demütigungen und Enttäuschungen klaglos hinunterwürgen müssen, aber immer dabei versucht, mich wieder aufzurichten an dem, was ich bisher erreicht. Ein Abringen aus Staub und Schutt war es oft, was mich stets zu neuem Schaffen beseelte. In der Arbeit liegt mein Heiligtum, das keiner antasten darf, heute aber ist ein solch mühseliges Werk durch Ihre Hand entwürdigt und vernichtet worden, Komtesse Sumierska!«

Mit steifer Verneigung wandte Job Christoph sich von ihr ab und der Treppe zu.

»Allmächtiger Gott – nein, nein, bleibe – geh' nicht so von mir!«

Raineria war ihm nachgestürzt und umfasste in leidenschaftlicher Zärtlichkeit seinen Hals.

»Vergib, vergib, Geliebter! Ja, ich habe gegen dich gefehlt, unverzeihlich schwer. Die unersetzliche Arbeit langer Tage habe ich gewissenlos verbrannt. Das kann niemals gesühnt werden, ich weiß es. O, meine abscheuliche Leidenschaftlichkeit ist daran schuld, doch der Gedanke an Stephan, an die Zukunft, an Papa hatte mir den Verstand, jede Besinnung genommen! Job Christoph – Liebster – o, so vergib doch!« Und der blonde Kopf schmiegte sich fest an seine Brust.

So nahe war sie ihm, dass der Hauch ihres Mundes seine Wange streifte, der süße, ihren Kleidern entströmende Duft ihn umschmeichelte.

Seiner Fassung kaum mehr mächtig, presste er die Lippen in das duftende Haar.

»O Ary, Ary – was hast du getan?«

»Vergib!«, flüsterte sie noch einmal weich und schmelzend.

Er atmete tief und schwer. Bittend sah sie ihm in die Augen und fuhr gefasster fort: »Sieh, Job Christoph, ich habe einen Einfall: Du musst unbedingt noch heute hinauf zu Papa und ihm alles beichten. Nicht etwa unser süßes Geheimnis. Gott bewahre, das würde er doch nicht verstehen, seine Spottlust ist verletzend. Sonst aber schone mich keineswegs. Sage ihm offen, dass ich in voller Fassungslosigkeit dir den Stammbaum entrissen und verbrannt habe.«

Unbeugsame Willenskraft lag in seinem Blick.

»Das hätte ich auch ohne deine Einwilligung – als Mann von Ehre und Gewissen – tun müssen.«

»Du wundervoller Mensch! Mag Papa nun zetern und toben, irgendeine Strafe für mich ersinnen, deinetwegen dulde ich sie gern.«

»Nein, Raineria, ich trage die Schuld!« Sie schüttelte den Kopf.

»Papa wird und muss diese verfahrene Geschichte wieder ins richtige Gleis bringen; er ist ja nicht umsonst Diplomat gewesen.«

Ein feines Lächeln zuckte bei diesen Worten um des Mädchens Mund.

»Das wäre sehr beruhigend«, sagte er und seufzte erleichtert auf.

»Und ist der Friede nun wieder hergestellt, Liebster? Wirst du mich nie mehr Komtesse Sumierska nennen?«

Ein Kuss schloss ihr die Lippen, dann leuchtete er ihr mit der Taschenlampe durch das Kellergewölbe bis zu der nach oben führenden Treppe hin.

Graf Ignaz war eben von einem Ritte nach Hause gekommen und lag, ohne den vom Nebel durchfeuchteten Anzug gewechselt zu haben, mit hohen, bespritzten Stiefeln auf dem Liegesofa, das schon reichliche Spuren des täglichen Gebrauches zeigte.

Sein Zimmer war keineswegs ungemütlich. Die dunklen, geschnitzten Eichenmöbel – vielleicht die besterhaltenen des Hauses – passten gut zur ledergepressten Tapete; allein Stephan, in seinem Ordnungssinn, nannte dieses Gemach die Löwengrube.

Ein genauer Blick entdeckte bald, wie schmutzig und verbraucht jeder Gegenstand darin war. Dicker Tabaksqualm und dunstige Luft schlugen dem Eintretenden sofort entgegen.

Soeben hatte Himek Doktor von der Thann angemeldet, und Graf Ignaz richtete sich, einen Ausdruck neugieriger Spannung in den Zügen, etwas aus seiner bequemen Lage auf.

»Hallo, Dokterchen! Sie bringen mir heute sicher was Besonderes? Schon seit vielen Tagen warte ich darauf, aber Sie taten so mordsmäßig zugeknöpft, dass ich meine Neugier zügelte. Kommen Sie hierher – und setzen Sie sich. So – da stehen Zigaretten – oder eine Giftnudel? Wie? Nein? Gut, besser auch, man verschandelt sich nur damit den Magen. Ich rauche den Dreck auch nur höchst selten. Sie sehen ohnehin schon blass und abgerackert aus.«

Der Angeredete dankte höflich für beides. Eine gewisse Unsicherheit machte sich unter den ihn scharf fassenden Blicken des Schlossherrn an ihm bemerkbar. Allein wohl selten hatte ein so offener warmer Ausdruck in Job Christophs feste Willenskraft und Manneswürde widerspiegelnden Augen gelegen.

»Wissen Sie, Doktor, dass Sie ein komischer Kerl sind? Wenn ich jemand einen Dienst geleistet, für ihn geschuftet habe, dass mir der Schweiß 'runterläuft, dann stelle ich mein Licht nicht unter den Scheffel, aus purer Bescheidenheit, um einen ja nicht glauben zu lassen: ›Jetzt bitte ich auch um den vereinbarten Obolus!‹ Donnerwetter, nun mal raus mit der wilden Katze! Der Stammbaum ist da – gefunden? Ja?«

»Er war gefunden, Herr Graf – in der bewussten Mappe des alten Sackes; natürlich Bruchstücke davon, die ich indes zu einem leserlichen Ganzen zusammenzufügen und zu entziffern vermochte. Nun aber ...«

»Na also, das ist ja die Hauptsache. Sie sind doch ein Tausendkünstler!«, unterbrach ihn der Ältere voll prickelnder Ungeduld. »Ich verstehe nur nicht recht die Andeutung: ›Der Stammbaum war gefunden.‹ Die Luders, die Ratten, werden das Ding hoffentlich nicht über Nacht aufgefressen haben?«

Obgleich seine Stimme spöttisch klang, glühte doch ein böser Funke in seinem tückischen Blicke, und plötzlich trat eine dicke rote Zornesader auf seine Stirn.

Da er immer nur das Schlechteste von den Menschen dachte, war sofort ein hässliches Misstrauen in ihm erwacht.

»Geldschneiderei! Erpressung!«, fuhr es durch des Grafen Sinn, und in brutalem Sarkasmus rief er: »Ein Mann wie ich – in meiner Stellung – ist nicht daran gewöhnt, lange hingehalten zu werden, insbesondere, da Sie doch gemerkt haben müssen, wie sehr die ganze Sache mich spannt und aufregt. Versteckenspielen scheint wahrlich nicht mehr am Platze. Ich verlange Klarheit, Herr Doktor!«

Keine Miene in des Jüngeren Zügen verriet, dass die verletzende Rede ihn innerlich empörte, denn er dachte an Rainerias Bitte, ganz offen zu sein und den wahren Sachverhalt rücksichtslos zu enthüllen, und so sagte er, obgleich mit merklich dunkler gefärbter Stimme, nur kurz: »Zu meinem tiefen Bedauern muss ich leider bekennen, dass der Stammbaum, der verschiedene Linien und Zweige der gräflichen Familie Sumiersky nachweist, nicht mehr existiert und in meiner Gegenwart von Ihrer Gräfin Tochter verbrannt worden ist!«

Wie ein Rasender, blaurot im Gesicht, die Lippen verzerrt, so dass die großen, weißen Zähne sichtbar wurden, fuhr der Schlossherr vom Sofa auf.

»Verbrannt?! Mensch, sind Sie wahnsinnig geworden? Das duldeten Sie? Das verhinderten Sie nicht? Frauenzimmern ein solches Wertobjekt in die Hand zu geben, ein Dokument, das für mich schwerer wog als eine Viertelmillion – ist ein Verbrechen!«

Job Christoph hatte sich ebenfalls erhoben, und in seiner vornehmen Ruhe und Gelassenheit stand er schweigend vor dem tobenden Manne, während dieser kreischend fortfuhr: »Das Mädel soll ’runterkommen – sofort! Ich will es Mores lehren, sich an Dingen zu vergreifen, die mir gehören. Was hatte die Göre überhaupt dort unten zu suchen gehabt? Bloß neugieriges Herumstänkern! Wo Weiber im Spiele sind, gibt’s immer Unheil. Potz Teufel, das soll Raineria mir büßen!«

In unsicherem, stolperndem Schritt war er zum Klingelzug gestürmt, da endlich ermannte sich der Doktor und sagte schnell: »Die Komtesse war so gänzlich fassungslos, jedweder Überlegung bar, dass es wohl sündhaft wäre, sie wegen dieser Handlung zur Rechenschaft zu ziehen. Verantwortlich dafür bin nur ich, Herr Graf, indem ich so unvorsichtig gewesen bin, sie über den Inhalt des Stammbaumes aufzuklären.«

Zum ersten Male lag eine leichte Bitterkeit und Schärfe in Job Christophs Ton.

»Den Inhalt? Wie meinen Sie das?«

Stutzend, allein noch immer vor innerer Erregung keuchend, blieb der Hausherr inmitten des Zimmers stehen.

»Um Ihnen darüber Mitteilung zu machen, Herr Graf, bin ich jetzt hier. Ich habe den alten Stammbaum genau studiert, kenne jede Zeile auswendig, und so wird Ihnen wohl – meiner allerdings nicht maßgebenden Ansicht nach – kaum etwas anderes übrig bleiben, als sich mit jenen Verwandten, die Ihnen, wie Sie mir anvertrauten, das Erbteil streitig machen wollen, gütlich auseinanderzusetzen.«

Wieder in der alten Ruhe und Festigkeit, klang jetzt Job Christophs Stimme zu dem ihn fast um halbe Kopfeslänge überragenden Manne hinüber.

Beinahe hatte es den Anschein, als wolle sich dieser in seiner Wut auf den Doktor stürzen.

»Streitig machen! Zum Teufel, das soll mal einer riskieren, mir, dem positiv nächsten Anwärter!«, schrie Graf Ignaz brüsk.

»Der Stammbaum besagt das leider nicht. Ihr Vetter in Amerika, der wieder, wie Sie sagten, seine Identität nur durch einige Briefe und mündliche Überlieferungen nachzuweisen vermag, stammt dennoch in ganz direkter Linie vom Erblasser ab. Jener Ast der Familie Sumiersky, dem Ihr Großvater entspross, ist ein Nebenzweig, Herr Graf. Solche Irrtümer kommen, wie meine Praxis mich oft belehrt, durchaus nicht selten vor, denn ...«

Herr von der Thann stockte, weil in seines Gegenübers Zügen plötzlich eine so auffallende Veränderung vor sich gegangen war, dass Gefühle von Sorge und Bangigkeit ihn beschlichen.

In dem markig geschnittenen Gesicht arbeitete ein so seltsam krampfartiges Jucken, als ob in natürlicher Folge der eben gehabten furchtbaren Gemütsbewegung ein wildes Aufschluchzen sich Bahn brechen wollte. Fast wirkte es auch gleich ingrimmigem Lachen.

Graf Ignaz war in einen Sessel gesunken und bedeckte mit beiden Händen das Gesicht.

Aufs Höchste befremdet betrachtete Herr von der Thann den Fassungslosen.

»Ich bin tief bedrückt, Herr Graf, dass ich Ihnen eine derartige Enttäuschung bereiten musste«, wagte er endlich ernst, doch höflich zu äußern.

Das mehr unbewusste als bewusste Bedürfnis, etwas zu sagen, was dieser roh sinnlichen Natur nur einigermaßen verständlich war, gab ihm die Worte ein.

Allein der Schlossherr verharrte noch immer regungslos.

Wollte er sich zu sammeln versuchen, seine Erschütterung vor fremden Augen verbergen?

Unschlüssig blieb Job Christoph neben dem Sessel stehen. Wenn der Mann durch diese Aufregung erkrankte, gar einen Schlaganfall erleiden sollte?

Da endlich sanken des Schweigsamen Arme herab, und in der allen Beweglichkeit sprang er vom Sitze auf.

»Donner und Doria! Das hat mich gepackt! Man ist doch nicht mehr der Jüngste, um Fassung zu bewahren!«

Sein Gesichtsausdruck war wieder völlig ruhig, und die breitschulterige Gestalt reckte sich. Ganz unvermittelt trat er sofort auf den Jüngeren zu und streckte ihm leutselig die Hand entgegen.

»Vor allem muss ich Sie um Verzeihung bitten, Herr Doktor! Weiß Gott, das bin ich Ihnen schuldig. Wie ein Ruppsack hab' ich mich benommen, einfach grob! Na, das ist nun mal so meine Art, wenn mir was gegen den Strich geht. Also – Verzeihung – und tragen Sie mir's nicht nach. Sie haben Ihre Schuldigkeit getan und sich redlich Mühe gegeben. An mir liegt's nun, mich mit den Aasgeiern drüben über dem Wasser zu vergleichen! Verteufelt unangenehm!«

Seine harten Finger umschlossen noch immer Job Christophs Hand.

»O keine Ursache, Herr Graf! Ich fühle mich Ihnen gegenüber indirekt als schuldiger Teil, und das wird stets eine bittere Erinnerung für mich zurücklassen.«

»Na ja! Wie man's nimmt. Aber nun bitte ich dringend darum, die Geschichte als Amtsgeheimnis zu betrachten und reinen Mund darüber zu bewahren! Ihr Wort darauf, Doktor?«

»Gewiss, Herr Graf, mein Wort!«

»Gut, gut! Und durch meinen Bankier – in Posen«, (diese Worte sprach der Hausherr zögernd) »werden Sie das – Vereinbarte übermittelt bekommen. Somit wären wir quitt.«

Eine heiße Blutwelle schoss dem Angeredeten bis zur Stirn hinauf.

»Sündengeld!«, rief es in ihm. »Mit der Tochter ein Liebesverhältnis angesponnen, den Stammbaum verbrennen lassen und jetzt ein Honorar empfangen!«

Jede Fiber in ihm sträubte sich dagegen. Allein, war sein armseliges Dasein, seine kümmerliche Existenz durch Demütigungen nicht schon reichlich zernagt und zermürbt?

Warum dieser törichte Hochmut und Stolz?

»Ich danke, Herr Graf! Heute mit dem Abendzug werde ich, wenn Sie gestatten, Strelnow verlassen.«

In straffer Korrektheit verließ Job Christoph von der Thann das Gemach.

Etwas, was Graf Ignaz seit Jahren kaum mehr getan hatte – er klopfte eine Viertelstunde später bei der Tochter an. »Raineria, bist du drin?«

Seine Stimme klang heiser, fast tonlos, aber die holzharten Knöchel seiner Rechten verursachten ein klapperndes Geräusch.

»Raineria, bist du drin?«, wiederholte er die Frage noch einmal.

Erst nach einer Weile öffnete die Gerufene schweigend und ohne die mindeste Überraschung zu zeigen – sogar mit spöttisch überlegenem Lächeln sah sie dem Eintretenden ins Gesicht.

»Nun?« Das Wort klang gereizt, und die dunklen Augen blitzten unheimlich unter den buschigen Brauen hervor.

»Ich konnte es mir ja denken, dass du kommen würdest, Papa! Hier bei mir bist du völlig ungestört; da magst du nach Herzenslust fluchen und schimpfen, ohne dass Himek, der stets an den Türen lungert, und das Küchenpersonal es hören«, sagte das Mädchen gelassen und ließ den Vater an sich vorbei ins Zimmer treten.

»Du hast wohl ein sehr schlechtes Gewissen, Ary? Wie?«

»Ich? Wieso? Was ich tat, geschah um Stephans willen. Der arme Junge durfte unter keinen Umständen unsere schlimme Lage und deine grundfalschen Auffassungen betreffs des Stammbaumes erfahren oder gar darunter leiden. Die Urkunde ist eben nicht auffindbar gewesen, Punktum!«

»Und ich? Du erteilst ja nette Ratschläge!«

»Nicht im Mindesten, da es jetzt deine Sache ist, dich mit der sogenannten Verwandtschaft abzufinden. Soviel ich weiß, hatte man dir schon vor Monaten einen Vergleich angeboten: 80 000 Mark Abstandsgeld wären wohl noch zu beschaffen – pah – und damit wäre die eklige Geschichte tot. Mir hängt sie schon zum Halse heraus!«

Das Mädchen hatte sich in einen Schaukelstuhl geworfen und wiegte ihn anscheinend gemütsruhig hin und her. Allein die Flügel der feinen Nase zitterten sichtlich, und ein nervöses Zucken glitt über das auffallend blasse Gesicht. Dabei verfolgten die nun wie heller Topas schimmernden Augen jede Miene des Mannes, in dessen Zügen eine seltsame Mischung von Trotz, Spott und höhnischer Überlegenheit zu spielen begannen.

Graf Ignaz war stets ein Mensch gewesen, der sich meisterhaft zu beherrschen verstand, der seine Gedanken und Gefühle der Umwelt niemals preisgab; jetzt hatte es indes einen Augenblick den Anschein, als wäre fein innerstes Gleichgewicht plötzlich ins Schwanken geraten.

Ganz offen gegen die Tochter zu sein, war unmöglich, denn er hatte ihr nie einen Einblick in sein Seelenleben erschlossen, andererseits kannte sie den Vater aber wieder viel zu gut, um ihr gegenüber irgendeine Komödie zu ersinnen, und drittens hatte er ja allerdings – wie meist bei heiklen Sachen – noch einen letzten Trumpf in der Hand, der sicher auch hier den Ausschlag geben musste.

»So – die eklige Geschichte totmachen, aus der Welt schaffen! Desto mehr scheint dein Interesse sich jedoch dem Doktor selbst, dem Waschlappen, zugewandt zu haben, der nicht mal soviel Energie besessen hat, seine saubere Arbeit vor Weiberhänden zu schützen«, platzte der Schlossherr schroff heraus.

»Bitte, Papa, mäßige dich in deinen Ausdrücken, denn sie verletzen auch mich. Du hast Herrn von der Thann herberufen, er hat sich für dich geplagt – dass das Ergebnis nicht nach Wunsch ausfiel, berechtigt dich keineswegs, deinen Groll über den Wortlaut des Stammbaumes an einem Manne auszulassen, der uns gesellschaftlich ebenbürtig ist. In seinen Jahren hat er bereits mehr geleistet als hundert andere. Er steht mir – freundschaftlich nahe.«

»Das überrascht mich durchaus nicht! Du hast ja während der letzten Zeit kein Hehl daraus gemacht, dass der Bücherwurm mit seinen verführerischen Augen dir gefiel. Ein neuer, reizvoller Sport, in der Tat. Es gibt so ein treffendes Sprichwort: ›In der Not frisst der …‹ – er stockte.

Raineria war aufgesprungen und stand, flammende Röte über der Stirn, vor dem frivolen Spötter.

»Du irrst vollständig, Papa! Job Christoph steht mir viel näher, als du meinst. Er ist der einzige Mensch, dem ich mich bisher geistig verwandt fühlte, der mir imponiert. Unsere Beziehungen, unsere Freundschaft werden mein einsames Dasein in Zukunft erhellen; auch wenn er fortgeht, bleiben wir im Verkehr.«

»Wirklich? Und wie denkt sich meine stolze Tochter das – das Finale?«

Graf Ignaz fragte das scheinbar harmlos, wobei indes ein hämischer Zug über die braunen Züge glitt.

Raineria warf den Kopf hoch.

»Das wird von Verhältnissen, von seiner künftigen Lebensstellung, von meinen eigenen Entschließungen abhängen«, erwiderte sie voll Trotz.

42

»Bravo! Es geht doch nichts über Romantik! Liebe und ein Butterbrot genügen ja meist solch sentimentalen verdrehten Leuten!«

»Besser als ein Leben ohne inneren Halt, wo Unsummen vergeudet, wo Schulden gemacht werden, um sich über Wasser zu halten. Allerdings besteht eine Kluft zwischen hier und ihm! Ich bin gottlob sehr hellsehend geworden, seit ich Job Christoph kenne.«

»Hahaha! Verliebt bist du!«, rief lachend der Graf. Sein Zynismus war viel verletzender als der plötzlich herauspolternde Zorn.

Kerzengerade mit zuckenden Lippen stand sie noch immer vor ihm.

»Und was würdest du sagen, wenn ich trotz alledem – seine Frau werden will!?«

Vielleicht entsprang dieser Ausspruch nur ihrer fiebernden Erregung, ihrem durch des Vaters Roheit geweckten Widerspruchsgeist. Klargemacht hatte Raineria sich jenen Gedanken bisher noch nie. Jetzt mit einem Mal erschrak sie selbst darüber, und etwas ihren Willen und ihre Überlegung Lähmendes legte sich plötzlich um Geist und Hirn.

Seine Frau! Nein, daran dachte wohl auch Job Christoph nicht, wagte nicht daran zu denken. Nur lieb haben wollte sie ihn und ihm treu bleiben. Das Leben schien ja sonst so schal und leer, und blitzschnell flogen auch schon Gedanken und Pläne durch den erregten Sinn: Nicht mehr beim Vater bleiben, nicht mehr dieses Geist und Verstand erdrückende Einerlei weiterertragen müssen! Wenn er ging, dann dünkte ihr Strelnow wie eine todestraurige Wüstenei. Aber wohin? Nach Österreich, zur Verwandtschaft? Nein! Sie fühlte sich zu alt und müde, um neu anzufangen mit jenem Flattern von Vergnügen zu Vergnügen. Denn gleich einer Erleuchtung trat ihr jetzt Stephan vor die Seele. War es denn nicht möglich, sich mit dem Bruder, dem einzigen Menschen, der ihr auf Erden teuer war, ein Heim zu gründen? Wo immer er seine Studien betrieb, konnte sie ihm dann nahe sein, für ihn sorgen, aufopfernd und schwesterlich. Der arme Junge kannte ja solch zarte Rücksichten nicht.

Ob wohl die Mittel, die Einkünfte aus ihrem beiderseitigen mütterlichen Vermögen dazu reichen würden? Der Vater musste das Geld herauszahlen, man war ja längst mündig! Und mit Job Christoph konnte sie weiter im Verkehr bleiben, was hier in Strelnow unmöglich war.

Graf Ignaz' stechende Blicke weideten sich schadenfroh an dem merkbar nachdenklich gewordenen Mädchengesicht.

»Ich weiß, dass du viel zu weltklug bist, um eine Dummheit zu begehen, Ary«, gab er unbeirrt zurück.

Sie atmete hastig und schwer.

»Wir wollen jetzt über die Zukunft nicht streiten, Papa. Nur darfst du nicht verlangen, dass es so weiter geht wie bisher. Das gegenwärtige Leben ertrage ich nicht mehr. Ich muss fort!«

Des Grafen Lippen entfuhr ein pfeifender Laut.

»Wir wollen auch in vollster Übereinstimmung scheiden, Papa, ohne Bitterkeit. Daher möchte ich dich bitten, mir mein eigenes Vermögen auszuzahlen, damit ich ungehindert darüber verfügen kann. Ein Mädchen von bald vierundzwanzig Jahren will doch auch einmal selbstständig sein. So viel ich weiß, beträgt Stephans und mein Kapital zusammen 300 000 Gulden.«

Mehrere Sekunden stierte der große, bisher zynisch lächelnde Mann wie betäubt nach der gegenüberliegenden Wand, die wulstige Unterlippe zuckte, und krampfartig ballten sich die Finger der Rechten Zusammen.

Es erfolgte aber keine Antwort.

»Stephan und ich hatten dir seinerzeit ganz freie Verwaltung darüber gegeben, und du sagtest öfter, das Geld läge auf der Posener Bank«, wiederholte Raineria noch einmal in ruhigerem Ton.

Dieser Einwurf machte den Grafen jäh emporfahren.

»Auf der Posener Bank? Natürlich!« In seinen Zügen spiegelte sich nun wieder ein wilder Trotz, und jede Rücksicht beiseite lassend, zischte er giftig:

»Hat's mal gelegen, mein Töchterchen – damals, als noch gute Zeiten waren! Aber wovon hätten wir denn Jahre und Jahre alle Ausgaben hier bestreiten sollen? Glaubst du wirklich, dass die paar lumpigen Zinsen zu deinem Wiener Aufenthalte, deinen hohen Ansprüchen genügt hätten? Und schließlich, was kosteten Stephans Studien, seine Reisen und zu guter Letzt, als die Erträge von Strelnow immer knapper wurden – wer hätte mir armen Narren denn geholfen? Nee, Kind, da mussten die Papierchens aus dem Kasten raus – sie waren meine einzige Rettung. Das Gut wäre sonst längst zum Teufel gegangen, wenn ...«

Graf Ignaz war in einen weinerlichen Ton verfallen und schnappte nach Luft.

Immer größer waren Rainerias goldbraune Augen, immer unbeweglicher und bleicher ihr Gesicht geworden. Während die Hände nach einer Stuhllehne griffen, bemühte sie sich, sich gewaltsam zu fassen.

Alles fort! – Verbraucht – verspielt! Das Geld der Kinder, ihr Mutterteil – das Letzte! Bettler!

So sauste und brauste es durch ihr Hirn. Und jetzt kam die Verzweiflung, die Wut. Am liebsten wäre sie dem gewissenlosen, rohen Manne, dem eigenen Vater mit erhobenen Fäusten dicht vor die funkelnden Augen gesprungen und hätte gerufen: »Du Elender, ich verachte dich!«

Aber was nützten alle Vorwürfe, aller Grimm! Diesem Manne gegenüber war der Geschädigte immer machtlos. Allmächtiger Gott – Bettler!

Wie mit tausend Messern bohrte sich der Gedanke an Stephan, den Vertrauenden, Edlen in ihre Brust, und vielleicht zum ersten Mal in Rainerias Leben kamen beschämende Empfindungen zum Durchbruch. Hatte sie, ungeachtet aller Zärtlichkeit für den Bruder, in grenzenloser Ichsucht nicht dennoch immer zuerst an sich selbst gedacht? Nun trat plötzlich die jäh aufgeflammte Leidenschaft für Job Christoph, ihre Absicht, Strelnow und den Vater zu verlassen, in den Hintergrund, bei der niederschmetternden Entdeckung, dass Stephan und sie selbst ferner völlig abhängig seien. Und einzig nur um des Bruders willen hatte sie den Frevel, die wichtige Urkunde zu verbrennen, begangen, allen Folgen trotzend, die sich vielleicht aus dieser Tat entwickeln konnten. Nun war alles einerlei. Strelnow würde Stephan ja doch nie erhalten bleiben! Wenn der Vater – als Ehrenmann (Raineria biss bei diesem Gedanken fast schmerzhaft die Zähne zusammen) sich dem amerikanischen Vetter offenbarte oder ihm einen Vergleich vorschlug – dann kostete es das Gut.

War es Würgen, war es verhaltenes Schluchzen, oder waren es Tränen, die bei trockenem Auge dennoch innerlich fließen!

Mit Raubtierblicken beobachtete sie der Graf. Endlich sagte er unter kurzem Lachen, beinahe harmlos freundlich: »Na, na, rege dich nur nicht unnütz auf, Ary. Hin ist hin. Kummer macht alt und hässlich, und du brauchst deine Schönheit noch zu nötig – sie ist deine Mitgift. Den Kopf verlieren brauchen wir beide noch lange nicht. Wenn du seit einer Woche nicht so völlig blind und benommen herumliefest, dann hättest du längst bemerken müssen, dass mir wieder mal der Himmel voller Geigen hängt. Dusel muss halt der Mensch haben! Wer kommt denn morgen nach Strelnow? Hahaha!«

Starren Gesichtsausdruckes, als ob des Vaters Rede sie gar nichts anginge, war Raineria langsam durch das Gemach geschritten. Jetzt hob sie den Kopf.

In des Grafen harten Zügen begann sich ein Ausdruck von hämischer Genugtuung und triumphierender Schadenfreude zu malen. Er hatte nun seinen letzten, besten Trumpf ausgespielt.

»Wenn der Vinzenz Herlingen, dieser durch seine Verhältnisse und sein Leben reichlich verwöhnte Mensch, mich in meiner verwitterten alten Raubfeste aufsucht und bemüht scheint, wieder verwandtschaftliche Beziehungen anzuknüpfen, dann – zum Teufel! – dann darf man wohl mit Recht seine Hintergedanken hegen.«

Der Graf kicherte vergnüglich. War ihm doch wieder einmal ein sogenannter Generalstreich geglückt.

Graf Herlingen, der württembergische Großgrundbesitzer, wollte, wie ihm zu Ohren gekommen war, in der Provinz Posen eine Hochwildjagd pachten (der Strelnower Schlossherr hatte überall seine Fühlfäden); nebenbei habe er sich besonders entzückt über eine in Wien ausgestellte große Fotografie von Raineria geäußert. Kurz – richtig kombinieren ist im Leben die Hauptsache. Auf eine freundliche Aufforderung kam alsbald eine ebenso freundliche, zusagende Depesche.

Das alles behielt Graf Ignaz natürlich für sich. Er lächelte auch weiter, als seine Tochter ihm verächtlichen Tones über die Schulter zurief: »Bitte, lass aber mich dabei völlig aus dem Spiel!«

»Närrchen! Ich sage ja fürs Erste auch gar nichts. Die Sache ist für uns viel zu wichtig, um uns auf törichte Streitereien darüber einzulassen, zumal mit jemand, der vorläufig mit Blindheit geschlagen ist und kaum logisch zu denken vermag. Überlege dir jedoch mal den Fall recht reiflich, Ary. Der Vinzenz ist ein Mann, nach dem schon hundert Mädels alle zehn Finger vergeblich ausgestreckt haben; ein guter, famoser, hübscher Kerl, trotz seiner zweiundvierzig Jahre forsch und stramm, und das Geld! Wie konntest du nur einen Augenblick zögern? Er braucht 'ne Frau, einen Erben, ist der Letzte seines Namens, keine Verwandtschaft da. Die Güter gehen sonst womöglich später mal an den Fiskus. Ausgetobt hat er auch. Also!«

Dem Vater den Rücken kehrend, stand Raineria am Fenster. Heller Sonnenschein und knospender Frühling lachten ihr entgegen. Sie sah nichts davon. Finsterer Groll und ohnmächtige Bitterkeit pressten ihr die Brust zusammen.

Als einzige Antwort stampfte sie nur mit dem Fuße und sagte hart: »Ich kenne ihn kaum! Ich liebe einen anderen! Ich mag ihn nicht!«

»Vom Lieben spricht ja auch kein Mensch! Heiraten sollst du ihn – hahaha! Und wenn du es nicht meinetwegen tun willst – was ich durchaus nicht verlange –, so tu' es um Stephans willen – für den armen Kerl!«

Danach griff er nach den Zigaretten, die auf dem Tisch in offener Schale lagen, und ging hinaus.

»Verzeihung, ich habe nicht beachtet, dass Sie sich unversehens so rasch umwenden würden«, sagte Dr. von der Thann, der, eiligen Schrittes sein Handköfferchen tragend, einem Wagenabteil zustrebte und mit der scharfen Kante des Gepäckstückes das Knie eines großen, breitschulterigen Herrn etwas unsanft berührt hatte.

Soeben war der Zug eingefahren und dieser dem Abteil erster Klasse entstiegen.

Er sprach mehr befehlend als höflich zu einem in ergebener Haltung vor ihm stehenden jungen Manne, anscheinend seinem Kammerdiener, dem er ein Paket Zeitungen und Reiselektüre übergab.

»Na, hören Sie mal, mein Herr«, erwiderte er auf jene Entschuldigung merklich bissig, »wenn man seine Bagage selbst schleppt, hat man gut aufzupassen und rempelt damit nicht andere Fahrgäste an.«

Mehr verwundert als verletzt sah Job Christoph in des Sprechers Gesicht.

Weder seine ungezwungene, beinahe herausfordernde Haltung noch der ihm unleugbar anhaftende Ausdruck von Vornehmheit würden des Doktors Aufmerksamkeit erregt haben, es war der Ausdruck von Dünkel und lächerlicher Überhebung, der in den sonst gutgeschnittenen Zügen deutlich zum Vorschein kam. Wasserblaue, hell bewimperte Augen und eine rosige, fast mädchenhaft gefärbte Hautfarbe standen damit im Widerspruch. Eben hatte er die Reisemütze abgenommen, und das sich darunter kräuselnde semmelblonde Haar ließ sogar einen rötlichen Schein der Kopfhaut durchschimmern. Der Kammerdiener reichte seinem Gebieter einen weichen grauen Filzhut hin.

»Ich wünsche ein Auto nach Strelnow. Hoffentlich bekomme ich eins in diesem Nest?«, hörte Herr von der Thann ihn im Vorbeischreiten noch rufen, und als Job Christoph in einem Abteil dritter Klasse angelangt war, schloss sich hinter ihm die Tür.

Über seine Züge flutete noch immer das Rot heftiger Erregung, und seit er vor dreiviertel Stunden Strelnow verlassen hatte, wollten tausend wehe, widersprechende Gefühle in seiner Brust nicht zur Ruhe kommen.

Ungeduldig warf er den Koffer ins Netz und ließ sich auf den harten Sitz nieder.

»Strelnow«, hatte der Fremde gesagt. Also der war es? Ein Auto – natürlich! Konnte er nicht einen Wagen benutzen? Nein, der elende Klapperkasten schien nicht gut genug für ihn. Warum kam er schon heut? Selbstredend überraschend!

So jagten die Gedanken durch Job Christophs Hirn. Weshalb war er aber plötzlich traurig, sorgenvoll, verzagt? Warum dünkte es ihn jetzt, als ob unheilvolle Mächte ihm den zuversichtlichen Blick in die Zukunft trübten? Lächerlich! Er atmete beklommen auf und begann nun erst von seinen Reisegefährten Notiz zu nehmen. Sie bestanden aus zwei schlichten, alten Frauen, einem polnischen Juden mit Stirnlöckchen und drei lebhaft schwatzenden Geschäftsleuten; keiner beachtete ihn, und dennoch drückte er sich unbehaglich und verstimmt in seine Ecke.

Dritter Klasse! Noch vor drei Wochen war es ihm ganz selbstverständlich erschienen, seiner mageren Börse wegen so zu fahren. Doch heute schämte er sich vor sich selbst. Weshalb? Wieder lächerlich! War denn etwas Besseres, Vornehmeres aus seiner Person geworden, seit Strelnows Luft ihn umwehte?

Noch brannten Arys Abschiedsküsse auf seinen Lippen, noch haftete an seinen Kleidern und Händen der leichte, süße Duft ihres Parfüms. Sollte dieser sich bald verflüchtigende Hauch vielleicht das Einzige sein, was er von ihr, von jenen berauschenden Tagen mit fortgenommen hatte?

»Ich liebe dich, Job Christoph – unsagbar, unermesslich! Wir werden uns schreiben, du wirst bald von mir hören, und dann soll alles gut werden!«

Das waren ihre letzten Worte, als er sich am Nachmittag von ihr verabschiedete.

Im großen, totenstillen Salon, dort, wo er sie zuerst erblickt, war es gewesen. Der Vater fort, wie immer – das Schloss wie ausgestorben – auch wie immer. Da hatten Arys weiche Arme ihn wieder und wieder umfasst, und die ganze Leidenschaftlichkeit ihres Wesens hätte ihn, wenn er nicht längst von der Tiefe ihrer Gefühle überzeugt sein musste, aufs Neue belehren können, dass nur die reinste Liebe sie durchglühte. Und dennoch –

Wie dachte sich Raineria eigentlich ihre Zukunft? Weshalb berührte sie nie den doch so wichtigen Punkt einer endlichen, klaren Aussprache, obwohl, er ihr schon oft von Plänen, Entschlüssen und Hoffnungen geredet hatte? Mit merkbarer Scheu war sie nie darauf eingegangen.

Und als nun gerade am selben Morgen ein Brief des berühmten deutschen Prähistorikers und Archäologen Professor Ramberg in seine Hände gelangt war, der sich ihn zum Begleiter auf der nächsten Forschungsreise nach Ägypten erbat, und er, in seiner Freude über jene ehrende Aussicht, Raineria Mitteilung davon gemacht hatte, da war es doch einen Augenblick wie Bitterkeit und Enttäuschung in ihm aufgequollen.

»O Job Christoph, du wirst sicher noch ein schrecklich berühmter Mann werden, von dem später ellenlange Aufsätze in den Zeitungen stehen!«

So lautete ihre im neckenden Tone gegebene Antwort.

Sein tiefes Empfinden über diese Auszeichnung verstand sie nicht.

Und er selbst?

Anstatt begeistert zu rufen: »O, Ary, Liebste, ich werde mich emporarbeiten aus dem Dunkel und der Dürftigkeit meines bisherigen Daseins. Ich will aufwärts steigen –«

Ja, da hatte er geschwiegen und all die in ihm aufquellenden Empfindungen gewaltsam unterdrückt.

Fühlte er, dass zwischen ihm und Raineria eine unsichtbare Schranke bestand, die zu beseitigen nicht in seiner Macht lag? O, er kannte dieses Hemmnis wohl. Hatte er jemals wie ein anderer Mann, der um ein Mädchen wirbt, sie nur einmal gebeten, ihm treu zu bleiben und auszuharren, bis er Stellung und Mittel besaß, sie in sein Haus zu holen? Nein! Hatte er je den Mut gefunden, dem Grafen seine Neigung für Raineria zu offenbaren? Nein! Er kannte nur zu gut den Grund dafür, er kannte das Unrechte, Sündhafte, das ihn mit tausend Fesseln an Strelnow band und das er nicht mehr zu sühnen vermochte. Kein flüchtiger Sinnesrausch war seine Liebe für Raineria, sie war die Verkörperung eines längst in ihm schlummernden Ideals. Alles andere, Frühere verschwamm ins Wesenlose. Knabenträume! Wer glaubt heute noch an ihre Verwirklichung?

Allein ein scharfer Stachel in der Brust blieb dennoch.

Das Bild jenes holden, schlichten Mädchens stand noch immer vor seines Geistes Augen, und darum durfte er keine Entschließungen treffen, bevor er der Jugendfreundin nicht alles gebeichtet.

Das war Gewissenspflicht, ja Ehrenpflicht! Zuerst also den Weg zu Professor Ramberg, seinem Gönner, nach Berlin und dann zu Irene nach der alten Heimatstadt.

Der große, weißhaarige Mann mit der etwas vornüber geneigten Haltung und das schlanke, junge Mädchen, dessen Gesicht durch einen hellen Strohhut beschattet wurde, waren bereits mehrere Minuten schweigend, doch rasch nebeneinander hergeschritten. Es war eine Eigentümlichkeit von jenem, während des Gehens auf der Straße nur ungern Unterhaltung zu führen, allein unbemerkt war sein Blick gelegentlich zur Seite geglitten.

Als man nun dem Häusergewirr der Vorstadt, dem Rasseln und Klingeln der Elektrischen wie dem flutenden Strom ihnen entgegeneilender Menschen – es war Mittagszeit – glücklich entronnen war und in eine ruhigere Gegend einbog, mäßigte er seinen Gang und äußerte halb erklärenden Tones:

»Sieh mal, Ire (er selbst hatte dem Bruderkinde, als die kleine Waise mit fünf Jahren in sein Haus gekommen, diese Kürzung des ihm zulang erscheinenden Namens Irene gegeben, der dem Mädchen seitdem verblieben war), sieh' mal, Ire, wenn ich so hastende Leute, ihren meist angstvoll gespannten Gesichtsausdruck beobachte, dann möchte ich ihnen wirklich den alten, wahren Araberspruch zurufen: Wozu solche Eile, man kommt noch immer früh genug zum Tode.«

»Gewiss, Onkel, aber es kann doch passieren, dass man mal etwas Wichtiges zu versäumen fürchtet, dass man in seinem Vorhaben gestört oder abgehalten wurde, daher eilen und hasten muss«, entgegnete die Angeredete, indem sie zum ersten Mal den Kopf hob und mit fragenden, gläubigen Kinderaugen zu dem alten Verwandten emporsah.

Diese Augen, in denen sich jetzt ein Sonnenfunke verfangen zu haben schien, leuchteten im klarsten Blau.

»Muss! Ja, Ire, dieses kurze Wort bedeutet das, was in unserem Leben gar strenge Zucht ausübt; ein Schwacher wird dadurch geschoben, der Starke sieht darin das Nutzbringende, ein seine Tatkraft anspornendes Mittel. Ich habe nur stets gefunden, dass Überstürzungen, ähnlich einer Nervenanspannung, sich oft bitter rächen.«

Über des Mädchens Züge war ein Helles Rot geflogen, und diesmal erfolgte keine Entgegnung.

Ja, Irene Thorwald wusste oder ahnte wenigstens, warum Onkel Kanonikus, der welterfahrene alte Priester, jene anscheinend harmlosen Worte zu ihr gesprochen hatte, weshalb auch seit Kurzem so oft eine Falte von Missmut über der klugen Stirn lag, aber sie bereute es trotzdem nicht, ihre junge Brust durch ein offenes Geständnis erleichtert zu haben.

An einem warmen Vorfrühlingsnachmittag, in des alten Onkels Garten war es gewesen, die Veilchen an den Rabattenrändern dufteten mit Hyazinthen und Tazetten um die Wette, und der sonnige Apriltag wob bereits einen schwachgrünen Schleier um Bäume und Sträucher.

Gedrückten Hauptes, genau wie heute, nur die altmodische lange Pfeife im Wunde, schritt der Fünfundsiebzigjährige auf den sauberen, mit frischem Kies bestreuten Wegen hin.

Da hatte das Nichtchen sich ein Herz gefasst:

»Onkel Gotthard – ich – ich glaube, dass ich deine große Güte und Nachsicht, mit der du mich verwöhnst – kaum verdiene!«

So hatte Ire damals begonnen.

»Na–nu!«

Der Angeredete nahm das lange Rohr von den Lippen und schüttelte, wie er es meist tat, wenn eine Sache ihm unverständlich dünkte, abweisend den grauen Kopf.

»Doch, Onkel Gotthard, – ich bin nämlich nicht ganz – aufrichtig gegen dich gewesen, seit einiger Zeit – seit Job Christoph von der Thann fort ist.«

Jetzt schwieg der alte Herr, steckte indes die Pfeife noch nicht in den Mund, während Ire überstürzend fortfuhr: »Du sagtest mir heute beim Frühstück, dass er – er binnen Kurzem kommen will. Ich muss dir daher unbedingt etwas verraten, was ich mich bisher zu bekennen scheute.«

Der Anflug eines feinen Lächelns huschte um den ein wenig sarkastisch geschnittenen Männermund.

»Und das Bekennen fällt meiner kleinen Ire schwer? Na, da könnte ich dir am Ende helfen. Du hast den Jungen gern, sehr gern, und wenn der Job später mal in der Lage sein dürfte, sich nach einer Frau umzusehen, dann würde er sich hier entschieden keinen Korb holen! Gelt ja, solche Gedanken haben sich in dem kleinen Mädchenhirn bereits geregt?«

Es erfolgte keine Antwort, und der alte Herr fuhr freundlich fort: »Wenn junge Menschen, wie ihr es seid, öfter zusammen sind, so scheint es wohl erklärlich, dass sich etwas anspinnt – Gefühle geweckt werden, die –! Na, das sind mehr oder weniger harmlose Spielereien, auf Sentimentalität und sogenannte Sympathien begründet; so was verflüchtet sich oft im Ernste und Kampfe ums Dasein, insbesondere bei Männern. Ein bisschen Gefallen ist noch lange nicht das, worauf wahre Liebe, Treue und Vertrauen aufgebaut sein müssen. Gerade weil ich ein alter, welterfahrener Priester bin, so maße ich mir ein wenig Menschenkenntnis zu. Du hast deswegen kein Unrecht begangen und bist über solch kleine Mädchenschwärmerei niemand Rechenschaft schuldig, Kind.«

Kanonikus Thorwald hatte dabei der Nichte Hand ergriffen und sah beschwichtigend zu ihr herab. Die auffallende Blässe ihres Gesichtchens machte ihn jedoch nun stutzen.

»Ach, Onkel Gotthard – lieber, einziger Onkel – sei nicht böse – aber wir sind ja eigentlich – schon verlobt!«

»Verlobt? Seit wann denn? Hat er etwa brieflich von jenem Schlosse in der Polackei aus um dich angehalten?«

Überraschung und Unwillen färbten die volle Männerstimme merkbar dunkler.

»Nein, nein, Onkel! Am letzten Tage vor seinem Scheiden war es – wo wir beide sehr bewegt waren – da sagte er mir, dass er mich so – so lieb hätte – dass ich sein Ideal sei und – und er keine andere heiraten wolle – als mich!«

»Und du?«

»Dann – dann haben wir uns – geküsst!«

»Das sind ja nette Geschichten – hm –! Und nun betrachtest du dich wohl als seine Braut?«

»Ja, Onkel Gotthard – und ich bin unendlich glücklich, denn ich liebe Job Christoph ja auch – seit Langem schon«, gab sie strahlenden Blickes zurück.

Kanonikus Thorwald war nach diesen überraschenden Enthüllungen eine ziemliche Weile gesenkten Hauptes, ohne seine geliebten Frühlingsblumen zu betrachten, durch den Garten gewandelt. Endlich blieb er stehen und sagte sehr ernst: »Ire, ich habe dir bisher nie von deinem seligen Vater, meinem Bruder, gesprochen. Weshalb sollte ich einer sonnigen Frohnatur, wie du eine bist, das Gemüt beschweren mit düsteren Bildern aus vergangenen Tagen? Jetzt scheinst du mir aber reif genug, und ich halte es auch für notwendig, dich über manches aufzuklären. Du hast natürlich keine Ahnung, dass dein Vater im Zweikampf erschossen worden ist?«

»Nein! Um Gottes willen, Onkel, wie entsetzlich! Man erzählte mir nur, er sei ganz plötzlich gestorben. Die arme, liebe Mutter!«

Ires Augen füllten sich mit Tränen.

»Ja, sie war arm, allerdings, arm an allem, was ein Frauenherz glücklich zu machen vermag. Und doch hat dein Vater sie einst aus Neigung erwählt und ihr am Altar die Treue gelobt. In ihrem schlichten, geradbiederen Sinne vermochte sie den feurigen, fantastisch angelegten Mann auf die Dauer nicht zu befriedigen und zu fesseln. Er hatte, obgleich kaum 38 Jahre, als angesehener Rechtsanwalt, wohl auch durch den Einfluss seiner bestechenden Person, schon eine gewisse Berühmtheit in Berlin erlangt, hielt glänzende Verteidigungsreden und strebte danach, sein Haus zum Sammelpunkt hochgestellter, vornehmer Leute zu gestalten. Luxus schien Lebensbedürfnis für ihn, und das Geld hatte in seinen Augen keinen Wert. Trotz seines hohen Einkommens schmolz auch das ansehnliche Vermögen deiner Mutter bald dahin. Berlin, dieses Sündenbabel, wie ich es nenne, trug wohl viel an allem Unglück schuld. Er vernachlässigte nach deiner Geburt seine junge Frau gänzlich und trat in nähere Beziehungen zu einer Dame der Aristokratie, einer verheirateten Frau, welche seinetwegen ihre Ehe zu lösen beabsichtigte. Aber dein Vater war ja Katholik und besaß, gottlob, noch so viel religiöses Empfinden und auch Rückgrat, um den öffentlichen Skandal zu vermeiden. Ich selbst bin, weil die ganze hässliche Sache mich anwiderte, den näheren Umständen stets ferngeblieben, bis eines Tages die schmerzliche Kunde zu mir drang, der Gatte jener leichtfertigen, verirrten Frau habe meinen Bruder im Pistolenduell tödlich verwundet. Wenige Stunden später starb er. Da reiste ich sofort nach Berlin. Ich fand deine Mutter schwer krank und gebrochen, die Vermögensverhältnisse zerrüttet. Kaum zwei Monate nach jener Tragödie folgte die Kreuzträgerin dem Unseligen ins Grab. Was ich aus diesem Wirrsal zu retten vermochte, war nicht viel, allein was bedeuten irdische Schätze gegen das Edelgut, das Gott mich durch meine Hände diesem Jammer entreißen ließ. Es war ein Frühlingssonntag wie heute, ein Tag nach der Beisetzung deiner Mutter, und ich hatte zu ganz früher Stunde in der Hedwigskirche zelebriert, all meine Sorgen und Ängste dem Allmächtigen anheimgestellt. Voll Zuversicht fuhr ich wieder hinaus nach der Villa deiner verstorbenen Eltern.

Der darin herrschende Prunk, den ich jetzt erst so recht ins Auge fasste, ekelte mich an. Von den Wänden der prächtigen, eleganten, nun grabesstillen Räume klang es mir wie Hohnlachen wieder. Da stand plötzlich ein Kind im weißen Kleidchen vor mir und schaute mich mit einem Paar wunderbarer Augen an. Herzensangst, Scheu und dennoch Hingebung und Zutrauen, alles lag in diesem Blick. Ich werde ihn nie vergessen. Und dieses Kind warst du, Ire!«

Darauf hatte der Greis geschwiegen und seine Schritte langsam dem Hause zugelenkt. Gleich einer Weihe lag es über dieser Stunde, und das tiefbewegte Mädchen wagte mit keiner Silbe die Stille zu unterbrechen.

Erst an der Gartentür wandte Kanonikus Thorwald sich noch einmal um und sagte freundlich, doch sichtbar bewegt:

»Wir werden das Weitere über – Job später besprechen, Kind – vor allen Dingen mit ihm selbst.«

Ire bückte sich und küsste die runzelige, welke Hand. –

Seitdem waren mehrere Wochen verflossen, allein der alte Herr schien jenen heiklen Punkt absichtlich vermieden zu haben.

Äußerlich verriet Ire mit keiner Miene die Unruhe und Sorge ihres Gemüts. Sie zeigte sich heiter und erfüllte, wie immer, gewissenhaft ihre Pflichten. Nur des Abends, wenn die Glocken der ehrwürdigen Kathedrale läuteten und die Dämmerung des Frühlings heraufzog, da klopfte das junge Herz in ahnungsschwerem Bangen.

Billigte Onkel Gotthard wohl einen Bund zwischen Job Christoph und ihr, oder war er aus unbekannten Gründen dagegen? Und gerade er hatte doch so oft versichert, dass er seinen einstigen Schüler, den besten, wie er oft betonte, achtete und schätzte und ihm eine Zukunft prophezeite.

Ja, Ire glaubte sicher, dass der Onkel auch jetzt noch den jungen Doktor, da dieser selbstständig geworden war, im Auge behielt und behilflich sein würde, ihn in seiner Laufbahn zu fördern. Aber das Geld, das böse Geld. Job Christoph besaß von Hause nichts. Ire hatte ja noch seine liebe, reizende Mutter gekannt, die als Offizierswitwe hier in bescheidenen Verhältnissen gelebt hatte und gestorben war.

Und wie hoch mochte sich wohl ihr eigenes kleines Kapital belaufen? Onkel Gotthard sparte fürchterlich, legte, wie er einmal scherzend geäußert, jeden Pfennig Zins auf Zins.

»Damit du mal nicht ganz von deinem Manne abzuhängen brauchst!«

Ach reich sein, wie schön sie sich das nun dachte. Tante Gismonda, Onkel Gotthards einzige Schwester, der sogenannte Klopfgeist, wie alle Bekannten die Siebzigjährige nannten, weil es ihre Art war, Wünschen und Befehlen durch energisches Klopfen auf den Tisch besonderen Nachdruck zu verleihen, ja, Tante Gismonda sollte recht vermögend sein. Vor Jahren hatte sie einem in Schulden geratenen Vetter ein halbes Los der preußischen Klassenlotterie abkaufen müssen und einmalhunderttausend Mark darauf gewonnen. Aber davon sprach sie nicht gern, um nicht immer von allen Seiten angezapft und in Anspruch genommen zu werden.

»Ich vermach' mein Geld doch mal wohltätigen Zwecken!«, meinte sie stets mit nachdrücklichem Klopfen.

Tante G. – Onkel Gotthard kürzte auch ihren Namen gern ab – mochte Job Christoph nicht sonderlich leiden, weil er sie zuweilen etwas aufzog und ihr ihrer unlogischen Sprechweise wegen meistens widersprach. Ire litt unter den vielen Nörgeleien der alten Dame, doch sie ertrug alle Schrullen geduldig, genau wie Onkel Gotthard, der in seiner vornehmen Denkungsart über dergleichen menschliche Schwachen hinwegsah. Nur in einer Sache hielt er die Schwester streng am Zügel: Sie durfte ihm keine Klatschgeschichten aus ihren unzähligen Kaffeekränzchen raportieren und musste, was sein Haus anlangte, so schwer es ihr auch wurde, stets reinen Mund halten. So war auch nie ein Wort über Ires Eltern und jene traurigen Berliner Begebenheiten über ihre Lippen gekommen. –

All jene Erwägungen glitten nun durch des jungen Mädchens Sinn, nachdem der alte Geistliche sich soeben so ablehnend über unnötige Hast und Überstürzung geäußert hatte.

Was mochte er wohl damit bezwecken? Ire fürchtete eine Frage zu tun und schritt, ohne den noch immer forschenden Blicken des Onkels zu begegnen, stillschweigend weiter.

»Morgen kommt nun also der Junge zu uns!«, begann er aber endlich wieder.

Man war nicht mehr weit von seiner Kurie entfernt.

»Ich hatte heute früh Nachricht aus Berlin. Seine Aussichten sind überraschend gut, dank meines alten Freundes Namberg gütiger Verwendung. Sein Buch hatte Erfolg. Man ist eben aufmerksam auf seine Begabung geworden, und er wird mir Ehre machen, das freut mich! Aber wenn er da ist, werde ich mal mit ihm reden. Dass mir dein Glück am Herzen liegt, brauche ich wohl nicht erst zu versichern, Kind! So – da wären wir ja wieder daheim angelangt. Tante G. guckt sicher schon nach uns aus, ob wir auch pünktlich zum Essen sind.«

Damit überschritt Kanonikus Thorwald die Schwelle seines behaglichen Hauses.

»Morgen kommt er!« Das war das Einzige, was Ire zu denken vermochte. –

Obgleich sein Urlaub nur einige Tage währte, hatte Job Christoph nach seiner Ankunft in Berlin das gewohnte möblierte Zimmer in der Königgräßer Straße wieder bezogen. Kaum dass die von Professor Ramberg gemachten Eröffnungen das richtige Glücks- und Dankesempfinden in ihm auszulösen vermochten, so zentnerschwer lag die bevorstehende Reise nach Breslau und die Aussprache mit Irene auf seiner Seele. Die Erinnerungen an Strelnow wollten sich kaum bannen lassen, eine Unrast war über ihn gekommen, die ihn flügellahm zu machen drohte.

Noch hatte er keine Nachricht von Raineria erhalten, und ihr zu schreiben, alles das zu schreiben, was seine Brust bewegte, das wagte er nicht.

Professor Ramberg, der berühmte, von ihm so hochgeschätzte Gelehrte hatte ihn mit einer so warmen Herzlichkeit empfangen, dass er fast davon beschämt war.

Sollte dieses Interesse für ihn etwa in Kanonikus Thorwalds Befürwortung zu suchen sein? Oder konnte sein eigenes Werk über die neuesten Forschungen der deutschen Orientgesellschaft in Ägypten und antike Kunst im Allgemeinen, welches er Professor Ramberg nach seiner Vollendung zur Begutachtung vorgelegt, ihm zu diesem Wohlwollen verholfen haben? Noch wagte er kaum daran zu glauben. Glück und Erfolg hatten ihm ja bisher nie gelächelt; er war bescheiden, ja pessimistisch geworden. Und doch klangen ihm noch immer Professor Rambergs Worte durch den Sinn: »In seiner ganzen Ausführung und in technischer Beziehung ein Buch ersten Ranges!«

Ja, nun besaß er allerdings Zukunftsaussichten, wie er sie sich längst erträumt, und wie gern wäre er noch zur Stunde nach Breslau geeilt, um seinem alten Freunde und Lehrer diese Kunde mündlich zu überbringen, Irene zu sagen, dass –

Nein. Hier hatte die Vorsehung eine Schranke aufgerichtet. O, es war so ganz anders gekommen, als er es sich vor seiner Reise nach Strelnow erhofft und gewünscht!

Von seinem Mittagsmahle zurückkehrend, fand er einen Brief auf dem Schreibtisch liegen.

Rainerias steile Schriftzüge! Sein Herz pochte. – So hatte sie also doch bald geschrieben.

Mit bebenden Fingern riss er den Umschlag auseinander und las:

»Lieber Freund!«

Wie seltsam die Anrede klang! Hatte sie ihn je so genannt? Nie seine Pulse fliegen! Doch weiter:

»Lieber Freund!

Das bist du mir, seit unsere Seelen und Kerzen sich in schönster Harmonie gefunden, gewesen, und das wirst du mir stets bleiben! Daran müssen wir beide festhalten, wie immer auch die Schicksalshand in unser Leben eingreift.

Du, Job Christoph, hast mich lieben gelehrt, wahr und uneigennützig, und dafür danke ich dir!«

Erstarrten Blickes gleiten des Mannes Augen über die nächsten Zeilen hinweg.

»Als du mir vor einigen Tagen Lebewohl sagtest, da wusste ich bereits, dass es ein Abschied für immer sein würde. Ich verriet dir nichts, weil ich die süße Stunde noch auskosten wollte. Ich darf nie deine Frau werden, Job Christoph! Papa hatte mir eine furchtbare Szene gemacht, hatte geflucht und getobt, und so musste ich mich fügen. Weil jeder Zwang mir eine Folter ist, so leide ich entsetzlich. Seit gestern bin ich mit Vinzenz Kerlingen verlobt! Ob er mich liebt, weiß ich nicht, nur befriedigt scheint er zu sein, mich seine Braut nennen zu dürfen.

Er ist ein Mensch der genutzsüchtigen, laxen, großen Welt, ohne irgendwelche höhere Interessen! Da er die schönsten Schlösser, Kunstsammlungen, die schönsten Pferde, den besten Rennstall besitzt, so will er auch eine schöne Frau haben!

Und so wird mein ferneres Dasein gerade das entbehren, wonach ich, unbewusst, stets gestrebt habe, was du mich gelehrt hast: den Aufschwung zur geistigen Höhe!

Und so danke ich dir noch einmal für alles, Job Christoph! Ich weiß, du wirst mich immer liebbehalten und jene süßen Stunden nie vergessen. Werde glücklich, wie du es verdienst.

Raineria.«

Tante Gismonda hatte eine Kaffeeeinladung absagen müssen. Ein großer Schmerz für die rundliche, an Wallungen leidende alte Dame, die darüber einen feuerroten Kopf bekam.

Aber in des so ernsten Bruders Zügen lag ein stark ausgeprägter Ausdruck von feinem Spottlächeln, dass sie nur wortlos das Schwarzseidene und die Schmelzhaube wieder im Spind verschloss.

Auch gerade an einem Sonntage musste der fatale Mensch sich zu Tische ansagen! Wenn man die Nacht hindurch von Berlin gereist ist, braucht man doch nicht gleich Besuche zu machen.

Und was das dumme Ding, die Ire, für strahlende Augen hatte. Lächerlich! Sich gar etwas einbilden! Solch ein Hungerleider! Wenn er noch einen vernünftigen Beruf ergriffen hätte, Jura studiert oder Offizier geworden wäre wie sein Vater. Aber so was! Archäologe und Schriftsteller! Die alten ägyptischen Mumien, diese Scheusäler, wie in des Bruders Bibliothek eine im Glaskasten lag und vor der sich alle Dienstmädel des Abends grauten, nee, und die soundsovielten Dynastien der seligen Pharaonen zu studieren, das war weiß Gott nichts Reelles. Nee! Praktische Leute geben nicht einen Taler aus für solch unnützes Buch. Und nun scheint's gar, als habe Ire sich in den Menschen verguckt. Gemerkt hatte Tante G. längst was davon. Wenn junge Mädel heimlich Tagebuch schreiben und den Mond anschwärmen, da ist's nicht mehr geheuer. Aber heiraten? Wovon denn? Man rechnete wohl gar auf einen Zuschuss von ihr? – Pustkuchen! Ihr Geld kriegte mal das Spittel in der Domvorstadt, und alle Sonntage bekamen dann die armen Weiberchens Kuchen und Schlagsahne zum Kaffee, im Andenken an sie selbst, weil sie das so gern gegessen hatte. So wollte Tante Gismolda Thorwald bestimmen. Basta! –

Alle harrten bereits im Flur, als die Droschke mit Job Christoph vors Haus fuhr, sogar die beiden dienstbaren Geister standen voll Neugier in der Küchentür.

Kanonikus Thorwald begrüßte den jungen Freund mit herzhaftem Händedruck; Tante G. reichte ihm in ihrer steifen Art die Fingerspitzen, und ganz zuletzt, zagend, verschüchtert, doch einen Ausdruck seelischer Verklärung im leicht erblassten Gesichtchen, näherte sich ihm Ire.

Für Sekunden ruhten ihre Hände ineinander.

Doch was bedeutete das? Nur ein schneller Blick aus den blauen Mädchenaugen hatte Job Christoph gestreift, und da legte es sich auch schon wie Eisenklammern um das wild pochende Mädchenherz.

Das war ja ein anderer, der hier vor ihr stand, ein tiefernster, hagerer, blasser Mann, straff und vornehm in Haltung und Anzug, aber ein Fremder, nicht mehr Job Christoph mit dem weichen, sonnigen Lächeln um den schön geschnittenen Mund.

Und seine Augen ruhten gleichfalls scharf prüfend, fast sondierend auf der kindlich schlanken Gestalt. Noch waren kaum zwei Monate verflossen, seit er sie zuletzt gesehen, allein das Bild, welches er damals von ihr mitgenommen, war doch anders gewesen. In vielleicht nur eingebildeter Verklärung hatte er anfangs, ehe Raineria in den Bannkreis seiner Fantasien getreten, an Ire gedacht.

Wie linkisch, schüchtern, unelegant, ja unbedeutend erschien ihm heute das kleine Ding, ohne eine Spur jenes unerklärlichen Etwas, das Frauen der großen Welt den nervenprickelnden Reiz verleiht. Und der Anzug! Puritanerhaft brav, ja geschmacklos dünkte ihn das graue Kleid.

Herr des Himmels, wie hatte er sich doch damals hinreißen lassen, dem Mädchen Sachen zu sagen, die – die –

Eine Art Entmutigung war der erste Eindruck, den dieses Wiedersehen auf ihn ausübte.

Aber Job Christoph fasste sich schnell und sah der Jugendfreundin fest und ruhig in die Augen. Da stutzte er.

Was lag doch alles in diesem wundersamen, strahlenden Blick! Meerestiefen von Glück, Hingebung und Seligkeit; sie schienen der klare Spiegel von Empfindungen, die er – ja er in dieser reinen Brust, geweckt hatte.

Und nun stand er bettelarm vor ihr. Mit zusammengepressten Lippen sagte er endlich in mühsam erzwungener Ruhe und Herzlichkeit: »Es ist so schön, wieder einmal zu Hause zu sein, denn ich betrachte Breslau noch immer als meine Heimat, und der liebe Empfang macht mich ganz beschämt.«

Darauf führte der Kanonikus den Gast in sein Arbeitszimmer, während Tante G. der Nichte noch einige Weisungen betreffs des Mittagessens gab.

Allein ihre Worte bedeuteten für Ire nur leeren Schall.

Wie in tiefster Erschöpfung lehnte sie im stillen Speisezimmer, wo sie selbst den Tisch so reizend mit Frühlingsblumen geschmückt hatte, an der Wand.

Das Wiedersehen! Also das war das Wiedersehen! – –

»Na, mein junger Freund, jetzt lassen Sie mich Ihnen zu allererst Glück wünschen und für Ihre gütigen Mitteilungen aus Berlin danken. So was muss unter Männern abgemacht und besprochen werden. Vorher war keine Gelegenheit dazu. Frauen werden immer gleich sentimental, was ich nicht liebe. Also, Ihr Werk hat Erfolg? Dachte es mir, bei Ihren Fachkenntnissen und Ihrer Tüchtigkeit. Wie oft haben wir, gerade hier in meiner stillen Klause, all jene Fragen erörtert.«

»Ohne Sie, Herr Kanonikus, wäre ich ein Stümper geblieben. Wie viel schöne, lehrreiche Stunden habe ich hier in diesem Raume verbringen, wie viel Weisheit aus Ihren Bücherschätzen schöpfen dürfen«, entgegnete Dr. von der Thann freimütig, und seine Blicke flogen in fast scheuer Ehrfurcht durch das traute Gemach.

»Und durch die ehrende Aufforderung Professor Rambergs, ihn nach Ägypten zur großen Forschungsreise zu begleiten, sind Sie, was Ihre Zukunft anlangt, doch einen tüchtigen Schritt vorangekommen, lieber Job. Welch reichhaltige Schätze sind dort für ein neues Werk zu sammeln«, sagte der Kanonikus lebhaft.

Es lag ein warmer, väterlicher Unterton in seinen Worten, und er forschte weiter, was bei seiner sonstigen Zurückhaltung auffallend schien: »Ihr nun wohl demnächst der Öffentlichkeit übergebenes Buch wird in Fachkreisen Interesse erwecken, Auflagen erleben, sozusagen: eine melkende Kuh bedeuten. Schön. Das ermutigt natürlich zum Weiterschreiben. Hm – es ist wirklich sehr anerkennenswert, dass Sie gerade jetzt noch mal zu uns gekommen sind, junger Freund.«

Die klugen Augen, die trotz des Alters noch keiner Brille bedurften, richteten sich prüfend auf Dr. von der Thanns schmal gewordenes Gesicht, darin Unruhe und Befangenheit deutlich zu arbeiten schienen. Ein paarmal strich dieser gedankenvoll über seine breite Stirn, dann sagte er mit einem tiefen Atemzuge: »Mein Kommen hierher zu Ihnen, Herr Kanonikus, ist mit einer Absicht verbunden. Ich habe lange gekämpft und mit mir gerungen, ob ich alles offen bekennen soll. Aber gerade von Ihnen setze ich voraus, ganz richtig verstanden zu werden. Als Mann zum Manne gesprochen, halte ich es für Ehrenpflicht, etwas zu enthüllen, was ...« Er stockte, weil der alte Herr seine Rechte mit festem Druck auf des Gastes Arm gelegt hatte und ihn beinahe ungeduldig unterbrach: »Pst! Nicht weiter reden! Diese Präliminarien sind ja ganz belanglos. Ich kenne doch das Leben und die Jugend, weiß, dass man nicht zu streng, zu einseitig urteilen darf. Wenn in der Übereilung Fehler begangen wurden, so haben Sie gewiss schon längst eingesehen, dass das Herz oftmals mit dem Verstande durchgegangen, ist.«

Zeichen von Überraschung und Spannung malten sich in Job Christophs Zügen; allein zur Entgegnung kam es nicht.

Als ob es ihm ein Bedürfnis wäre, jetzt frei von der Seele herunter zu reden, fuhr der Kanonikus noch lebhafter fort: »Offen gesprochen, bin ich im Prinzip dagegen gewesen, aus allerlei Gründen. Sie sind noch reichlich jung, lieber Job. Das Unglück in meiner Familie stand immer wie eine Warnungstafel vor mir; aber das Kind, unser Kind, das Kleinod meines Lebens, ja, es ginge mir vielleicht zugrunde, wenn ich mich seinen Herzenswünschen widersetzen wollte.«

Job Christophs Augen verrieten plötzlich tödliches Erschrecken.

Das war ja ein Irrtum, ein grässliches Missverständnis, welches aufzuklären seine heiligste Pflicht war. Aber noch eifriger fuhr der Geistliche fort: »Ire hat mir alles anvertraut – von Ihrem Antrag, dem heimlichen Bunde usw. – und wenn sich noch irgendein Bedenken oder Zagen in mir geregt hätte, angesichts so viel Glückseligkeit, dass Sie nun kommen würden, müsste ich ja ein Tyrann sein, wollte ich euch beiden lieben Menschen meinen Segen vorenthalten!«

Wie mit Blut übergossen, gleichsam sprachlos, versteinert, lehnte Dr. von der Thann im Sessel.

Empfindungen wallten in ihm auf, als habe jener alte Mann dort Fesseln um ihn gelegt, Fesseln, die all sein Denken, Fühlen und Wollen grausam umschnürten.

Das durfte nicht sein. Er, mit der brennenden Leidenschaft für jene andere in der Brust, sollte sich hier an dieses kindliche, unfertige Wesen binden? Um einer einzigen Übereilung, ja Torheit willen sollte er gerade im Moment, wo er im Begriff gestanden, eine Beichte abzulegen, aus Mangel an Mut diesen edeldenkenden Mann in seinem irrigen Wahn belassen? Nimmermehr! Welch schreckliche Verwicklungen! An solch schwerwiegende Folgen hatte er nie gedacht.

Innerlich zerrüttet, zermürbt, wie er sich augenblicklich fühlte, noch unter dem fast demütigenden Eindruck von Rainerias Briefe stehend, hatte ihn gerade der jetzige Zeitpunkt richtig gedünkt, Ire die volle Wahrheit zu bekennen. Er wollte sie heute auffordern, mit ihm das Grab der Mutter zu besuchen, und auf dem Wege dahin, ohne sie direkt ansehen zu müssen, wäre Gelegenheit gewesen, sich frei auszusprechen. Das hatte er sich fest vorgenommen. Ire war ja, ihrem Wesen nach, noch ein halbes Kind, unselbstständig, durch vielleicht übertrieben ängstliche Erziehung verzärtelt, ein Kind, welches erst das Leben geistig umgestalten musste, und so würde sie sich den ganzen Ernst und die Bedeutung von Liebe und Ehe gewiss noch gar nicht klargemacht haben. Während seiner Reise hierher hatte er unausgesetzt darüber nachgegrübelt, in welch schonendster, zartester Weise man ihr diese notwendige Enttäuschung bereiten könnte.

So kam heute das Wiedersehen. Der Blick ihrer seltsamen Augen hatte ihn verwirrt. Gehörte sie zu den Menschen, die man unterschätzt?

Wie sagte Kanonikus Thorwald soeben in schmerzlicher Bewegung: »Ire ginge mir vielleicht zugrunde, wenn ich mich ihren Wünschen widersetzte!«

Und nun sollte er, ihr Jugendfreund, wie er sich früher so gern genannt, vor sie hintreten und rufen: »Ich liebe dich nicht! Habe dich nie wahrhaft geliebt! Gehe – suche dir ein anderes Glück!«

Glich das nicht einem brutalen Rütteln an etwas Heiligem?

Man würde ihn nicht verstehen; auch der welterfahrene Lehrer nicht. Das hier waren eben Menschen, deren Lebensanschauung auf grundfestem, sittlichem Unterbau stand.

Und plötzlich, während er die guten, treuen Augen des väterlichen Beraters so warm und fragend auf sich ruhen fühlte, zuckten seltsame, fast befreiende Gedanken durch seinen fiebernden Sinn.

Nur eine kurze Spanne Zeit war verflossen, seit er den herzlos kalten Brief jener Circe, die ihn nur als Spielzeug müßiger Stunden betrachtet, die Mannesstolz und Manneswert so niedrig einzuschätzen schien, in wilder Empörung Zerknittert hatte.

Zeigte sich nun hier nicht Gottes Fügung? Durfte er noch zurück? Nein! Nur schweigen, um jener edlen, vertrauenden Menschen willen!

Pah! – All die Stunden im Strelnower Archiv, was bedeuten sie? Ein Sinnesrausch! Was auch bedeutete ihm heute noch das verführerische blonde Geschöpf mit den schönen und doch so falschen Augen? Satansspuk! Er verachtete – hasste es. Hier schien Vergessen, Ruhe, Friede, vielleicht auch noch einmal – Glück! Konnte er sich Ire nicht ziehen und modeln nach Gefallen, sie leiten und ihren engen Gesichtskreis zu erweitern trachten? Vertrauen fassen sollte sie, dass die blauen Sterne nicht mehr angstvoll fragend, wie heute bei Tische, zu ihm aufzublicken brauchten.

Nein und tausendmal nein, dieses Kind durfte nicht zugrunde gehen – um seiner Verirrung willen!

Wie aus wüstem Traumzustande erwachend, schreckte Job Christoph empor. Die unerträgliche Nervenanspannung schien vorüber, und als Kanonikus Thorwalds volle freundliche Stimme an sein Ohr schlug, hatte er Fassung und Selbstbeherrschung zurückerlangt.

»Ich sehe, mein junger Freund, dass Sie sehr erstaunt sind und die Sachlage noch gar nicht so recht zu verstehen vermögen«, sagte der alte Herr in selbstzufriedener Heiterkeit.

»Ja, lieber Job, auf diesen Augenblick habe ich mich, seit Ire mir ihr Geheimnis anvertraut, längst gefreut. Wir wollen nun mal ganz rückhaltlos miteinander reden. Um in unserer anspruchsvollen Zeit einen behaglichen, hübschen Hausstand zu gründen, dazu gehört wohl noch etwas mehr, als Ihre in Aussicht stehenden, wenngleich recht nennenswerten Einnahmen bedeuten. Beim jährigen Budget muss immer noch ein Plus bleiben, so dass das Exempel stimmt. Also: Ires Vermögen beträgt zur Stunde annähernd an zweimalhunderttausend Mark!«

Der Kanonikus schien vielleicht befremdet, dass sein Gast durchaus kein Zeichen der Überraschung und Genugtuung verriet, aber für Job Christoph hatte das Wort Geld in diesem Augenblick einen unmittelbar verletzenden Klang.

Auch das noch, dachte er ergrimmt.

»Ja, lieber Junge, als ich damals, nach meines armen Bruders und seiner Gattin Tode, die Verhältnisse in Berlin ordnen musste, blieben aus dem einst nicht unbedeutenden Kapital der Frau wirklich noch etwa hunderttausend Mark übrig. Diese Summe hat sich in den sechzehn Jahren, durch günstige Anlage gut verzinst, fast verdoppelt. Niemand weiß darum, weder Tante G. noch Ire selbst. Sie machen demnach gar keine schlechte Partie, lieber Job!«

Der Angeredete schüttelte aber nur merklich abweisend den Kopf und entgegnete mit einer gewissen Ungeduld: »Ich möchte Ihnen, Herr Kanonikus, einzig die Versicherung geben, dass ich redlich bestrebt sein will, Ihre Nichte nach besten Kräften zu beglücken.«

Der alte Herr schmunzelte.

»Wenn ich das nicht genau wüsste, bekämen Sie unser Kind überhaupt nicht. Doch ich kenne Sie ja von Ihren Knabenjahren an, und so kann die Sache wohl als abgemacht gelten!«

Abgemacht! Über Job Christophs Herz kroch ein eisiger Schauer. Allerdings – der vortreffliche Mann hatte ihm in rührendem Freimut sein volles Vertrauen geschenkt und des verwaisten Kindes Zukunft in die Hände des einstigen Schülers gelegt. Ja, abgemacht! Welcher Widerspruch, welches Opfer, welche Härte lag für ihn selbst in diesem Ausspruch: Nachsicht, Mitleid, strengste Gewissenhaftigkeit und unverbrüchliche Treue! –

Kanonikus Thorwald erhob sich.

»Nun aber noch eins, lieber Job. Ich habe meine Pflicht getan – das Weitere machen Sie mit Ire allein ab. Diese gewissen Feierlichkeiten und Familienrührungen sind durchaus nicht nach meinem Sinn. Indes vergessen Sie ja nicht, noch in aller Form bei meiner Schwester um Ire anzuhalten. Sie würde Ihnen eine solche Verletzung der Tantenrechte und -würden nie vergeben.«

Kanonikus Thorwald und Fräulein Gismonda hatten sich zum gewohnten Nachmittagsschläfchen zurückgezogen. Das war heute genau wie früher, wenn Job Christoph als junger Student zum Sonntagsessen in die Kurie am Dom eingeladen gewesen war, und man die Kinder, wie es lange hieß, sich selbst überlassen hatte.

Im Winter waren sie dann meist auf die Eisbahn gepilgert, und im Sommer gab es in der Aristolochialaube, ganz hinten im Garten, ein lauschiges Plätzchen, zum Vorlesen und Plaudern geeignet. Dort auch, an einem warmen Vorfrühlingstage, war das verhängnisvolle Wort gefallen, dort hatte Job Christoph die schlanke Gestalt in seine Arme geschlossen und einen Kuss auf den Mädchenmund gepresst. –

Nach dem bedeutungsschweren Gespräch mit dem alten Geistlichen hatte Dr. von der Thann noch mehrere Minuten im Hausflur gezögert. Es war warm geworden, und eine schläfrige Ruhe gähnte ringsum. Die Fliegen summten in der Maisonne am Fenster, und wie das eintönige

Rasseln einer rostigen Säge hörte man Hektors, des großen Bernhardiners, lautes Schnarchen von seinem Stammplatze unter der Treppe her.

Job Christoph ballte heimlich die Hand zur Faust. Etwas so Bitteres, Wehes, ja ein unmännliches Zagen pressten ihm die Brust zusammen.

Ob er nicht doch lieber Ire alles gestand und es ihr überließ, über beider Zukunft zu entscheiden? Besser, als ...! Ja, was – als ...?

Die Vorsätze waren nun einmal gefasst, gute, ehrliche Vorsätze, drum nur kein langes Zögern.

Durchs Fenster hatte er wahrgenommen, wie Ire nach dem Garten hinuntereilte. Raschen Schrittes sprang er daher die Treppe hinab und folgte ihr nach.

Dort stand sie nun, einen vollen Zweig des rosa Mandelbäumchens zu sich emporgehoben, dass die zarten Blüten ihre Wange streiften.

Es war ein anmutiges Bild. Warmer, goldiger Sonnenglanz lag über der braunen Flechtenkrone, nur um den hübschen Mund zitterte ein Schmerzenszug.

»Ire! Darf ich – dir – Ihnen – ein wenig Gesellschaft leisten?«

Wie mit Purpur überhaucht, fuhr sie empor.

Da kam er näher und näher.

»Wir haben uns ja noch gar nicht allein gesprochen, Ire – und da freue ich mich, dass jetzt endlich Gelegenheit dazu ist«, rief er etwas hastig und außer Atem, wie vom raschen Lauf.

»Es ist heute so wunderschön im Freien. Oben war es erdrückend heiß«, entgegnete sie ausweichend und wandte sich wieder ab, dem Blütenzweige zu.

Nun stand er dicht neben ihr und maß die jügendschlanke Gestalt mit prüfendem Blick.

»Wissen – Sie – Ire, es kommt mir vor, als lägen viele Monate zwischen unserer letzten Begegnung hier. Ihnen sind die Tage im stillen, friedlichen Einerlei verstrichen; aber ein Mann erlebt viel in kurzer Zeit, man muss ringen und kämpfen, und die wechselnden Eindrücke sind oft gar nicht schön und beglückend. Ich habe aber trotzdem oft an Sie gedacht.«

»Wirklich?«

Es klang ungläubig, während sie zum ersten Mal die Lider hob.

»Doch, Ire! Und meine Karten haben Sie gewiss erhalten?«

»Ja, – aus Strelnow. Danke. Ich sammele ja Schlösser.«

Wieder fühlte er einen Stich ins Herz, und wie ein böser Dämon schwebte das goldflimmernde Haupt mit den bernsteinfarbenen Augen über derjenigen, der einst all seine Jünglingsträume gegolten, die so viel tausendmal besser, reiner war als jene, die seiner Liebe nicht würdig gewesen.

»Ach, nur deswegen hatte die Karte für Sie einen Wert, Ire?«

Ungestüm fasste er die herabhängende Hand.

»Ire – du bist so verschlossen, so herb, was ist dir denn?«

»Ich?«

»Hast du denn kein Vertrauen mehr zu mir? Komme ich dir denn heute anders, fremder vor? Denkst du denn gar nicht mehr daran, was ich dir vor meiner Abreise gesagt habe?«

Gleich mühsam bekämpftem Aufschluchzen entquoll es der jungen Brust: »Warum fragst – du – fragen Sie mich danach? Als Sie vor Tisch aus dem Wagen stiegen und mich begrüßten, da wusste ich genau – es ist alles aus! Der Onkel will es nicht, es darf nicht sein oder ...« Sie zitterte.

»Kind! Armes kleines Mädel, und wenn es nun doch sein darf?«

Er hatte den Arm um ihre Schulter gelegt und zog sie sanft zu sich heran.

Da hob sie die Augen. Ja, Kinderaugen waren das.

Der ernste, verbitterte, trotzige Mann empfand plötzlich eine seltsame Ruhe in sein umdüstertes Gemüt einkehren. Hier fand er den Frieden, nach dem die Unrast seiner Seele verlangte.

München, 28. September 1912.

Lieber Vater!

Gestern hatte mich Ary für eine Stunde besucht. Ihr Mann steckt noch in Baden-Baden, wo Pferde von ihm laufen.

Ary sieht glänzend aus, nur etwas müde. Herlingens führen aber auch ein gar zu hetziges Leben. Auf allen eleganten Plätzen der Erde schleppt Vinzenz die Frau herum. Wenn man so klotzig viel Geld hat und mit dem Komfort reisen kann wie er, da erscheint einem solch ein Luxus vielleicht verständlicher.

Ob aber Ary glücklich ist? Ich meine, von Herzen glücklich?

»Sentimentaler Kerl!«, höre ich dich rufen, Vater. Du hast am Ende recht. Ich nehme das Dasein zu ernst, bekümmere mich zu sehr um die Kontraste, die Ungerechtigkeit im menschlichen Sein.

Wenn ich über Vinzenz' Mittel verfügte, würde ich vor allen Dingen versuchen, mich auf etwas karitativere Weise zu betätigen. Großer Gott, was gibt es doch für Elend! Und gerade über eine Sache, die mich seit zwei Wochen fortgesetzt beschäftigt und in Anspruch nimmt, will ich dir heute schreiben. Von meinem Gesanglehrer, Herrn Ohnesorge – weißt du, Vater, ich nehme wieder Unterricht – also: Herrn Ohnesorge, der auch in Malerkreisen verkehrt, wurde ich gefragt, ob mir bekannt sei, dass ein junger Sumiersky sich seit längerer Zeit in München aufhielte. Keine Spur. Ich wusste ja überhaupt nur von jenen Namensvettern in Amerika, deren du, betreffs der Stammbaumsache, einmal gegen mich erwähntest. Nun machte mir mein Gesanglehrer eine so traurige Beschreibung von der jämmerlichen Lage des jungen Mannes, dass ich bat, ihn mir doch einmal zu schicken. Ein Sumiersky, denke doch, wie peinlich. Und er kam. Ich habe noch nie einen Menschen aus unseren Kreisen dermaßen heruntergekommen und unterernährt gesehen.

Eine langaufgeschossene, dürre Gestalt, an der das abgeschabte, braune Samtröckel und die geflickten Beinkleider förmlich schlotterten. Das Gesicht abgezehrt, mit Zeichen von hungriger Gier, und in den Augen ein Ausdruck: »Ich kann nicht mehr!«

Ich war entsetzt, Vater! Und das ist der Sohn jenes Mannes, mit dem du wohl noch immer keinen Vergleich abgeschlossen hast, der einzige Sohn jenes amerikanischen Sumiersky, der seit vielen Monaten darauf wartet, endlich zu seinem vermeintlichen Rechte zu gelangen. Wie der junge Mensch hier behauptet, ist sein Vater der rechtmäßige Erbe des litauischen Onkels, dessen Hinterlassenschaft du angetreten hast. Ja, wo sind die Beweise?

Ary weist mich stets an dich, aber sie schenkte mir 500 Mark für den armen Kerl, damit er sich mal anständig kleiden und sattessen könne.

Erst hielt ich den etwa Dreißigjährigen für einen Schwindler; es laufen ja so viele dergleichen Subjekte herum. Doch seine Papiere sind völlig in Ordnung, vom deutschen Konsulat in Neuyork beglaubigt.

Ich ließ ihn erzählen. Sein Großvater, welcher vor Olims Zeiten schuldenhalber nach Amerika ausgewandert ist, war schließlich ein Trinker geworden und in Armut gestorben. Nur habe er täglich von einer großen Erbschaft in Litauen gefaselt. »Ich bin der einzige, rechtmäßige Anwärter, nicht der Strelnower!« seien fast seine letzten Worte gewesen. Ein paar schmutzige Briefe jenes Onkels, der ihm einmal Geld geschickt habe, wiesen auch als schwacher Fingerzeig darauf hin.

Von seinem eigenen Vater spricht mein Schützling eigentlich wenig, er meinte nur, dass er sich durch Bürodienst bei einem Notar ernähre und auf Anraten desselben dir bereits mehrfach geschrieben und sogar mit einer Klage gedroht habe. Durch eine Summe von 80 000 Mark wolle er sich indes gütlich abfinden lassen. Du habest bis jetzt jedoch noch nicht darauf geantwortet.

Mein Pflegling, Robert heißt er – denn ich nehme mich wirklich nach schwachen Kräften seiner an – ist Maler, d. h. er pinselt vorläufig etwas zusammen, was er natürlich noch nicht an den Mann gebracht hat. Die Frage, ob er denn einzig wegen dieser Erbschaftsangelegenheit nach Deutschland gekommen wäre, bejahte er rückhaltlos. Sein Vater, die Mutter ist tot, habe ihm den letzten Rest seiner kleinen Ersparnisse zur Überfahrt im Zwischendeck gegeben.

Sobald der arme Junge in München etwas Geld verdienen könne, wolle er hier einen Anwalt annehmen und mit diesem zu dir nach Strelnow reisen.

Ich weiß genau, lieber Vater, dass auch wir über keine bedeutenden Mittel verfügen, habe mich deshalb stets bemüht, deine Kasse so wenig wie möglich in Anspruch zu nehmen. Hier jedoch muss etwas geschehen – das ist klar! Nimm also, bitte, so viel es tunlich, von meinem mütterlichen Vermögen und einige dich schleunigst mit dem alten Mann in Neuyork. Vom gesetzlichen Standpunkt aus bist du wohl allerdings nicht verpflichtet dazu, allein der sogenannte Erbstreit ist doch völlig unentschieden. Du vermagst deine Rechte auch nicht klar, nur vom Hörensagen, aus mündlicher Überlieferung zu beweisen!

Also: um unser Gewissen zu beruhigen, als Männer von Ehre und Pflicht!

Sonst geht es mir gut. Ich hoffe zuversichtlich, demnächst meinen Referendar zu machen.

Ary sprach übrigens davon, dich bald zu besuchen.

Wie immer, dein dankbarer Sohn

Stephan

Seit Graf Ignaz allein im Strelnower Schlosse hauste, schienen die Spuren des Verfalles und der Verwahrlosung von Haus und Park noch mehr zutage zu treten.

68

Im großen Speisesaale hatte die ländliche Wirtschafterin – der junge Koch war längst über alle Berge – den in diesem Herbst so reichen Segen von Äpfeln und Birnen aufschichten lassen, so dass der Obstgeruch den Eintretenden schon im Treppenflur empfing.

Der Graf merkte nichts davon. Die Gesellschaftsräume wurden ja, seit Raineria an ihrem Hochzeitstage als Gräfin Herlingen Strelnow verlassen hatte, nie mehr benutzt.

Die verräucherte »Löwengrube«, sein Stall und der Spielklub im Städtchen, darin hauste er fortan. Jede wärmere Anteilnahme an der Kinder Wohl und Wehe war nach und nach geschwunden. Wenn er ein glattes Pferdegeschäft gemacht oder im Spiel ein paar Tausende gewonnen hatte, zeigte er sich guter Laune, trank abends reichlich Kognak und Sekt, schenkte Himek einen Taler – der Dreikäsehoch war entlassen – und machte wieder große Verbesserungspläne.

So verrann ein einstmals zu höheren Lebensansprüchen berechtigtes Dasein.

»Versumpft! Genau wie der Stinkgraben am Hause!«, hatte Raineria einmal zu Stephan geäußert, als er sein Bedauern über des Vaters trostloses Dasein aussprach, und ob hier nicht irgendeine Änderung zu treffen sei. –

Es war ein prächtiger, fast noch sommerlicher Herbstmorgen. Zwar hatte der Wind die hohen, seitwärts am Turm stehenden alten Trauerweiden arg zerzaust, so dass die langen Äste kahl herabhingen, und die vom Felde durch den Hof rasselnden gefüllten Kartoffelkasten zeigten, dass man die Winterfrucht bereits einzuheimsen begann. Allein noch hatte kein Frost die Dahlienstauden und Asternbeete im sogenannten Burggarten geknickt.

Lange Silberfäden zogen glitzernd durch die Sonnenstrahlen, und ein paar verspätete Falter trieben, als ob es Frühling werden sollte, ihr neckisches Liebesspiel.

Da! Was war denn das? Der schrille Klang einer Autohupe.

Seltsam befremdend tönte es durch den totenstillen Park, bis zum Fenster des Herrenzimmers hinauf.

Graf Ignaz war rasch vom Liegesofa gesprungen und stierte hinaus.

Die übernächtigen, verschwommenen Augen verrieten noch durchwachte Stunden, sein Haar war schon seit Monaten fast weiß geworden.

Dort kam wahrhaftig ein Auto die Straße entlang. Durch die kahlen Pflaumenbäume konnte man den blauen Kraftwagen deutlich erkennen.

Wer war es? Pferdehändler? Blödsinn! Die nehmen sich nicht solche Teufelsmaschine. Graf Ignaz hasste diesen modernen Luxus, der einem jetzt nur die Geschäfte verdarb. Pah! Dann musste es Ary sein. Ja, nun fiel ihm ein, dass Vinzenz augenblicklich hier in der Provinz Posen bei irgendeiner Fürstlichkeit zur Hirschbrunst war. Was nun wollte das Mädel denn bei ihm?

Graf Ignaz räusperte sich, während allerlei unbehagliche Empfindungen seinen Gedankengang durchkreuzten: Stephans salbadriger Brief von damals, der Lumpenkerl aus Amerika, das verfluchte Geld! Ja, auf Arys Bitten hatte Vinzenz ihm vor einigen Monaten 15 000 Mark als einstweilige Abschlagszahlung für die Bande drüben geschickt, damit die schmutzige Sache endlich mal aus der Welt käme. Teufel! Er hatte die Summe täglich absenden wollen, aber da waren die Goldfüchse halt mal wieder drin in der Stadt sitzengeblieben; wirklich, er beabsichtigte den Betrag doch zu verdoppeln. Ja, wenn man Pech hat!

Das Auto machte einen Bogen und rollte, während der Chauffeur nochmals in die Hupe stieß, dann über die Zugbrücke.

Noch rührte sich nichts im Schloss. Auch Graf Ignaz machte keine Miene, treppab zu steigen. Solch überraschende Besuche waren ihm gräulich. Er wollte seine Ruhe haben.

Wo nur die Leute steckten? Himek saß gewiss schon am frühen Morgen in der Kneipe, das – versoffene Vieh!

Währenddessen hatte Raineria selbst die Kraftwagentür geöffnet und war ausgestiegen.

Endlich kam ein Küchenmädel herangestürmt. Die langen bunten Bänder ihres Tüllhäubchens flatterten im Winde; aber blöde starrte es auf die wunderschöne, fremde Frau, welche polnisch fragte, ob der Pan anwesend sei.

Ein stummes Kopfnicken bejahte es, und Ary betrat das väterliche Haus.

In der großen, kahlen Halle stutzte sie einen Augenblick. Dort – die kleine eisenbeschlagene Tür! Wie hatte sie ihr oft wundersame Glücksstunden erschlossen! Verweht – verrauscht – gleich vielem in ihrem Leben. Aber eine hübsche, poetische Erinnerung! –

Das Opfer, welches sie damals als Vinzenz' Braut zu bringen vermeint, es war reichlich ausgeglichen durch eine Stellung, die ihr selbst oft märchenhaft dünkte. Nichts gab es in der Welt, was den Ansprüchen einer verwöhnten Frau zu hoch erschienen wäre.

Das Wünschen, jenes Fabelwort – im Auge der meisten Leute wenigstens – ihr war es bereits langweilig geworden.

Aber lebte man nicht doch zuweilen gern im Fabellande, wo man der öden Wirklichkeit entrückt, sich Dinge herbeizaubert, die unerreichbar blieben?

Und dieses eine Einzige, das alle Reichtümer, alle Millionen des Gatten ihr nie und nimmer zu geben vermochten? – Es war das Glück. –

Raineria schüttelte sich fröstelnd und eilte die bekannte Treppe zum oberen Stockwerk hinan.

Auf dem ersten Absatz empfing sie der Graf. Ein gezwungenes Grinsen flog über das braune Gesicht.

»Na, da kommt die gute Tochter mal nach dem alten Vater zu sehen! Das ist recht. Hab' eigentlich von Woche zu Woche auf deinen Besuch gewartet. Natürlich, ihr seid ja jetzt so vornehm, verkehrt nur mit Potentaten. Man geniert sich ja fast der eigenen Popeligkeit vor euch!«, rief er in einem herzlich sein sollenden Tone. Seine Stimme klang jedoch noch rauer als sonst, und während er der jungen Frau burschikos die Hände drückte, fuhr er fort:

»Es trifft sich gerade famos, dass ich heute hier bin. Du musst mit mir essen, Ary, das wird gemütlich werden. Die alte Sascha hat sicher ein paar Fasänchen in der Pfanne.«

»O nein, danke vielmals, Papa. Ich fahre ja eine volle Stunde mit dem Auto, und zum Gabelfrühstück muss ich wieder in Pankowo sein. Die Fürstin erwartet mich; es sind Gäste dort«, erwiderte sie höflich, doch kühl.

Man war im Herrenzimmer angelangt. Raineria prallte beinahe zurück. Die Luft darin war noch stickiger, verräucherter und verbrauchter als sonst.

»So – so, na jedenfalls hast du dort viel Vergnügen. Kannst dich ja jetzt sehen lassen mit deinen Pariser Kleidern. Feine Perlen – das!« Er deutete auf ihre wundervollen Birnentropfen am Ohr.

Die junge Frau lächelte spöttisch, obgleich Schmuckstücke und Juwelen eine schwache Seite an ihr waren. Sie dachte jetzt an jenen Spitzenhändler in München, bei dem sie mit Stephan gerade eine Bestellung machte. Der Mann schien ihre Worte indes gar nicht zu beachten, sondern stierte sie an.

»Haben Sie mich auch verstanden?«, fragte sie halb ärgerlich. »O, verzeihen, Frau Gräfin – ich bin nur so perplex. Solche Perlen sind ja märchenhaft, die gibt's ja gar nicht!« –

Graf Ignaz führte die Tochter zu dem eingesessenen, verschlissenen Sofa, auf dem sie sich mit einem Ausdruck von Unbehagen und Widerwillen in den Zügen niederließ.

Das enge, dunkelblaue Tuchkostüm schmiegte sich glatt an. Den breiten Zobelkragen hatte sie lässig zurückgeworfen, und unter dem großen, schwarzen Samthute quoll das lichte Blondhaar in losen Wellen hervor.

Es war ein schönes Bild, das aber durchaus nicht in diese Umrahmung zu passen schien.

Musternd glitten Graf Ignaz' Augen über die vornehme Gestalt hinweg.

Hatte er das Blitzen von Unsicherheit und Unruhe in ihren Augen entdeckt? Jedenfalls befriedigte es ihn, und händereibend sagte er: »Ja, ja, Kind, du weißt gar nicht, was du mir zu danken hast! Es ist ein beglückendes Bewusstsein, dich so glänzend aufgehoben zu sehen. Aber die Jugend nimmt gewöhnlich alles als selbstverständlich hin. Auch Vinzenz kann sich, weiß Gott, Glück wünschen, eine solche Frau gekriegt zu haben.«

Die Angeredete beachtete diesen Einwurf kaum und schaute gleichgültig vor sich hin. Hatten sie doch auch früher des Vaters sich selbst verherrlichende Reden stets angewidert. Heute kam dieser Mann ihr fast lächerlich vor.

Als er geendet hatte, hob Raineria den ruhigen, doch merklich durchdringenden Blick.

»Bitte, Papa, lassen wir doch heute endlich mal alle Redensarten beiseite, denn ich habe etwas rein Geschäftliches, Wichtiges mit dir zu besprechen.«

»So – hm! Bekümmerst du dich denn überhaupt um Geschäfte, Ary? Das klingt komisch!«

»Sonst nicht. Doch heute betrifft es dich, da du Vinzenz noch keinen Bericht erstattet hast über deine Absichten mit dem Manne – in Amerika.«

Der Graf zog die buschigen Augenbrauen in die Höhe und stieß einen stöhnenden Seufzer aus.

»Ja, weißt du, Kind, in dieser saumäßig fatalen Sache tragen wir beide die gleiche Schuld auf dem Buckel, und das ist mir immer eine Art Beruhigung gewesen. Du hast den Wisch – das kostbare Original – verbrannt, ich habe mein Maul dazu gehalten und sitze nach wie vor auf Strelnow, das ich von Rechts wegen hätte verkaufen müssen, um jenes Geld, das mir nicht gebührte, zusammenzukratzen. Du tatest es des lieben Jungen wegen, ich – nun, aus Pietät für meinen seligen Vater beziehungsweise Großvater, die ich anderenfalls sozusagen bloßgestellt hätte.«

Raineria zerrte krampfhaft an der Kette ihres mit Edelsteinen besetzten goldenen Täschchens, doch ihr Gesicht blieb kalt.

Flüsternd fuhr der Hausherr fort: »Und der Dritte im Bunde ist der charmante Doktor, für den du damals schwärmtest und eine Lanze brachst! Sieh mal, Kindel, auf seine Verschwiegenheit baute ich, aber schließlich hat er uns natürlich in der Hand.«

»Wieso Verschwiegenheit?«

Funkelnden Auges begegnete sie des Vaters stechendem Blick.

»Nun, – ich hab' ihn doch ordentlich schmieren müssen!«

Graf Ignaz kicherte.

»Schweigegelder, meinst du? Das ist nicht wahr! Herr von der Thann reiste in der festen Überzeugung ab, dass du ehrenhaft genug seiest, dich mit dem Amerikaner auseinanderzusetzen. Stattdessen ist bis zum heutigen Tage noch nichts geschehen. Ich begreife nicht, wie du ruhig schlafen und die armen, darbenden Leute, unsere Namensvettern, von denen mir in München einer vor Augen kam, in Not und Elend verkommen lassen kannst.«

Der Ausdruck in des Vaters Zügen erfüllte sie mit Ekel.

»Ich bin ja nur der Hehler! Den Raub hast du begangen, liebes Kind!«

Rainerias Atem flog.

»Wohlan, ja – und tausendmal ja! Es gibt im Leben Augenblicke, wo man jede Gewalt über seine Sinne und Handlungen verliert, und solch ein Wahnsinn übermannte mich damals da unten im Archiv. Stephan ist das Einzige auf Erden, was mir nahesteht (sie sprach in kalter Offenheit und mit starrem Blick), aber so wahr ich heute Raineria Herlingen heiße, die Sache muss aus der Welt geschafft werden und der Amerikaner bald zu seinem Gelde kommen.«

»Wenn du Strelnow und meinen – guten Namen opferst, – dann schieße ich mich tot!«, gab Graf Ignaz rau zurück.

Sie hob die Augen bis zu seinem borstigen, weißen Haar, und ein leichtes Rieseln glitt durch ihre schlanke Gestalt.

»Ohne Sorge, wozu hat man denn Geld, dieses ekelhafte Geld, mit seiner Riesenmacht, das aber den Menschen so blutwenig Glück bringt! Bitte, Papa, stelle mir eine Vollmacht aus – notarielle Beglaubigung ist nicht nötig. Ich werde das Weitere nun selbst besorgen. Dort liegt ja Papier.«

Schwerfällig – der in seinen Bewegungen bisher noch schneidige Mann sah im Augenblick greisenhaft aus –, doch mit einer Miene innerlicher Befriedigung und Genugtuung schritt er zum offenen Schreibtisch hinüber.

Nachdem es erledigt, sagte er brüsk:

»Da! Doch nun lasst mich ungeschoren und schafft mir auch den Saukerl, den Maler aus München, der mir seinen Besuch angedroht, vom Halse. Schwefelbande! Rausschmeißen würde ich ihn lassen!«

Darauf setzte er sich wieder und sah plötzlich, vergnüglich lachend, der Tochter ins Gesicht.

»Weiß übrigens Vinzenz das Nähere der Geschichte?«

»Es interessiert ihn nicht im Mindesten, aber er gibt mir, was ich verlange.«

»Famos! Dann kann Stephan sich gratulieren! Magst den Jungen nett verwöhnen!«

»Stephan?« Ein Spottlächeln zitterte um Rainerias Mund. »Dem darf ich in dieser Weise nicht kommen. Neulich habe ich ihm mal eine hübsche Rindslederreisetasche geschenkt. Das Erste und Einzige, was er seit meiner Verheiratung von mir angenommen hat. Er ist die Solidität in Person, wohnt ganz schlicht drei Treppen hoch. Wenn ich mal den Geldpunkt zu berühren wage, zeigt er sofort eine fast komische Abwehrmiene. Ich wette, er hat auch nicht einen Pfennig Schulden.«

»Dummer Kerl!«, murmelte der Graf verächtlich.

Die junge Frau erhob sich.

»Na, wirklich schon wieder fort, Kind? Solch kurzer Besuch lohnt ja kaum die lange Fahrt. Aber es war mir lieb, dass wir uns mal ausgesprochen haben. Klarheit ist immer das Beste. Du bist eine so offene Natur, dabei fabelhaft energisch. Das imponiert mir, Teufel auch!«

Die junge Frau erwiderte nichts, doch in ihrem Wesen machte sich jetzt eine kleine Unruhe bemerkbar.

Während sie mit des Vaters Hilfe den Pelzkragen wieder um die Schultern legte und zu Boden sah, fragte sie in etwas gezwungener Unbefangenheit:

»Hat Dr. von der Thann, – als du ihn damals für seine Bemühungen honoriertest, dir geschrieben?«

»Bankquittung – sonst nichts.«

»Er soll – verheiratet sein, wie Stephan mir erzählte.«

»So? Na, das muss dich ja besonders interessieren, Ary, hahaha!«

Raineria verzog keine Miene, und er sprach, sich wie beiläufig darauf besinnend, weiter: »Ich habe übrigens mal in der Zeitung gelesen, dass dieser unbedeutende kleine Kerl sich durch ein Buch hervorgetan und in Fachkreisen mausig gemacht hätte. In der Erde 'rum gebuddelt soll er auch schon irgendwo mal im Lande der Krokodile haben. Also ein zweiter Schliemann! Was aus den Leuten nicht alles werden kann. Potz Michel!«

»Du hast ja des Doktors Wissen, seine Fähigkeit stets unterschätzt, Papa.«

»Der Mensch war mir zu weichlich, zu sentimental. Aber ich gönne ihm den Dusel. Hoffentlich hat seine Frau auch Geld.«

»Ich ahne es nicht.«

Ein leichter Ton von Enttäuschung klang durch ihre Worte. Sie hätte gern mehr über Job Christoph erfahren. Das alles hatte ihr bereits Stephan erzählt.

»Seine Frau!«

Und im Geiste vernahm sie plötzlich wieder seine wundervolle, klingende Stimme, mit der er in diesen Mauern unzählig oft zu ihr gesprochen: »Du mein Lieb, mein Glück und alles auf der Welt!«

Im dahinsausenden Auto zurückgelehnt, mit geschlossenen Augen, ließ Raineria jene Frühlingstage voll poetischen Zaubers noch einmal an ihrem Geiste vorüberziehen.

»Gestatten Sie, gnädiges Fräulein, dass ich Ihnen helfe? Die Fenster sind schwer und meist etwas verquollen. So! Ich darf es wohl völlig herablassen? Die Hitze ist wirklich arg.«

»O, danke vielmals. Sie sind sehr freundlich«, lautete der höfliche, doch zurückhaltend gegebene Bescheid.

In dem um die Mittagszeit leeren Gange des D-Zuges Berlin–München, die meisten Reisenden nahmen ihre Mahlzeiten im Speisewagen ein, standen eine Dame und ein junger Herr am Fenster. Sie benutzten nicht das gleiche Abteil, aber die erste Klasse, worin jener seinen Platz belegt hatte, stieß unmittelbar ans Damenabteil.

Ein paarmal waren seine Blicke der schlanken Gestalt im grauen Reisekleide, wenn sie während der schon mehrstündigen Fahrt gelegentlich aus der Tür ihres Abteils trat, forschend, fast bewundernd gefolgt.

Es lag etwas mädchenhaft Herbes, ein eigentümlicher Zauber echter Weiblichkeit über dieser Erscheinung. Der Ausdruck der zwar nicht regelmäßigen, doch sehr anmutigen Züge, halb sinnend verloren, halb verträumt, die großen, in intensiver Bläue leuchtenden, merkwürdig weit geschlitzten Augen, wie nach ungelösten Rätseln forschend oder fragend, suchend, über das Alltägliche hinwegsehend.

Sie hatte sich mehrere Minuten vergeblich bemüht, das Fenster im Gang herabzulassen, und war, darüber verstimmt, im Begriff, wieder auf ihren Platz zurückzukehren, als jene höfliche Anrede sie stutzen ließ.

Erstaunt begegneten ihre Blicke denen des Reisegefährten.

In seinen Augen lag freundliche Wärme und keine Spur von Zudringlichkeit; daher entgegnete sie, die nun durch das offene Fenster frei eindringende Luft wohlgefällig einatmend, mit halbem Lächeln:

»Weshalb die Wagen immer so schlecht gelüftet sind? Da drin jene beiden Damen sträuben sich mit aufreizender Rücksichtslosigkeit gegen jede noch so geringe Ventilation.«

»Im Speisewagen ist es besser – Gnädige.«

»So? Dann kann man sich ja während des Essens dort ein wenig erholen. Danke vielmals.«

Sie grüßte leicht und schritt ins Abteil zurück.

Der junge Mann hatte höflich den Hut gelüftet, und als er aufsah, begegneten seine Augen am Eingange des Nebenabteils einem lachenden Frauengesicht.

Die Dame schien offenbar Zeuge seines Gesprächs mit der Fremden gewesen zu sein.

Ein leichtes Zucken des Unwillens um den Mund, trat er näher.

»Netter kleiner Käfer das – nicht, Stephan? Habe das schicke Persönchen schon in Berlin auf dem Bahnhof beobachtet. Adrett und ziemlich sicher. Vinzenz würde sagen: ›Kommt aus einem guten Stall!‹ Findest du es nicht auch?«

»Ich habe das bei den zehn Worten unserer Unterhaltung wirklich nicht beurteilen können. Aber die junge Dame ist allerdings hübsch.«

»Hübsch? Keine Spur! Vielleicht Männergeschmack. Dieses Fragende, Unergründliche im Blick und ein Märtyrerzug um den Mund richten oft mehr Unheil an als das schönste Gesicht. Bitte, gib mir eine Zigarette, Stephan, dann wollen wir essen gehen. Ja?«

»Gewiss, Ary. Ich habe tollen Hunger. Es ist bereits zwei Uhr.«

Ob die Fremde wohl ebenfalls ihre Mahlzeit im Speisewagen einnehmen würde, dachte Stephan Sumiersky mit einem Gefühl leichter Erregung. –

Angenehmer Mokkaduft durchzog den Speiseraum, wo eine große Anzahl Reisender sich niedergelassen hatte.

In der rechten Fensterecke, an einem winzigen Tischchen, saß jetzt auch Irene von der Thann. Ohne im Mindesten darauf zu achten, dass der höfliche junge Mensch ebenfalls anwesend und in Gesellschaft einer Dame, nur wenige Schritt entfernt, bereits Platz genommen, hatte sie sich dorthin gesetzt.

Erst nach einer Weile, nachdem dieser sich artig grüßend erhob, wurde sie auf ihn aufmerksam. Da er seitwärts saß, war nur das Profil erkennbar; gutgeschnittene, vielleicht etwas zu weiche Züge, die indes keineswegs charaktervoller Männlichkeit entbehrten.

Ires Blicke ruhten jetzt auch kurz auf der neben ihm sitzenden jungen Frau.

Sollte das ein Ehepaar sein? Nein, dazu war der Mann wohl doch noch zu jung. Vornehme Leute vielleicht, – aber der goldblonde Kopf dort, mit den seltsam flimmernden Augen und den pechschwarzen Brauen darüber, die ganze, halb nachlässige, halb kokett selbstbewusste Haltung, der gar zu sichtlich getragene Schmuck an Ohren und Fingern, das alles konnte entweder auf etwas Distinguiertes oder vielleicht auch auf eine jener zweifelhaften Erscheinungen deuten, denen man zuweilen in Begleitung eleganter Männer begegnet.

Es war Ire sogar peinlich, ab und zu von dieser Frau gemustert zu werden. Sie bemühte sich daher, fortan von jenen Fremden weiter keine Notiz zu nehmen, und aß schweigend ihre Mahlzeit.

Umso mehr schien der Nebentisch, insbesondere die Dame, ein reges Interesse an der Einsamen zu haben.

»Sie ist verheiratet. Siehst du den Trauring an ihrer Hand, Stephan?«

»So? – Allerdings.«

Der Angeredete strich die Asche seiner Zigarette ab.

»Nun, besonders glücklich scheint das Wesen nicht zu sein. Der Gesichtsausdruck ist herb traurig. Gedrückte Seelenstimmung. So eine Art Nora!«

»Du machst dir gleich einen Roman daraus, Ary.«

»Vielleicht Witwe, oder – doch – pst! Sie hat soeben ihre Rechnung beglichen und redet mit dem Zahlkellner. Horch!« …

Jedes Wort klang vom Nebentisch zu dem Paar hinüber.

»Wo halten wir das nächste Mal für länger?«

»In Hof, gnädige Frau, – sechs Minuten.«

»Gut, dann wollen Sie mir wohl durch irgendeinen Boten dieses Telegramm befördern lassen.«

»Gewiss, ich tue es selbst – zu dienen.« Der Kellner buchstabierte stockend: »Professor – von der Tha–a …«

»Bitte, warten Sie, ich werde Ihnen diese Zeilen vorlesen.«

Ire nahm das Blättchen wieder zur Hand. »Also: Professor Job Christoph von der Thann, Pegli, Hotel Méditerrané. Bin heute Abend München. Erwarte dich dort. Ire.«

In den schönen Zügen der blonden Frau am Nebentische war eine jähe Veränderung vorgegangen. Der spöttisch lächelnde Ausdruck schien plötzlich dem eines Erschreckens gewichen, während die vollen, roten Lippen ganz eigentümlich zu zittern begannen.

Job Christoph von der Thann! Das war ja *sein* Name, dieser Name, nach dem sie zwei lange Jahre gefahndet, alle in- und ausländischen Zeitungen durchforscht, und wenn sie ihn einmal schwarz auf weiß gedruckt zu Gesicht bekommen, dann war der Mann, der diesen schlichten Namen trug, in irgendeinem anderen Weltteile, und man sprach von ihm mit Achtung und Bewunderung als von einem berühmten Forscher und mehr!

Aber nie, nie mehr auf ihren eigenen vielen Reisen, war sie ihm selbst begegnet. Wie sollte er, der Vielgefeierte, auch ahnen, dass eine Gräfin Herlingen, nein, dass Ary Sumierska mit fiebernder Ungeduld den Augenblick – ach, nur einen kurzen Augenblick – herbeisehnte, ihm wieder gegenüber zu stehen.

Und dort, ein paar Schritte nur von ihr entfernt, saß sein Weib – anmutig, jung, gewiss der Liebe eines klugen, bedeutenden Mannes wert. In diesen langbewimperten blauen Augen, am Herzen dieser fast madonnenähnlichen Frau hatte Job Christoph also das in Strelnow genossene Glück vergessen?

Ja, was bedeutete Männerliebe, was Treue, was Erinnerung! Welch leerer Wahn! Wie töricht, dumm, daran zu glauben!

Warum aber zehrte sie selbst noch immer an dem Einst? Gefühlsduselei, nichts weiter! Nur der Gedanke, das Prickelnde des ehemals genossenen Triumphes, lässt sich nicht so leicht verschmerzen.

Doch schien es damals, während jener Strelnower Tage, wirklich nur geschmeichelte Eitelkeit gewesen zu sein? Waren darauf nicht zwei Jahre voll anderer Triumphe gefolgt? Sprachen nicht die Zeitungen auch von ihr, ihrer Schönheit, ihrer hohen Stellung, ihren Kleidern? Könige und Fürsten hatten ihr gehuldigt, genau so, wie sie es sich tausendmal als Mädchen erträumt.

Doch der Nachgeschmack von all den Genüssen war bitter, und bitterer noch das stete Zusammenleben mit einem Manne, der ihr innerlich weltenfremd geblieben, dessen geistige Interessen auf einem so niedrigen Niveau standen und sich meist nur um Sport, Rennställe und Spekulationen im großen Stil, wozu andere, gewinnsüchtige Leute ihn verleiteten, drehten, einem Manne, der unter dünkelhafter Selbstüberhebung ein Verstandesdefizit zu verbergen sich bemühte.

Nach allen eleganten Sammelplätzen der großen Welt schleppte er sie – überall sollte seine Frau gefeiert werden und glänzen. Ach, und sie war so müde – müde! Hatte dieses Dasein überhaupt noch einen Wert?

O doch – Stephan! Hier neben ihr saß der liebe, prächtige Junge, genau so fest und lauter von Charakter, brav, solide wie vor zwei Jahren, ein Mensch, der in unermüdlicher Arbeitslust, dabei mit bescheidenen Mitteln das sich schon damals gesteckte erste Ziel bereits spielend erreicht hatte. Nun arbeitete er als Referendar an der Regierung zu Potsdam und wünschte zuversichtlich, festen Fuß im Staatsdienste zu fassen.

Ja, Stephan blieb der Lichtblick und Sonnenschein ihres Lebens, und für die Schwester galten es die glücklichsten Stunden, wenn sie den Bruder wieder einmal allein genießen und ihn so recht mütterlich betreuen konnte. Stephans Urlaub hatten jetzt beide dazu benutzt, mehrere anregende Tage in Berlin zu verbringen, woran sich dann eine längst geplante Reise nach München schloss, woselbst Vinzenz später mit ihnen zusammentreffen wollte.

Auffallend erschien es Raineria, dass es Stephan, wie durch eine geheime Macht veranlasst, immer wieder nach dem Isar-Athen zog.

»Ich muss doch den armen Kerl, unseren Namensvetter, wieder mal aufsuchen und nach seinem Befinden sehen, sonst verkümmert er mir gänzlich«, sagte Stephan dann meist als Entschuldigung.

Im vergangenen Jahr hatte Gräfin Ary dem jungen Maler die Mittel zu einem mehrmonatigen Aufenthalt in Davos gestiftet, was Stephan noch jetzt mit Dank erfüllte. Allein eine fortschreitende Besserung war auch jetzt nicht an dem Brustleidenden wahrzunehmen.

War Stephan in München, so verging fast kein Tag, an welchem er Robert Sumiersky nicht Wein, Obst oder Blumen gebracht hätte.

Guter Bruder, dachte Raineria oftmals gerührt. Ja, wessen Seele von so rein menschenfreundlichen Gefühlen bewegt wurde, wer innerlich so makellos, sittenstreng und unberührt über irdischen Schmutz hinwegschreitet, der ist wirklich beneidenswert.

Und ihr eigenes Gewissen? War das vielleicht nicht doch eine Beruhigung, ein Trost, dass sie um des Bruders willen gesündigt und jenen fremden Menschen, die allerdings ein größeres Anrecht an das ererbte Geld besaßen, frevlich dieses Recht verkürzt hatte? Immer und immer, im Trubel des ewigen Genusses, der Vergnügungen, in einsamen Stunden und schlaflosen Nächten, musste Raineria über jene quälende Frage grübeln. Keiner löste sie! –

Und dort drüben saß Job Christophs junges Weib! –

»Was ist dir, Ary? Du siehst plötzlich so blass aus!«, fragte der Bruder und sah ihr besorgt und teilnehmend ins Gesicht.

»Mir ist ein wenig übel. Ich glaube, der Fisch war nicht frisch. Komm, gehen wir in den Gang hinaus. Dieser entsetzliche Speisegeruch und das Stimmengewirr macht mich schwindelig.«

Und ohne noch einmal nach Irene von der Thann hinüberzusehen, hoch und stolz aufgerichtet, verließ die junge Frau, von Stephan gefolgt, den Speisewagen.

»München!« Donnernd rasselte der D-Zug in die Bahnhofshalle. Zugtüren wurden aufgerissen: überall ungeduldige Hast und rücksichtsloses Drängen. Hier freudiges Begrüßen, dort Rufe nach Gepäckträgern.

Noch einmal – Irene von der Thann war die Abteiltreppe leichtfüßig herabgesprungen – streifte sie des höflichen jungen Fremden Blick.

Jetzt fiel ihr auf, dass ein Lächeln um seine Lippen spielte. Er verneigte sich zuvorkommend, so wie man Bekannte grüßt, und in den hellen Augen lag ein Ausdruck: Wir sehen uns gewiss noch einmal wieder!

Seine schöne Begleiterin war mit einem Mädchen, anscheinend die Jungfer, bereits schnell vorausgeeilt.

Warum wartete der junge Mensch? Wollte, er sie nochmals anreden?

Allein Irene stieß plötzlich einen Ruf freudiger Überraschung aus und stürmte, einem alten Herrn entgegen, hastig vorwärts.

»Onkel Gotthard! Du in München! Das ist ja wundervoll. Woher kommst du denn in aller Welt?«

»Direkt von Tegernsee, um dich zu begrüßen. Du hast mir ja selbst geschrieben, dass du heute hier eintriffst. Ist das nicht Grund genug?«

Die junge Frau hatte den Arm des alten Geistlichen ungestüm umklammert und sah beseligt in das runzelige Gesicht.

»Ich freue mich schrecklich! Job Christoph kommt erst morgen – und so bin ich doch nicht allein.«

»Weiß ich, weiß alles, Kindchen. Doch ich will ehrlich sein und mich nicht als gar zu uneigennützig hinstellen. Mein Kommen nach München hat nämlich noch einen anderen Zweck. Ich will Professor Ramberg nächste Woche sprechen hören. Er und dein Job haben mir gemeinsam eine Karte aus Genua geschrieben, und so blüht mir denn hier ein doppelter Genuss.«

»Herrlich, Onkel Gotthard! Der Vortrag wird sicher fabelhaft reizvoll werden. Ich freue mich auch darauf.«

»Na, und wie geht es dir, Ire? Siehst ein bissel schmal aus! Haben uns ja so lange nicht gesehen. Tante G. lässt grüßen; erhielt gestern Nachricht von ihr nach Tegernsee, sie klagt über argen Schwindel.«

»O, die Arme! Aber mir fehlt nichts. Bin gesund wie ein Fisch im Wasser. Die heiße, lange Fahrt war nur etwas ermüdend«, entgegnete sie heiter und zog, da eine weitere Unterhaltung in dem Gedränge nicht mehr möglich war, den Verwandten mit sich fort. –

Am späten Abend, es mochte wohl halb zwölf Uhr sein, saß Irene noch in ihrem Hotelzimmer.

Liebe, anregende, vertraute Gespräche mit dem Onkel hatten ihre Seele bewegt und jede Müdigkeit aus den Augen gescheucht.

Nachdem beide unten im Speisesaal die Abendmahlzeit eingenommen, hatte sie ihn noch bis zum Ausgang begleitet. Kanonikus Thorwald wohnte bei einem Amtsbruder in der Nähe der Frauenkirche. Der Geistliche schien sehr vergnügt und hatte beim Abschied geäußert: »Morgen siehst du mich nicht, Kind, da kommt dein Mann, den du an vier Monate entbehrt hast. Aber dann finde ich mich wieder ein, und wir essen irgendwo zusammen und schwelgen dann in Kunstgenüssen. Gott schütze dich, Ire!«

Als diese darauf in das einsame Zimmer zurückkehrte, wurde ihr plötzlich ganz bänglich zumute. Seltsam! Sie war ja doch reichlich daran gewöhnt, allein zu sein – von mehr als zwei Jahren ihrer Ehe hatte sie fast zehn Monate ohne den Gatten verbringen müssen. Aber einmal, den ersten Winter, war sie ja mit ihm nach Kairo gereist. Wie herrlich, berauschend schön schienen noch heute jene Erinnerungen, dort unter seiner Führung und Anleitung antike Kunst zu studieren. Zum ersten Mal war damals das Bewusstsein in ihr erwacht: Du bist ihm vielleicht doch eine nicht völlig zu unterschätzende Kameradin. Sehr vieles hatte er mit ihr besprochen, sie belehrt und in die Geheimnisse und Mystik der alten Kulturländer eingeweiht.

Und seit jenen Tagen durfte sie auch mehr und mehr teilnehmen an seinen Arbeiten, seinem ihn ganz befriedigenden Lebenszweck, welcher der Gegenwart entrückt war und um zweitausend Jahre zurückgriff.

Noch heute gedachte Irene mit Entzücken solch weihevoller Stunden. Weit ins Land hinein, zu den Kunstdenkmälern und Pyramiden, waren sie oft beide allein gefahren, und so sah sie ihn im Geiste jetzt noch vor sich stehen, während der Vollmond seinen Silberglanz über die sagenumwobenen Stätten ergoss, und hörte ihn reden – reden! Keiner kannte Job Christoph so, wie sie ihn kannte, dem Alltagsleben weit entrückt, die Brust von Begeisterung geschwellt.

Wohl keiner hatte sich am Wohlklange dieser Stimme, welche metallisch hart und auch wieder warm und weich sich in die Seele einzuschmeicheln wusste, jemals so berauscht wie sie selbst.

In mädchenhaftem Unverstand hatte sie früher oft mehr Hingebung und Leidenschaft von ihrem Gatten erwartet und die stets gleichbleibende Ruhe und Güte hatte sie ungeduldig gemacht, so dass etwas gleich Trotz und Widerspruch sich in ihrem Innern löste. Sie wollte angebetet sein, mit Zärtlichkeit verwöhnt, ihre heißen Gefühle für ihn sollten mit dem nämlichen Maße gemessen werden. Heute war das alles ausgekämpft und überwunden.

Wie durfte man von solchem Manne törichte Liebeständelei erwarten! Galt Job Christophs Seele, sein ganzes Fühlen und Denken nicht ausschließlich seinem unermüdlichen Schaffen, seinem Berufe? Glücklich und dankbar musste sie dagegen sein, dass sie ihm mehr bleiben durfte als vielleicht andere Frauen ihren Männern, die keinen Anteil hatten an deren Geistesleben. Welch ein Schatz von Verständnis und Vertrauen für sie bargen auch immer Job Christophs Briefe. Klang daraus doch oft ein verheißungsfreudiger Unterton: »Ich habe viel zu berichten, Ire. Du wirst mir ordnen helfen – hast du mir doch oft den Beweis des Verstehens geliefert!«

Und morgen kehrte er zurück.

Einige Tage später schlenderten Irene und Job Christoph durch die Säle des Münchener Glaspalastes, hier ein im Katalog besonders angemerktes Bild betrachtend, dort sachverständige Kritik übend oder tadelnd.

Onkel Kanonikus, der mit dem jungen Paare hierher gefahren war, ging, wie er scherzend und fein lächelnd geäußert, immer gern seine eigenen Wege, um nicht Unterhaltung führen zu brauchen und besser studieren zu können. Voll innerer Befriedigung hatte er indes das Nichtchen von Weitem beobachtet. Wie strahlend und hübsch Irene heute aussah, und auch der Job schien offenbar sehr vergnügt über das Wiedersehen mit dem allerliebsten Frauchen. Da musste man die Kinder nicht stören.

Es war ein wundervoller Augustmorgen. Durch die hohen Glasscheiben strömte lauteres Sonnengold herein und malte oft ganz köstliche, warme Tinten auf die reichhaltig vertretenen Porträts.

»Ich möchte einmal ein Bild von dir haben, Ire. Es liegt jetzt gerade ein besonderer Zauber, halb Melancholie, halb abgeklärte Ruhe, in deinem Gesicht, was dich vortrefflich kleidet«, sagte Job Christoph, plötzlich stehenbleibend, und zog der Gattin Arm etwas fester an sich.

Sie lachte fröhlich.

»Du meinst, ich habe das Hausbackene verloren! Dein Verdienst, Job Christoph! Ja, wenn der Geist geweckt wird, der noch schlummernden Seele, die einst nur ein Traumdasein geführt, sich neue Eindrücke, eine andere, idealistischere Weltanschauung erschließt, dann teilt sich das wohl auch dem äußeren Menschen mit.«

Das letzte hatte sie wieder ernst gesprochen. Prüfend sah er Irene von der Seite an und sagte warm:

»Ich mache mir oft Vorwürfe, dich so viel allein zu lassen. Fühlst du dich in solchen Zeiten auch nicht gar zu einsam? Bist du wirklich glücklich, Ire?«

»Wie du nur fragen kannst, Job Christoph! Ist das Wiedersehen nicht wunderschön?«, versetzte die junge Frau merkbar befangen und ausweichend.

»Nun, zunächst bleibe ich ja bis über Weihnachten bei dir in Berlin, und das soll eine gemütliche Zeit für uns werden.«

Beglückt schaute sie zu ihm empor, und er dachte wieder: Was hat Ire doch für herrliche Augen! Der kindliche Ausdruck, der ihn einst, in seinen Jünglingsjahren, so entzückt, war nicht daraus gewichen. Über der emailblauen Farbe glänzte aber jetzt noch ein besonderer Schein, als ob dahinter etwas Geheimnisvolles, Unergründliches verborgen läge.

»Ja, Ire, ich werde dich bestimmt malen lassen. Hast du eine Ahnung, welcher Künstler hier in München für Damenbildnisse am geeignetsten wäre? Diese Bilder gefallen mir alle nicht, weil ...«

Im Weiterschreiten stockte er plötzlich und sah überrascht zu einem dicht vor ihnen stehenden und artig grüßenden jungen Manne auf.

Blitzschnell trat auch das Erkennen in Job Christophs Seele.

Der Fremde lächelte.

»Ja, ja, es stimmt, Herr Professor. Ich sehe, Sie erinnern sich meiner. Ich bin Stephan Sumiersky, und Ihrer Frau Gemahlin zu begegnen hatte ich bereits das Vergnügen im D-Zuge von Berlin–München. Bitte, wollen Sie mich vorstellen.«

Irene lächelte ebenfalls und sagte, ihm die Hand reichend, freundlich: »Also ein Bekannter meines Mannes, Sie waren damals sehr liebenswürdig. Auf Reisen ist man Höflichkeit kaum mehr gewöhnt.«

Des Grafen Blicke flogen bewundernd über das leicht errötete Gesichtchen hin; dann wandte er sich verbindlich dem Gatten zu.

»Ich habe oft von Ihnen und über Sie gelesen, Herr Professor, und mich noch gern unseres Zusammenseins in Strelnow erinnert. Nun freue ich mich wirklich über diese zufällige Begegnung.«

Warum schwieg Job Christoph jetzt? Warum sagte er denn nicht ebenfalls ein verbindliches Wort? Ungeduldig, fragend streiften Ires Augen des Gatten sichtlich bleich gewordenes Antlitz. Die Brauen finster über der Stirn zusammengezogen, wie er das stets tat, wenn eine Sache ihn innerlich erregte, stierte er zu Boden.

Allein in seiner unbefangenen, offenen Weise fuhr Stephan Sumiersky fort: »Wissen Sie, Herr Professor, dass wir bereits Einladungen erhalten haben für den morgigen Vortrag im Ministerpalais. Wir alle wissen auch, dass Sie denselben halten werden, um den plötzlich erkrankten Professor Ramberg zu vertreten. Es ist allgemeine Freude darüber.«

Nun hob der Angeredete den Kopf und erwiderte etwas gezwungen höflich, doch mit leichtem Anflug von Ironie: »Ich bin gleichsam dazu genötigt worden. Exzellenz von Z... war indes persönlich bei mir, und ich vermochte ihm keine abschlägige Antwort zu geben. Ich fürchte, man wird enttäuscht sein.«

Stephan Sumiersky schüttelte vielsagend den Kopf und wandte sich wieder der Dame zu: »Kannten Sie München, gnädige Frau?«

»Nein, aber ich finde es viel behaglicher als Berlin. Kunstsinn und Geschmack wehen hier förmlich in der Luft. Ich muss sagen, man lernt mit anderen Augen sehen!«

Langsam schritten sie weiter und traten gemeinsam in den nächsten Saal.

Job Christophs Züge hatten jetzt wieder die gleichmäßige Ruhe angenommen, und er fragte etwas höflicher interessiert: »Sie sind noch in München, Herr Graf?«

»O nein, längst nicht mehr. In Potsdam an der Regierung ist mein bescheidener Wirkungskreis. Doch nun möchte ich mich Ihnen empfehlen, gnädige Frau; eine Verabredung ruft mich. Ich hoffe indes auf ein Wiedersehen!«

Als die schlanke, elegante Gestalt den weiten Raum durchmaß, sagte Irene, ihr wohlgefällig nachschauend, fast vorwurfsvoll: »Du warst nicht gerade sehr zuvorkommend gegen den Grafen, Job Christoph. Magst du ihn nicht?«

Er zuckte die Achsel.

»Ich freute mich auf ein Alleinsein mit dir und lasse mich nicht gern durch x-beliebige Menschen stören«, gab er, sie warm ansehend, zurück.

Obgleich diese Begegnung einen Sturm widersprechender Empfindungen in seinem Innern auslöste, so klang seine Stimme doch ruhig und gefasst.

War es denn denkbar, dass der Anblick dieses jungen Mannes ihn einen Augenblick beinahe fassungslos gemacht und Bilder vor die Seele gezaubert hatte, die ja längst, längst begraben waren. Was gingen ihn – Irenes Gatten – jene Leute an? War die Ruhe, das Geborgensein, der süße Friede des trauten Heims jetzt nicht eingezogen in sein Herz? Hatte die kluge, sanfte Frau es seit zwei Jahren nicht verstanden, alle wilden, hochgehenden Wogen seines Temperaments zu besänftigen, und hatte sie ihn nicht vergessen gelehrt? Ja, die kurze Strelnower Zeit war nun, ähnlich einem Champagnerrausch, verflogen, und er hatte, Gott sei Dank, dem holden Weibe hier an seiner Seite nie die geringste Ursache gegeben, an ihm zu zweifeln. In diesem Augenblick fühlte Job Christoph mehr denn je das zwingende Bedürfnis, sich noch fester derjenigen anzuschließen, gegen die er seit jenem verhängnisvollen Frühlingsnachmittag in Onkel Thorwalds Garten nie ganz offen zu sein vermocht hatte. Irene war seine Frau geworden, ohne dass er sie seines vollen Vertrauens gewürdigt hätte. Darum wollte, musste er sühnen, soweit es in seiner Kraft stand.

Den weichen Arm fast heftig an sich pressend, doch nun wieder lächelnd, zog er Irene mit sich fort.

Da ließ ein von ihr ausgestoßener Ruf der Bewunderung ihn stehenbleiben und fragen: »Nun?«

»Sieh doch, Job Christoph, wie schön – nein, blendend schön ist dieses Porträt! Dort, inmitten der langen Wand. Bitte, komm näher.«

Ungestüm zog sie den Gatten nach der bezeichneten Stelle hin und erwartete einen zustimmenden Bescheid.

Allein es erfolgte nichts.

»Hast du jemals solch bezwingenden, beinahe faszinierenden Blick gesehen? Sobald man länger in diese Augen hineinschaut, desto grösser wird ihre suggestive Kraft. Die ganze Auffassung ist reizvoll und originell. Wer mag wohl der Maler sein? Und was sehr merkwürdig scheint, das Gesicht kommt mir bekannt vor. Schlage doch, bitte, einmal im Katalog nach.«

Damit wandte sich Irene an den Gatten, der mehrere Schritte zurückgetreten war und stumm, wie geistesabwesend, das Porträt betrachtete.

»Bitte – ja?«

Sie fragte noch einmal und sah dabei voll ungeduldiger Spannung dem Schweigsamen ins Gesicht.

War das Job Christoph, der dort wie in Verzückung nach dem Bilde hinüberstarrte, ihr Gatte, der soeben voll Wärme und Herzlichkeit zu ihr gesprochen?

Ein Ausdruck von namenloser Sehnsucht und brennender Qual spiegelte sich plötzlich auf diesen bisher ruhigen Zügen ab. Vergessen schien die junge, tief erschreckte Frau neben ihm, vergessen Ort, Zeit und jede Selbstbeherrschung; nur eins war da, nur eins lebte für ihn – das war jenes Bild.

Raineria!

Nur Job Christophs Seele schrie dieses Wort. Genau so hatte sie einst vor ihm gestanden – sinnbetörend schön, und genau so hatte der Künstler sie greifbar lebenswarm auf die Leinwand gezaubert.

Schien es nicht, als stiege jener betäubende Hauch aus dem leicht gewellten Märchenhaar empor? War es Blumenduft? –

Unter einer rosenumrankten Pergola, im langfließenden, schlichten, weißen Kleide, stand die mädchenhaft schlanke Gestalt; ein dünner, zartrosa Gazeschleier umwogte die Büste und den linken Arm, als ob ein Windhauch das leichte Gewebe lüftet. Die erhobene rechte Hand hielt einen köstlichen Rosenzweig empor, dem Beschauer entgegen.

Gerade die raffinierte Einfachheit der Auffassung schien des Künstlers Meisterwerk. Verkörperte Vollendung!

Onkel Kanonikus' Stimme weckte das junge Paar aus seiner dumpfen Betäubung: »Aber, Kinder, wo steckt ihr denn? Immer noch bei den langweiligen Porträts?«

Job Christoph schreckte empor. Allgütiger Himmel – wo war er denn? Er musste sich ja fassen! Schien nicht alles ein Spuk – ein Traum? –

Ungestüm lief Irene auf den alten Verwandten zu und griff hilfesuchend nach seinem Arm.

»Ja, Onkel Gotthard – wir – ich komme! Nur möchte ich gleich – ins Hotel zurück. Die Luft hier drin – ist so eingeschlossen und schwer. Du weisst – das macht mir immer Kopfweh!«, flüsterte Irene in unzusammenhängender Hast.

Sie war noch immer totenbleich, doch keiner der Herren hatte einen Blick dafür.

»Du must dich ausruhen – niederlegen – es war zu viel«, sagte Job Christoph teilnahmsvoll; aber seine Stimme klang dabei verändert und rau.

»O armes Kind – ja, Ruhe ist das Beste.« Kanonikus Thorwald schüttelte bedauernd den Kopf. »Ich werde nun natürlich allein nach dem Englischen Garten fahren.«

Im Auto zog Irene den Schleier tief und fest über das Gesicht, damit der neben ihr sitzende Gatte die leicht niederrieselnden Tränen nicht bemerken sollte.

»Vorbei – vorbei! O, habe ich ihn denn jemals besessen?«, flüsterten ihre bebenden Lippen.

Der von Professor von der Thann vor einer geladenen Gesellschaft, im privaten Kreise gehaltene Vortrag über die letzte große Forschungsexpedition nach vorgeschichtlichen Nilniederlassungen und dort gemachten archäologischen Sammlungen, über Zahlensysteme und Zeitrechnung der alten Könige, ihre Kunstinteressen und die Riesenmonumente vieltausendjähriger Bauperioden wie Hieroglyphen war, von prächtigen Lichtbildern veranschaulicht, wirkungsvoll vorübergerauscht.

Nun wurden Erfrischungen herumgereicht, und die lebhaft plaudernden Gäste zerstreuten sich bald in den weiten Salons.

»Nun sagen Sie mal, bester Baron, wie kommt diese Koryphäe, was Fachkenntnisse und künstlerische Form des Vortrages anlangt, hierher nach München? Exzellenz von Z … hatte meine Frau und mich zu einem kleinen Kunstgenusse eingeladen und so beiläufig von Lichtbildern und so weiter gesprochen, und nun wird uns solch eine grandiose Überraschung bereitet! Der junge Mann redet ja einfach klassisch. Ich armer Ignorant, der von altägyptischer Hochkultur keinen Schimmer von einer Ahnung hatte, bin durch eine so glänzende Aufklärung und Belehrung jetzt im Lande der Pharaonen wie zu Hause. Bitte, orientieren Sie mich doch etwas über den interessanten Professor.«

Mit diesen Worten fasste ein großer, auffallend blonder, vornehm aussehender Herr den Angeredeten am Rockärmel und zog ihn nach einer von schwerer Portiere halb verdeckten Nische hin, wo beide sich niederließen.

»Gern, Graf Herlingen, so viel ich selbst weiß, will ich Ihnen mitteilen. Dieser Professor von der Thann ist nämlich ein steter Reisebegleiter des bekannten Archäologen Ramberg, hat seit mehreren Jahren alle

Forschungsexpeditionen mit diesem unternommen und soll – wie man natürlich sub rosa behauptet – seinen Meister bereits überflügelt haben. Nebenbei liest Herr von der Thann als Privatdozent in Berlin an der Universität, wo er großen Zulauf hat.«

»Ja, wie kommt er aber heut Abend hierher?«

»Bitte, einen Moment, Herr Graf. Professor Ramberg ist ein alter Studiengenosse und Duzbruder von unserer Exzellenz und war nach seiner Rückkehr von Kairo kürzlich nach München gekommen, um einige öffentliche Vorträge zu halten. Für morgen war der erste im Odeon angesagt, wozu bereits Hunderte von Karten verkauft sein sollen. Heute Abend hatte Ramberg Exzellenz von Z... versprochen, vor seinen Gästen ein wenig zu ›plaudern‹ – sozusagen ein kleiner Aufgalopp für morgen, wie Sie als Sportsmann sagen würden. Plötzlich kriegt der Mann gestern Abend eine so heftige Gallenkolik, dass er nun ernstlich krank im Hotel liegt und vor Wochen kaum imstande sein dürfte, den eingegangenen Verpflichtungen nachzukommen. Da ist eben auf Rambergs und vieler anderer Bitten Professor von der Thann hilfreich eingesprungen und ...«

»Und ich meine, der Tausch ist nicht schlecht«, unterbrach ihn Graf Herlingen lachend. In seinen Zügen lag wieder etwas Gönnerhaftes, als er hinzufügte: »Ich bin äußerst befriedigt vom eben Gehörten. Wird man für den Vortrag im Odeon noch Eintrittskarten kriegen? Das ist nämlich was für meine Frau, die bei dem bloßen Worte Ägypten gleich in Ekstase gerät und schon Himmel und Hölle in Bewegung gesetzt hat, heute eine Einladung hierher zu erlangen.«

»Schwerlich, Herr Graf. Allein vielleicht nur durch Herrn von der Thann selbst. Seine Frau ist ebenfalls anwesend. Ich kenne beide.«

»Ach was – hier im Saal?«

»Ja – dort, jene junge Dame in Weiß. Sie spricht soeben mit Ihrem Schwager Sumiersky. Nicht gerade schön, doch sehr anmutig und dem berühmten Gatten entschieden geistesverwandt.«

»Famos! Die Gelegenheit zeigt sich ja günstig. Bitte, Baron, wollen Sie mich da gleich mal vorstellen?«, bat Herlingen in seiner etwas burschikosen Art.

Die Herren erhoben sich und schritten nach der bezeichneten Stelle hin. –

Eine halbe Stunde später drängte alles zu den im Nebensaale aufge-stellten Büfetts. Seidene Schleppen rauschten über das Parkett, Teller und Gläser klirrten, dabei Lachen, Scherzen und ein oft betäubend anschwellendes Stimmgewirr brauste durch die tageshell erleuchteten Räume.

Aus dem Gewühl heraus, Ruhe und Schutz suchend, betrat Job Christoph von der Thann einen nur matt erhellten, stillen Damensalon.

In einem lauschigen Sofaeckchen hatten sich drei junge Mädchen mit ihren Kavalieren, Offiziere des schweren Reiterregiments, niedergelassen, deren Interesse aber völlig ihrer heiteren Unterhaltung wie den kulinarischen Genüssen des gastlichen Hauses zugewandt schien. Keiner des kleinen Kreises hatte den Eintritt des einzelnen Herrn beachtet, noch beim Aufblicken den gefeierten Gelehrten in ihm wiedererkannt.

Job Christoph ließ sich, so weit wie möglich von der »Jugend« entfernt, in einen Sessel fallen und blickte gedankenverloren und finster vor sich hin.

Hatte er denn am heutigen Abend wirklich so glänzend gesprochen? Er wusste es selbst nicht einmal.

Erst durch das ihn fast peinigende Lob und die hohe Anerkennung seiner Zuhörer schien ihm klar geworden zu sein, dass er sich zu einem Feuer und einer Begeisterung hatte hinreißen lassen, die wohl doch einen Unterton innerer Erregung gehabt.

Ja, warum – warum? –

War denn die aus vielleicht 200 Personen bestehende Gesellschaft, waren all die vielen, ihm fast gänzlich fremden Gesichter gar nicht für ihn vorhanden gewesen?

Wie aus einem magischen Dunstschleier, einem Nebel leuchtend auftauchend, sah er nur einen Kopf, einen goldblonden Kopf, einen wunderbar weiß schimmernden Hals, eine Gestalt mit klassischen Formen und vor allem zwei Augen, deren strahlende Blicke immer nur auf ihn selbst gerichtet waren.

Raineria!

Kaum zehn Schritte von ihm entfernt saß sie, hochaufgerichtet, würdevoll, stolz, ganz die Gräfin Vinzenz Herlingen, – und doch, wer sie kannte, wie *er*, der sah sofort den ganzen Zauber weicher, zarter Weibesschönheit, ähnlich dem Mädchen im Strelnower Archiv, ähnlich dem bezwingenden, reizvollen Bilde im Glaspalast.

Und so hatte er denn nur für sie gesprochen – einmal nur noch, heute nur!

Nach Schluss des Vortrages war er geflohen – ihr entflohen! Wohin? Ja, zu Irene!

Wie diese klaren warmen Kinderaugen voll stolzer Befriedigung, von Glück und Anerkennung leuchteten! Und dann kamen Menschen, Menschen! Jeder wollte ihm die Hand drücken, Schmeicheleien sagen – Phrasen!

Was kümmerte es ihn! – Sie aber kam gottlob nicht! So musste es sein – so war es gut!

Und nun hier, im stillen Salon, schien endlich, endlich Ruhe.

Er zog das Taschentuch und trocknete sich die feuchte Stirn. Man würde ihn nicht vermissen, jetzt nicht.

Das Materielle, der Gaumenkitzel, übt ja wohl eine gewisse Macht aus. O, kleiner Menschengeist! Die hehre Kunst trägt dich empor zu lichten Höhen! Dort drinnen ein krasser Gegensatz: Bei Sekt und Delikatessen ist die Begeisterung schnell vergessen! Pah!

Den Kopf in die Hand gestützt, schloss Job Christoph die Augen – aber ein leises Knistern von Seidenfalten – ein eigentümliches Parfüm in nächster Nähe ließ ihn aufblicken.

Nein – das war ja keine Einbildung, keine Täuschung – da stand sie ja dicht neben ihm, strahlend schön, leise lächelnd, doch mit vorwurfsvollem Zucken um den Mund.

»Warum meiden Sie mich so hartnäckig, Professor von der Thann? Ich versuchte verschiedentlich, mich Ihnen zu nähern – allein immer vergeblich – immer waren Sie mir im Gewühl entschlüpft.«

Wie diese Stimme doch jede Saite seines Innern vibrieren machte!

Er war emporgesprungen und verneigte sich tief, wobei er mit leichten Regungen von Trotz erwiderte: »Ich habe nach Beendigung meines Vortrages nicht mehr die Ehre gehabt, Sie zu sehen, Frau Gräfin.«

»Aber – während desselben?« Sie hob die dunkel bewimperten Augen voll und fest zu ihm empor.

»Ja!« Er stand wie unter einer hypnotischen Macht, und so vergingen ein paar Sekunden in fast bedrückendem Schweigen.

Den schönen, von einem prachtvollen Brillantdiadem umkränzten Kopf ein wenig nach hinten gebogen, lehnte Raineria an einem Sessel. Die kleinen, ihm so wohlbekannten Hände spielten lässig mit dem Fächer; allein keine ihrer Bewegungen war nervös oder verriet innere Unruhe, dagegen lag jetzt ein tiefer Schmerzenszug um die zusammengepressten Lippen, und unter den halbgeschlossenen Lidern schimmerte es feucht.

Wortlos reichte sie ihm die Rechte hin; er küsste sie ehrerbietig, doch steif. Darauf sagte sie sehr ernst:

»Das Leben spielt mit uns, Professor von der Thann! Hier: kurze Glücksstunden, dort: Jahre, die der dürren Wüste gleichen, welche wir beide kennen. Aber das ist ja alles längst – vergessen. Ich wollte Ihnen nur das eine sagen – deshalb kam ich her – suchte Sie: Heute haben Sie ein sehr dankbares Auditorium vor sich gehabt und ungeteilten Beifall geerntet; aber das eigentliche Werden, Wachsen und Sein eines Künstlergeistes kann nur ich verstehen und aus tiefster Seele bewundern!«

Für Augenblicke flammte es wild und heiß auf in Job Christophs Herzen, und an seiner Willenskraft rüttelte und zerrte die alte Macht eines einstmals beseligenden Rechtes.

War es nicht wert zu ringen, ein ganzes Dasein lang zu ringen um den erneuten Besitz dieses Weibes willen? Gefühle, wie sie in ihrem, in seinem Innern gelodert, sie können niemals vergehen! O nein, unter der grauen Asche des Alltags sind sie nur scheinbar verglommen, um durch einen einzigen Funken sich wieder neu zu entzünden.

Kränkungen, Bitterkeit, Trotz und Qual, – gleich scheuen Fledermäusen vor dem Sonnenlicht schienen sie verflogen. Alles andere war Selbsttäuschung! –

Selbsttäuschung? Mit dieser Erkenntnis begann die unerträgliche Anspannung der Nerven nach und nach von ihm zu weichen. Seit der Stunde, ja, seit er ihr wunderbares Bild im Glaspalast gesehen, war er in einer Art Traumzustand herumgewandelt. Das Hirn zermartert hatte er sich über wahre und falsche Begriffe von Grundsätzen, über Gewissenspflicht, Moral, Haltlosigkeit des Mannesherzens und dergleichen, bis er in ein Stadium geraten war, wo die klare Vernunft aufhört und ein völliges Versagen klarer Denkkraft anfängt.

Die Nacht hatte er ruhelos im kleinen Hotelsalon neben dem Schlafzimmer verbracht, wo Irene, nachdem er ihr von Vorbereitungen für seinen Vortrag gesprochen, wohl längst schlummerte. Oder ob die Seele der lieben, kleinen Frau, seiner Frau, bereits ein heraufdämmerndes Unheil ahnte?

Und jetzt, wo die andere vor ihm stand und seine irrenden Gedanken wie hilfesuchend und in scheuen Angstgefühlen durch die Festsäle flogen und er im Geiste Irenes klares, blaues Auge mit festen, ruhigen Blicken vor sich auftauchen sah, da war es ihm auch möglich, sich wieder zu fassen.

Bei Gott, er war doch kein Schwächling, kein eitler Narr, der sich durch ein paar Schmeichelworte kopfscheu machen lässt! Sind Manneskraft und Manneswert denn eine Ware, die zerbricht wie Glas? –

Über Job Christophs hohe, intelligente Stirn flog ein deutlich wahrnehmbarer Schatten, als er, sich abermals tief verneigend, sagte:

»Frau Gräfin sind sehr gütig, und ich weiß ein solches Lob hoch einzuschätzen. Gewiss, ich habe gearbeitet mit aller Energie und Zähigkeit. Jahre hindurch, um aus diesem Schaffen etwas Nutzbringendes erspießen zu sehen; aber gerade dabei ist mir klar geworden, dass wir das sogenannte Lebensspiel bezähmen und unserem eigenen Willen unterordnen können.«

Jetzt sprach er ruhig, fast kalt, und wieder begegneten sich beider Blicke.

»Gehe – gehe! Sei barmherzig und kreuze du – du nie mehr meinen friedlichen Lebensweg!«, lag in dem seinen.

Der Ausdruck müder Resignation und beinahe demütiger Trauer in dem ihren.

Raineria war wohl nie so schön, so weiblich hold gewesen wie in dieser verhängnisvollen Stunde.

So standen sie wieder wortlos, als eine laute Männerstimme vom Eingang des Nebensaales zu ihnen herüberklang:

»Hier also finde ich endlich den berühmten Mann! Du hast ihn ja ganz nett eingefangen, Ary – beneidenswert! Nun möchte ich den Herrn Professor auch kennenlernen. Servus, Herr von der Thann! Ich bin Graf Herlingen, der Sie aufrichtig bewundert!«

Nach dieser allerdings freundlichen, doch etwas derben Anrede streckte er Job Christoph die Hand entgegen, welche jener zögernd ergriff.

Gedachte er doch unwillkürlich der unhöflichen Behandlung, welcher derselbe Mann dem Reisenden dritter Klasse an der Strelnower Bahnstation zuteil werden ließ.

»Die mir in München gezollte, ehrende Anerkennung ist fast beschämend, Herr Graf«, antwortete er nur kurz und schlicht. Dann fiel sein Auge auf Stephan Sumiersky, der in einer Art stummer Teilnahmslosigkeit wenige Schritte hinter seinem Schwager stand und die Augen unverwandt auf die Schwester gerichtet hielt.

Hatte Raineria es wahrgenommen? Sie reckte jetzt in einer halb gelangweilten, halb spöttischen Schulterbewegung den Oberkörper und sagte ungeduldig:

»Wir wollen aber den interessanten Abend nicht bis in die tiefe Nacht ausdehnen« (sie blickte auf die diamantenbesetzte Uhr am Armband), »es ist bald eins. Herr von der Thann bedarf wohl auch der Ruhe. Also: Auf Wiedersehen!«

Damit nahm sie des Bruders Arm und eilte in einer beinahe auffallenden Hast dem Speisesaale zu.

In abgerissenen Sätzen hörte sie noch hinter sich des Gatten laute Stimme, der nun auf des Professors Gesellschaft offenbar Beschlag gelegt zu haben und ihn fürs Erste nicht mehr loszulassen schien.

»Nun, wie geht es heut? Besser, natürlich! Das sehe ich schon. Wenn Sie an der Staffelei stehen, dann ist's ein gutes Zeichen.«

Mit diesen freundlich und heiter gesprochenen Worten trat Stephan in die vier Treppen hoch gelegene kleine Werkstatt seines Namensvetters Robert Sumiersky, der im Malerkittel, Pinsel und Palette in Händen, bei der Arbeit war.

Der Angeredete legte sein Werkzeug sofort beiseite und begrüßte, sichtbar erfreut, den Gast.

»Graf Stephan! Welche Überraschung! Also doch gekommen! Ihre Güte, Ihre Freundschaft sind wirklich Sonnenstrahlen in meinem armseligen Dasein!«

»Pst! Unsinn! Nicht solches Zeug reden! Demnach ist es Ihnen während der vier Monate, in denen wir uns nicht sahen, ganz leidlich ergangen? Das ist schön – selbstverständlich auch finanziell. Ihr Name als Künstler wächst.«

Stephans Blicke flogen befriedigt über des jungen Malers Erscheinung hinweg. Diese schien allerdings gepflegter als vor zwei Jahren. Gesichtsausdruck, Haltung und Kleidung kennzeichneten zweifellos den gebildeten Mann besserer Stände, ja es lag sogar eine Art reizvoller Genialität über diesem, wie Stephan oft scherzend geäußert, Lord-Byron-Kopf, dessen braunes Kraushaar sich stets widerspenstig um Stirn und Schläfen sträubte.

Allein ein schärferer Beobachter erkannte sofort den schwer Lungen-kranken in ihm. Unter den hageren Wangen brannte meist eine hekti-sche Röte, was mit den fieberhaft glänzenden Augen und den kurzen Atemzügen seiner Brust eine beredte Sprache redete.

»Vortrefflich geht es mir!« Eine leichte Bitterkeit färbte den Ton. »Die blauen Lappen fliegen nur so zum Fenster herein. Dort, jene Isarniederung mit herbstlichem Gestrüpp, ist bereits verkauft, und hier das Pferdeidyll – nicht wahr, der zweite Franz Krüger – hat Gräfin Herlingen bestellt.«

»So? War meine Schwester kürzlich hier?«

Über Stephans Züge flog wieder ein Ausdruck innerer Befriedigung.

»Nein, Frau Gräfin sandte mir eine kleine Fotografie und gab Größe und Maße an. Es sind die Lieblingsreitpferde von ihr und dem Herrn Grafen.«

Voll Interesse betrachtete Stephan den Entwurf.

»Ja, ich kenne die Gäule genau. Vortrefflich! An Ihrer Stelle würde ich nur Tiere malen. Darin entwickeln Sie eine besondere Kunst.«

Der Leidende lachte kurz.

»Vorläufig muss ich malen, was man von mir verlangt.«

»Freilich –! Hm!«, gab Stephan sinnend zur Erwiderung.

Darauf setzten sich beide auf die einzigen Rohrstühle, welche der kleine Raum aufzuweisen hatte.

In zarter, taktvoller Weise erkundigte sich Stephan nun auch nach des jungen Malers Vater in Neuyork, ob derselbe, nachdem der soge-nannte Vergleich endlich zustande gekommen war, den Sohn einiger-maßen unterstütze. Der alte Mann sei doch moralisch dazu verpflichtet und dürfe die Zinsen des erhaltenen Kapitals unmöglich für sich allein beanspruchen.

Da wollte Robert anfangs gar nicht mit der Sprache heraus, und seine Züge hatten dabei einen todestraurigen Ausdruck bekommen.

Doch endlich fasste er, gleichsam hilfesuchend, nach des Gastes Hand und sagte gepresst: »Mein Vater hat sich verleiten lassen – das Geld in einer – gewagten Spekulation anzulegen. Vor acht Wochen kam die Nachricht, dass – dass alles – verloren sei und er, durch Schreck und Gram darüber erkrankt, im Hospital läge. Auch seine Stellung hätte er dabei eingebüßt.«

»Und Sie – Sie müssen nun die Mittel hinüberschicken, den Vater zu unterhalten und verpflegen zu lassen?«, fragte Stephan, während eine Zornesfalte seine Stirn verdüsterte.

»Zum Teil allerdings. Aber – das ist ja jetzt kaum von Belang. Ich verdiene wirklich genug.«

Ein so wunderbarer Ausdruck von rührender Opferfreudigkeit, Güte, ja seelischer Verklärung lag über des Leidenden Gesicht, dass Stephan vom Sitz aufsprang und an die Staffelei trat.

Um keinen Preis wollte er dem andern seine tiefe Bewegung verraten.

Wohl noch eine Stunde blieb er darauf bei dem zutraulicher und mitteilsamer gewordenen jungen Maler, der auch in warmen Worten nach Stephans Angelegenheiten fragte.

Mit einem beinahe heiteren »Auf Wiedersehen!« trennten sie sich.

»Wenn der liebe Gott mich doch einst in die Lage versetzen wollte, diesem vortrefflichen Jungen einmal etwas Gutes anzutun!«, murmelte Stephan sinnend, die vier Stiegen des schlichten Hauses wieder hinab-steigend.

Seit Kurzem, ja seit dem Fest bei Exzellenz von Z..., lag überhaupt ein eigener, beklemmender Druck auf seiner Seele.

Ein Mensch wie er, mit seinen dreiundzwanzig Jahren, jung, hübsch, in bevorzugter Gesellschaftsstellung, der Licht- und Schattenseiten des Großstadtlebens zur Genüge kannte und sich wohl auch kaum Skrupel gemacht hatte über kleine Liebesabenteuer, die verrauscht und verflogen waren, gleich dem Frühlingsnebel, er errötete plötzlich bei dem Gedan-ken, dass seine Sinne, sein Wünschen und Begehren auf gefährlichen, nach Moral und Gesetzen unerlaubten Gebieten sich bewegten.

Das glich doch eigentlich einem Eingriff in fremden Besitz, fremdes Eigentum!

Was gingen ihn schließlich die wunderbaren blauen Augen, der holde Gesichtsausdruck, die süße Stimme einer Frau an, die das Weib eines anderen Mannes war?

Und dennoch – jede Minute des glänzenden Festabends hatte er dazu benutzt, in Frau von der Thanns nächster Nähe zu sein, sich möglichst viel mit ihr zu unterhalten und ihr kleine Dienste zu erweisen.

Wahrlich, er war doch weit davon entfernt, dieses seltsame Interesse, welches schon damals im D-Zuge für die junge Frau aufgekeimt war, als bloße Spielerei oder banale »Cour« zu betrachten; hatte er doch schon oft für viel hübschere Wesen geschwärmt und ihnen auch nahegestanden.

Nein, hier war etwas in seinem Innern wach geworden, eine Saite hatte zu tönen begonnen, die urplötzlich nur die edelsten, reinsten Empfindungen zur vollen Entwicklung brachte. Allein das eigene Empfinden durfte nicht maßgebend sein – nicht hier – das war eben Friedensstörung. –

Als Stephan jetzt auf seinem Eckplatze in der Elektrischen saß und mit wirren zerfahrenen Gedanken die vorbeihuschenden Straßen, Häuser und Läden betrachtete, da stand, wie herbeigezaubert – Arys schönes Gesicht vor seinem geistigen Auge.

O, wie er sie liebte – wie er doch in allem und jedem ihre Güte und Treue empfand. Dieses Mütterliche an ihr hatte ihm stets ein tröstliches Glücksempfinden bereitet. Warmes Mitgefühl wallte damals in Strelnow oft in ihm auf, wenn er ihre Jugend und Schönheit im Verkehr mit diesem roh veranlagten Vater verkümmern sah, und doch musste sie, solange es die Pflicht gebot, bei ihm ausharren.

Und darauf kam die glänzende Heirat! Widerspruchlos – Stephan war Herlingens Persönlichkeit nie recht genehm gewesen – ja mit einer auffallenden Entschiedenheit hatte Ary des Vetters Antrag angenommen und war kaum sechs Wochen später Vinzenz' Frau geworden.

Oft hatte Stephan über diesen Punkt nachgedacht und war schließlich zu der Überzeugung gelangt, dass die Schwester sich befriedigt fühle und durchaus kein sogenanntes himmelanstürmendes Glück wünsche.

Da kam der Festabend bei Exzellenz von Z..., mit Augenblicken, die ihm gewissermaßen den Schlüssel zu einem verborgenen Geheimfach in der Schwester Herzen boten.

Er hatte sie während Professor von der Thanns Vortrag gesehen, hatte jede Miene des schönen Gesichts beobachtet; er hatte ferner, als er mit Vinzenz jene beiden in dem fast menschenleeren Salon allein angetroffen, bemerkt, wie ein Quell verhaltenen Wehs, aber auch schlecht bekämpfter Leidenschaft aus ihren feuchtschimmernden Augen hervorbrach. Plötzlich tauchte nun auch alles, was Stephan in der Strelnower Zeit einzig für harmlose Tändelei und eitle Gefallsucht gehalten, wieder beängstigend vor seiner Seele auf. Hier lag offenbar ein Geheimnis! Vielleicht gar eine alte Schuld! War er denn damals blind gewesen? Und Irene – die liebenswerte, holde, junge Frau?

Mit einem Ruck hielt der Wagen still. Das Ziel seiner Fahrt war erreicht.

Ein großer, glockenartiger Strohhut bedeckte den blonden Kopf der Gräfin Ary Herlingen und ließ nur den unteren Teil des schmalen, rassigen Gesichts erkennen, so dass kaum jemand in der schlichten Gestalt die blendende Erscheinung aus den Sälen des Ministerpalais erkannt haben würde.

Die Ohren zierten ein Paar winzige Perlenknöpfe, und so schlenderte sie im schmucklosen, grauen Reiseanzug, den Katalog im Arm, hier und da vor einem Bilde haltmachend, durch die weiten Räume. Allein ein leichtes, nervöses Zucken um die Mundwinkel verriet, dass hinter jener scheinbaren Gleichgültigkeit und Ruhe sich heftige, seelische Erregung verbarg. Stephan hatte ihr zufällig von dem Besuch des Thannschen Ehepaares im Glaspalast erzählt, was ihr viel zu denken gab.

War es nun eine Eingebung gewesen, oder eine geheime, unerkliche Macht, die sie seitdem fortgesetzt antrieb, schon den nächsten Morgen in aller Frühe jenen Platz aufzusuchen, wo sie denjenigen zu finden hoffte, der seit seinem Vortrag all ihr tiefinnerstes Empfinden in festen Banden hielt?

Was bedeutete Job Christophs kühle Abwehr, sein so gewiss herber Trotz. Pah! Verletzte Eitelkeit! Männer sind ja so kinderleicht zu durchschauen. Ein schneller Blick, als er Tränen in ihren Augen wahrgenommen hatte, hatte sie belehrt, dass in seiner Brust noch immer etwas fortleben musste, was ihr gehörte.

Die einsame Frau – es war zur Zeit leer und still in den Sälen – atmete tief und schwer.

Zwei Jahre hatte sie in gleichmäßiger, oft ermüdender Seelenruhe dahingelebt, nichts war imstande gewesen, den trägen Schlag des Herzens etwas zu heben.

Erinnerungen? Ja, man frischt sie auf, man kramt in wohligem Vergnügen darin herum, aber Raum und Zeit verblassen die einst leuchtenden, Farben, der dürre Verstand sagt schließlich: Fort mit aller Sentimentalität! Wozu dem Einst wieder Leben und Gestalt geben?

Gewiss, das Interesse an einem Menschen, der uns einmal nahegestanden, erkaltet nie. Es ist genau so, als blättere man in alten, vergilbten Briefen und findet ein verdorrtes Rosenblatt; – sein feiner Duft zaubert noch immer beseligende Augenblicke längst entschwundener Tage hervor. So ist das Leben!

Aber gibt es nicht dennoch Selbsttäuschungen? Oder sind solche Gedanken unsinnig?

Raineria ist sich im Augenblick nicht klar darüber. Sie weiss nur, dass von dem Augenblicke an, wo Job Christophs Name wieder an ihr Ohr geklungen – von den Lippen seines jungen Weibes ausgesprochen – eine zügellose, brennende Eifersucht ihre Brust durchwühlt.

O, diese unbedeutende, kleine Frau! Wie sie am Vortragsabend in dem weissen Fähnchen so still, fast verschüchtert vor ihr gestanden hatte und doch mit einem seltsam herb trotzigen Ausdruck im Blick, da war ein beinahe roher, an des Vaters Brutalität erinnernder Zorn in ihr erwacht.

Du – oder ich!

Doch nein, nein, sie wollte ihr den vergötterten Gatten ja nicht stehlen! Verbriefte Rechte sind heilig – so besagt eine weltweise Moral!

Aber –!

Ja, warum dieses Aber?

Ein triumphierendes Lächeln umspielte den schönen, zuckenden Frauenmund.

Wer durfte ihr ein harmloses Plauderstündchen mit dem geistsprühenden Gelehrten wohl wehren?

Ob er heute wirklich kam?

Vor dem künstlerischen Bildnisse der Gräfin Herlingen unter der Rosenpergola stand Job Christoph von der Thann.

Er hatte sich wohl schon eine Viertelstunde völlig selbstvergessen in die zutage tretende künstlerische Auffassung des Meisters vertieft.

Er verharrte, bald seitwärts, bald rückwärts tretend, um jeden Pinselstrich, jede Lichtwirkung genau zu studieren.

Hier war nirgends flache Effekthascherei zu finden. Der Zauber des Porträts lag in der Haltung und Natürlichkeit, im Augenausdruck, der diese ihm so wohlbekannte suggestive Kraft ausübte, wie sie eben nur Ary Sumierska zu eigen war.

Und jene Augen hatten ihn heute hierhergezogen; trotz allen Sträubens, aller Vernunftgründe war er ihrer Gewalt erlegen.

Einmal nur noch hinschauen – dann Schluss! –

Nach dem Feste im Ministerpalais, als er mit Irene ins Hotel zurückgekehrt war, hatte er noch eine lange, bedeutsame Unterredung mit ihr gehabt.

Nicht, dass diese durch Fragen, Vorwürfe oder eifersüchtige Bemerkungen ihn dazu veranlasst hätte. Nein. An ihrem stillen, tiefernsten Wesen, am leisen Beben des noch so kindlich süßen Mundes hatte er wahrgenommen, dass er ihr eine Aufklärung schuldig war, dass er jetzt Dinge berühren musste, die er um ihrer Ruhe willen bisher nie zu enthüllen gewagt.

Und als Job Christoph, in seiner klaren, knappen Weise, von den Strelnower Begebenheiten an bis zu seiner Heirat, sich selbst durchaus nicht schonend, berichtet hatte, da schloss er mit den fast feierlich klingenden Worten:

»Ich bin dir niemals untreu gewesen, Ire – auch in Gedanken nicht. Ich halte dich hoch als ein mir anvertrautes Kleinod, und jene Episode, die einst mein Leben in einer seltsam elementaren Gewalt durchtobt hat, sie ist wie ein Unwetter vorübergezogen. Du sollst, darfst und musst mir weiter vertrauen!«

Mehr zu sagen war er außerstande gewesen. Nur keine leeren Redensarten, keine Heuchelei! Gott würde ihm ja Kraft geben, jedwede neue Versuchung zu bestehen.

Ob sich Irene aber im tiefsten Innern damit begnügt hatte? Ob nicht im verborgensten Winkel des von jeglichen Leidenschaften, von Sünde und Schuldbewusstsein so freien Kinderherzens nicht dennoch das kleine Samenkorn des Misstrauens aufgekeimt war und heimliches Weh erwachsen ließ?

Sie hatte ihm nur treuherzig und lieb die Hand gereicht, wie einem Kameraden, dem man Kränkungen schnell vergibt.

Und so war eine seelische Erleichterung in Job Christophs Brust eingezogen, weil er von Irenes Klugheit und vornehmer Denkungsart eine viel zu hohe Meinung hegte, um irgendwelches Missverstehen bei ihr zu befürchten. Darin lag auch seine unbegrenzte Hochachtung vor dieser sanften, zielbewussten Frau.

Und das Wörtlein Liebe? War es während dieser Aussprache wirklich gar nicht gefallen? Warum dachte Job Christoph gerade jetzt daran? Hatte er sich gefürchtet, es auszusprechen?

Lächelten die sonderbaren Frauenaugen nicht plötzlich so verständnisvoll von dem Bilde zu ihm herab? –

Allein dergleichen Gedanken schienen jetzt Torheit, Fantastereien!

Ein Mann, der noch am nämlichen Abend vor mehr als hundert Zuhörern öffentlich sprechen – über Gegenstände die in ihrer Bedeutung beinahe das rastlose Studium eines Menschenalters ausfüllten, sprechen wollte, musste wohl jede unnatürliche Nervenaufreizung tunlichst vermeiden.

Darum also wirklich und unwiderruflich Schluss! Mit einem letzten, schnellen Blick nach dem Bilde warf Job Christoph energisch den Kopf zurück und schritt dann langsam dem Nebensaale zu.

Allein wie festgebannt blieb er stehen. Dicht vor ihm auf dem runden Diwan saß Gräfin Herlingen, das schöne Haupt an die Rückwand gelehnt, die Hände nachlässig im Schoß gefaltet und schaute gedankenvoll ins Leere.

Da stutzte sie, während ein unbefangen freundliches Lachen ihre Lippen umspielte.

»O welch reizende Überraschung, Professor! Sie hier? Ich suche schon seit einer halben Stunde den Professor Herfort in allen Räumen, der an meinem Bilde noch einige Pinselstriche andern soll – und finde den Vielbeschäftigten absolut nicht. Jetzt möchte ich mich von der ermüdenden Wanderung etwas erholen und ausruhen. Wollen Sie mir vielleicht Gesellschaft leisten, oder haben Sie, wie alle berühmten Männer, ebenfalls keine Zeit?«

Ein so reizender Ausdruck von Schelmerei umzitterte den leichtgeöffneten Mund, und in den goldschimmernden Augen blitzte nur Fröhlichkeit, dass der Angeredete sofort seine Fassung wiedergewann und im Nähertreten dieser Aufforderung nachzukommen geneigt schien.

»Bei praktischer Anwendung erübrigt man immer genügend dieses Sammelbegriffe Zeit, Frau Gräfin. Ich habe mich über Mangel derselben nie beklagt, zumal jede angenehm verbrachte halbe Stunde uns nützlich und lehrreich werden kann«, entgegnete er.

Prüfend und mit stillem Wohlgefallen streiften Rainerias Blicke die schlanke Männergestalt.

Job Christoph hatte den leichten Panama abgenommen, und sein edelgeschnittenes Gesicht mit der klugen Stirn und den geistsprühenden Augen strahlte sichtbare Befriedigung aus.

Die vornehme Sicherheit und Würde seines Auftretens kleideten ihn vortrefflich. Gedachte sie, vielleicht gerade jetzt seiner von ihr damals bespöttelten Bescheidenheit, da doch derselbe Mann, ungeachtet seines schlichten Anzuges, ihr schon gefallen und ihre empfänglichen Sinne gereizt hatte? Heute aber dünkte es ihr, der Gräfin Vinzenz Herlingen, Mühe zu kosten, ihm gegenüber den rechten Ton anzuschlagen. Das Leben hatte ihn hochgebracht – verwöhnt.

Aber Raineria war ja Meisterin darin, jeder Lage gerecht zu werden.

»Ach, und ich verfüge immer über so viel unnütze Zeit! Dann sind Sie ein glücklicher Mensch, Professor!«

Sie sprach fortgesetzt in anmutiger Natürlichkeit.

Er wurde unsicher; während sie auf den Platz an ihrer Seite wies, kam es daher merkbar gepresst von seinen Lippen:

»Glücklich ist nur der, welcher dieses Wort im richtigen Sinne aufzufassen vermag und sich nicht untersteht, daran zu deuten und zu mäkeln, Frau Gräfin.«

»Und Sie gehören zu diesen?«

Jetzt hatte er den Platz auf dem runden Diwan neben ihr eingenommen.

Raineria sah nicht auf bei ihrer Frage; sie spielte mit den von ihren Fingern gestreiften Handschuhen.

»Ich habe es immer versucht«, gab er kurz zurück.

»Das ist sehr schwer. Ich kann es nicht«, sagte sie auffallend leise; aber er hörte das schnelle Atmen ihrer Brust.

Pause. –

Doch plötzlich hob Raineria den Kopf und fragte:

»Wie finden Sie mein Bild? Ich nehme an, dass Sie es gesehen haben, Professor?«

»Ja – bereits, als ich mit meiner – Frau den Glaspalast besuchte.« (Eine kleine Betonung lag auf jenem Wort.) »Der Maler hat hier ein wirkliches Kunstwerk geschaffen. Die Auffassung weicht so wohltuend ab von der sonstigen Dutzendarbeit«, lautete der etwas sachlich gegebene Bescheid.

Hatte sie mehr erwartet? War es nur Lebensklugheit, weltmännische Routine, Selbstdressur, dass nicht der kleinste Schimmer jener Gefühle von einst die Schranke des Herkömmlichen zu durchbrechen wagte?

Gab es durchaus keinen Rückfall? Würde Job Christoph sich nie mehr hinreißen lassen, wie damals in Strelnow, wo das Süßeste dieses erbärmlichen Erdendaseins ihn mit voller Gewalt bezwungen hatte?

Und dennoch fühlte sie seinen unbeweglichen, beinahe faszinierenden Blick, als ob er jeden Zug des ihm nur im Profil zugewandten Antlitzes mit Runenschrift in sein Inneres einzumeißeln wünsche.

Wo – wo lagen die Schlüssel zu diesem geheimnisvollen Instrument, dass es wieder klingen, klingen konnte? Die Brücken von ihm zu ihr? –

Langsam begann Raineria die Handschuhe über ihre schmalen, schöngeformten Finger zu streifen und griff darauf nach dem Sonnenschirm, der auf dem Diwan lag.

»Ich möchte Ihnen nun Lebewohl sagen, Professor von der Thann! Wir verlassen demnächst München, um mehrere Monate auf unseren Gütern zu bleiben. Wie leicht können zwei – drei Jahre vergehen, ehe man sich wieder begegnet.«

Sie senkte aufs Neue den Kopf, so dass der Hut ihr Gesicht vollends beschattete.

»Aber heute Abend – treffen wir uns doch – Gräfin? Hoffentlich haben Sie Karten für das Odeon erhalten?«

Rainerias Worte hatten eine Art elektrisierende Wirkung auf ihn ausgeübt.

Mit großen, angstvollen Augen betrachtete er die regungslose Gestalt. Fieberhafte Erregung ließ jeden Muskel in ihm vibrieren.

»O, Karten erhielten wir wohl, doch ich – ich denke, es ist richtiger – besser, wenn ich mir – den Genuss Ihres Vortrags – versage!«

Jetzt endlich begegneten ihre wundervollen Augen seinen erschreckten Blicken, und gleich grellen Sonnenstrahlen, die verdüsternde Nebelschleier zerreißen, so enthüllte sich ihm plötzlich ein Bild, das ihn in einen Zustand völlig willenloser Apathie versetzte.

Wo blieben jetzt Pflichtbewusstsein, Treue – innerer Halt, ja Manneswert? –

Es gab ja keine Gegenwart mehr – nur selige Vergangenheit – lebendige Zukunft, und die gehörte ihm!

Job Christoph war emporgesprungen, und wie aus wüstem Traum erwachend, griff er mit beiden Händen nach der Stirn.

Dann sagte er ächzend: »Gräfin! – Raineria! – Ary – so – so dürfen Sie nicht – gehen – wenn ich den Verstand behalten, wenn das – Leben – nicht jeglichen Reiz für – mich verlieren soll! – Beim Allmächtigen – ich habe ja übermenschlich gekämpft!«

Da trat sie auch schon dicht neben ihn, blass und still; aber wieder mit dem Zug von Trauer und bitterer Resignation um den schöngeschnittenen Mund.

»Nein, nein, Job Christoph – bitte, gehen Sie! Der Kampf muss weiter gekämpft, dafür Ruhe und Entsagung aus unserem eigenen Selbst geboren werden! Es war ja nur ein Rausch – der über Sie – uns gekommen ist!«

Allein wild und zügellos heftig hatte er ihre Hand an sich gerissen.

»Jetzt – nicht mehr! Es ist zu spät – es ist unser Schicksal, Raineria!«

Die Morgenblätter des nächsten Tages brachten lange lobende Berichte über den im Odeon gehaltenen Vortrag Professor von der Thanns, den sogar der König mit seiner Anwesenheit ausgezeichnet hatte.

»In solch klassischer Weise hat dein Mann noch nie vorher gesprochen, Ire! Die Zeitungen reden: vom Genie beseelt! Unsinn! Das ist Gottesgabe!«, sagte Kanonikus Thorwald, als er seine Nichte im Auto nach dem Hotel zurückbrachte.

Job Christoph war, wie er flüchtig zu beiden geäußert hatte, von den Herlingens zum Abendessen eingeladen.

Irene entgegnete nichts darauf; aber sie hielt beim Abschied des alten Onkels Hand sehr lange umspannt und flüsterte leise:

»Ich möchte nach Berlin zurück! Die Unruhe und der Trubel hier bedrücken mich!«

Gräfin Raineria trug ein lichtes Abendkleid, und die Perlentropfen zierten wieder ihre rosigen Ohrläppchen.

Beim Essen, welches man in einem behaglichen kleinen Speisezimmer eingenommen, hatte eigentlich nur Graf Herlingen die Unterhaltung geführt. Er liebte es, neuerdings als kunstverständig zu gelten, berühmte Männer und Gelehrte zu sich heranzuziehen und den Gönner und Mäzen zu spielen. Seinen Mangel an eigenem positiven Wissen wusste er geschickt durch glänzende Redegewandtheit in verschiedenen Sprachen zu verbergen. Mit Vorliebe erging er sich auch öfters in philosophischen Aussprüchen, die – wie Raineria spöttisch und still vor sich hinlächelnd behauptete – in seinem Krautgarten nie gewachsen waren.

Auch jetzt sagte sie ungeduldig:

»Aber nun lass doch den Professor etwas in Ruhe, Vinzenz! Er hat heute Abend wirklich genug Fachsimpeleien von allen möglichen Leuten anhören müssen. Das ist ja ermüdend.«

Alle drei saßen nach dem Essen in einem gemütlichen Salon, wo die Fenster geöffnet standen und die laue Luft des warmen Augustabends sich mit Mokka- und Zigarettenduft vermischte.

Auch Stephan war von der Schwester aufgefordert worden, hatte sich jedoch mit einer anderen Einladung entschuldigt.

»Ja, eigentlich hast du recht, Ary. Wir sind die lästigen Motten an großen Lichtern. Aber schließlich möchte unsereiner doch gern recht viel profitieren. Am liebsten machte ich mal eine Reise mit Ihnen zum Lande der Pyramiden, Professor, kröche da über und unter der Erde 'rum. Wie wär's?«, fragte der Graf sichtlich amüsiert, mit seinem ihn wenig kleidenden, lauten Lachen.

»Ich fürchte, Herr Graf, Ihre Erwartungen würden dann wohl kaum erfüllt werden. Zu unseren Forschungen und Grabungen gehört viel Geduld, und die Erfolge sind auch recht oft zweifelhaft – denn wo das exakte Wissen aufhört, setzt der Vernunftschluss ein. Nur der Fachmann findet da Verständnis und Befriedigung.«

Es lag heute eine ganz seltsame Unruhe und Erregung in der Stimme und im Gesichtsausdruck Job Christophs. Seine Augen flammten zeitweise auf, und das Lächeln um seinen Mund glich einem Schmerzenszuge. Jeden unbeobachteten Moment starrte er wie hypnotisiert oder qualvoll verzehrend nach Raineria hinüber, die nachlässig und in heiterster Seelenruhe in ihrem Sessel lag.

Nun rief sie lachend:

»Dein Wunsch, Vinzenz, gibt mir eine Idee: Wir geben den geplanten Landaufenthalt auf und gehen noch ein paar Wochen nach Berlin! Der Professor ist ja ohnehin dort, und da kannst du nach Herzenslust prähistorische Studien machen.«

»Famos! Machen wir! Umso mehr passt es, weil ich ohnedies ab und zu mal nach Berlin müsste; geschäftshalber natürlich. Heute Morgen hat mir der Kommerzienrat Eisenstein ...« Er stockte.

Ein Kellner war eingetreten und meldete:

»Der Herr Graf werden ans Telefon gerufen. Herr Kommerzienrat Eisenstein hat selbst angeläutet.«

»Was Kuckuck. Lupus in fabula! Soeben will ich seinen Namen nennen – da ist er schon! Also – Verzeihung!«

Der große, breitschulterige Mann erhob sich schwerfällig vom Sessel und schritt hinaus.

Im selben Augenblick fuhr Raineria jäh aus ihrer bequemen Lage empor und streckte dem Gaste die Rechte hin.

»Hab' ich das nicht wundervoll eingefädelt? Kann dieses Zusammensein in Berlin nicht schön werden, Job Christoph? Aber, um Himmels willen, seien Sie doch nicht so erschrocken – hier stört und hört uns kein Mensch! O, ich lebe ja nur noch zwischen Traum und Wachen, und meine Seele verlangt nach nichts als nach einem Körnlein Glück!«

Wie kaum unterdrücktes Jauchzen klang es aus Rainerias Brust.

Der Angeredete vermochte nicht zu sprechen, mit konvulsivischem Druck hatte er nur die schmale Hand an seine Lippen gepresst. Sein Arm, sein ganzer Körper zitterte.

Da trat auch Graf Herlingen schon wieder ein.

»Dacht' ich mir längst! Nun haben die schlauen Kerls mich doch 'reingelappt! Ich soll mich an den enormen Waldankäufen in Ungarn beteiligen. Fürst Kronsberg, Graf Spahl, die beiden Weyls und andere gehören zum Konsortium. Es sind ja selbstredend Bombengeschäfte zu machen; aber Geld, bares Geld gehört dazu. In zehn Minuten ist Eisenstein mit seinem Auto hier, um sich definitiven Bescheid und Unterschriften von mir zu holen.«

»Jetzt, am späten Abend?«, fragte die Gräfin erstaunt.

»Ja, er reist diese Nacht noch nach Wien und muss mich daher persönlich sprechen. Wir werden drüben im kleinen Speisezimmer verhandeln. Der Professor entschuldigt mich gewiss. In spätestens einer halben Stunde bin ich zurück.«

Job Christoph verneigte sich, während Graf Herlingen ziemlich aufgeregt weitersprach: »Ja, sehen Sie, mein Bester – so sind die Herren Magnaten von heutzutage. Anstatt ihr schönes Einkommen sorglos und in Ruhe zu genießen, treibt die Spekulationswut sie zu allerhand gewagten Unternehmungen. Aber man versicherte mir, dass auch Großkapitalisten und gewiegte Geldleute dabei beteiligt wären. Da riskiert man nichts. Es ist übrigens schwer, sich auszuschließen. Wozu auch? Familie ist vorläufig bei uns nicht da. Die Güter sind Majorate. Also –!«

»Das dürften allerdings Sachen sein, die unsereinem fernliegen, Herr Graf. Doch praktische Geldanwendung ist beiderseits erforderlich«, erwiderte Herr von der Thann und erhob sich ebenfalls, weil Herlingen, von sichtbarer Unruhe beseelt, fortgesetzt durchs Zimmer lief.

»Ich hoffe nur, dass dieser Eisenstein, der eigentlich, wie bekannt, im Rufe eines Filous steht, dich nicht gründlich ausnützen wird. Du hast schon voriges Jahr einmal schlimme Erfahrungen mit einem ähnlichen Biedermann gemacht, Vinzenz«, sagte Raineria achselzuckend.

»Wo der Kronsberg seine Hände im Spiel hat, so'n alter, schlauer Fuchs, da braucht sich keiner zu beunruhigen«, versetzte rechthaberisch der Graf. Dann schritt er wieder gedankenvoll über den Teppich. Die anderen schwiegen.

Nach einer kleinen Weile hob er den Kopf und meinte zerstreut:

»Na – au revoir! Ich will doch nun mal hinüberschauen – ob mein Geschäftsfreund gekommen ist.«

Als Herlingen den Salon verlassen hatte, war Raineria rasch emporgesprungen und ans offene Fenster getreten.

Bängliches Schweigen, etwas wie eine Gewitterschwüle lag in der Luft.

Allein! –

Job Christoph stand weit von ihr entfernt und stemmte beide Fäuste gegen den Tisch.

Unter den Strahlen der elektrischen Krone erschien sein Gesicht totenbleich. In seinem Hirn raste ein Chaos.

Plötzlich drehte die schlanke Frau sich hastig nach ihm um und flüsterte halb schluchzend:

»Das ist nun mein Dasein! So soll – muss ich weiterleben – bis ans Ende!«

»Raineria!«

In zwei Sätzen war er bei ihr und umfasste sie wild.

»Verlass du mich nicht, Job Christoph! Bleibe du bei mir – in dieser Todeseinsamkeit!«

Sie hatte den blonden Kopf auf seine Schulter gelegt und schmiegte sich fest an die stürmisch atmende Mannesbrust.

»Heute – morgen – solange du willst! Immer!«

Er wusste nicht mehr, was er sprach. Dann küssten sie sich. –

War es Zugluft, was den Fenstervorhang plötzlich leise bewegte? Oder kam jener geisterhafte Hauch durch die Tür? Raineria fuhr erschrocken auf.

Nein! Alles blieb still. – Nichts! –

Aber draußen auf dem Korridor tappte ein schlanker Mann kaum hörbar über den weichen Läufer nach der Treppe hin und glitt scheu und eilig die Stufen hinab, durchs Vestibül auf die Straße.

Dort, dem Lichtkreise des hellerleuchteten Hotels entronnen, blieb er schweratmend stehen und stöhnte leise:

»Und das – das tust du ihr und mir an, Schwester! O Gott, lass mich doch nicht verzweifeln an deiner Gnade und Gerechtigkeit! Sind denn Gelübde, die man vor dem Altare leistet, sind Treue, Achtung vor sich selbst nur ein leerer Wahn? O Schmach über alle, die sich so vergessen können! Und jener Mann, den die Vorsehung mit Ehren und Auszeichnungen überschüttet, durch die Liebe einer edlen Frau reich gemacht hat, vermisst sich, Heiligtümer mit Füßen zu treten! Solche Erkenntnis ist bitter!«

Unter diesen seine Seele zermarternden Gedanken eilte Stephan bis zum nächsten Droschkenhalteplatz und warf sich in ein Gefährt.

Er war aus Freundeskreise früher aufgebrochen, hatte Raineria noch mit einem späteren Besuche überraschen, Professor von der Thann zu dem großen Erfolge im Odeon beglückwünschen wollen, ja er hatte auch Irene, wie das vielleicht anzunehmen und natürlich gewesen wäre, bei den Herlingens zu treffen gehofft, und in solch niederschmetternder Weise endete nun der Abend.

Schmerz, Widerwillen und Ekel erfüllten seine Brust.

Vom Turme einer Kirche schlug die Uhr die Mitternachtsstunde, als Job Christoph durch die fast menschenleeren Straßen Münchens seinem Gasthofe zustrebte.

Mehrere Schritte machte er vorwärts, dann blieb er wieder stehen, um blöde, fast sinnesverstört, ähnlich einem Menschen, der aus einer Narkose erwacht, emporzuschauen.

Erst nach einer Weile glitt schmerzliches Zucken über das starre Gesicht, und die Augen bekamen wieder Glanz und Leben.

War das eben Erlebte nur ein wüster Traum gewesen? War die Gegenwart mit ihren arbeitsreichen und doch friedlichen Jahren, mit einem Dasein, wo törichte, brennende Wünsche niedergekämpft waren und ein stilles Glück leise aufzudämmern begann, plötzlich verwischt und verschwunden, dass nur das Einst, das beseligende, von Leidenschaft und nie zu stillender Sehnsucht durchsetzte Einst noch lebte? –

Aber nun, in einsamer Nachtstunde kam die Ernüchterung, die Erschöpfung, die Pein!

Wild, die Rechte zur Faust geballt, griff Job Christoph an die hämmernde Brust.

Du bist ein Wortbrüchiger, ein Lump, ein Schwächling! Nichts wäscht den Fleck deines Gewissens ab! Du hast Irene betrogen! Du hast eine andere in den Armen gehalten – geküsst!

Ein Kuss! Ja, was bedeutete denn schließlich ein Kuss! –

Lächerlich, sich darüber zu erregen!

Hundert – tausend Ehemänner haben sicher schon einen hübschen, frischen Mund geküsst, ohne sich darüber Gewissensskrupel zu machen wie er!

Waren das nicht menschliche Schwächen, die eine kluge Frau vergeben muss? –

Und wieder stand Irenes Bild vor seinem Geiste.

Nein – diese Frau durfte er nicht täuschen, das war roh – gemein – denn alles, was er gedacht, von Arys Arm umschlungen, gedacht und gefühlt, das war eben Schuld – untilgbare Schuld, die wie Feuer in der Seele brannte!

Was nun tun?

Sollte er fort? Sollte ein klaffender Riss gehen durch Irenes und sein künftiges Leben? Sollte er schreiben: Ich bin deiner nicht mehr wert – gib mich frei? –

Und Raineria?

O, hatten diese Augen ihn nicht schon einmal betört, bezwungen – um ihn dann alle Qualen eines Verschmähten durchkosten zu lassen?

Aber damals hatte Raineria vielleicht richtig gehandelt. Das vornehme Mädchen, mit seinen hohen Lebensansprüchen, hätte er sich kaum als seine Gattin zu denken vermocht. Ein Jammer, ein Unglück wäre es wohl geworden.

Doch was war es denn heute? Zu welchen entsetzlichen Irrungen, Folgerungen führte sein verzweifelter Schritt?

Hatte Raineria ihn denn nicht zum zweiten Male in eine peinvolle Lage gebracht?

Damals, als sie die wichtige Familienurkunde verbrannte und er dem Vater Mitteilung davon zu machen genötigt war! Und jetzt, wo er den in seiner originellen Borniertheit und beinahe knabenhaften Vertrauensseligkeit kaum ernst zu nehmenden Gatten hinterging? Armer, reicher Herlingen! –

Immer heftiger, wie von bösen Geistern verfolgt, war Job Christoph nun vorwärts gestürmt. Seine ehrliche Natur bäumte sich dagegen auf, Irene mit heuchlerischer Miene und glatten Worten gegenüberzutreten, ihrem alten Onkel, seinem väterlichen Freunde, frei ins Auge zu sehen. –

Vielleicht blieb die Wahrheit, die volle Wahrheit doch der einzig richtige Weg! –

Der schläfrige Pförtner empfing ihn.

»Meine Frau ist doch oben?«, fragte Job Christoph, nur um etwas zu sagen, halb zerstreut.

»Oben?«

Der Mann machte ein verdutztes Gesicht.

»Herr Professor wissen wohl noch nicht?« Ein lähmender Schrecken kroch langsam über sein wildhämmerndes Herz.

»Was – denn?«

»Nun, die gnädige Frau ist doch schon mit dem 10-Uhr-Zuge abgereist, und ...«

Er stockte verlegen.

»Abgereist?«

Totenblass stierte Job Christoph dem Bediensteten in die schlaftrunkenen Augen.

»Ja, Herr Professor. Der Herr Kanonikus sagte, ein Telegramm riefe ihn nach Breslau zurück. Und da reisten die Herrschaften zusammen fort. Oben im Zimmer liegt auch ein Brief für den Herrn Professor, welcher ...«

Der Angeredete wartete weitere Mitteilungen nicht ab. Mit trockener Kehle, die Stirn von kaltem Schweiß beheckt, stürmte er treppan und riss die Tür des kleinen Salons auf.

Überall tadellose Ordnung. Keine Anzeichen von eiligem Packen; nirgends ein Fetzchen Papier, kein verschobener Stuhl. Ganz Irene ähnlich! Auf dem Schreibtisch noch der süßduftende Gardenienstrauß, den er vor einigen Tagen, bald nach seiner Heimkehr, gebracht. Aber ringsum peinigende Grabesstille.

Dort lag der Brief auf der Platte. Job Christophs Finger zitterten, als der Umschlag auseinanderflog.

Warum? Das böse Gewissen? Die Furcht, dass Irenes kluge Augen den Zustand seines Innern erforscht hatten, dass sie gegangen war? –

Anfangs tanzten die Buchstaben vor seinen flimmernden Blicken. Endlich las er:

»Lieber Job Christoph!

Da du nicht kamst und ich wirklich nicht wusste, wo mein Anläuten dich erreichen würde, so musste ich ohne Abschied fort.

Sei nicht böse, lieber Job Christoph – aber es ging nicht anders!

Tante Gismonde ist schwer erkrankt. Der Breslauer Arzt schrieb an Onkel von einem Schlaganfalle. Vielleicht sind der Ärmsten Stunden gezählt, und ich konnte Onkel Gotthard doch nicht allein reisen lassen. Da sie stets Mutterstelle an mir vertreten hat, so sind es doch heilige Pflichten, die ich zu erfüllen habe.

Ach, so gern hätte ich dich gerade heute nach deinem wundervollen Vortrage noch gesprochen, lieber Job Christoph; allein ich sah ja, dass du sehr in Anspruch genommen warst – Verpflichtungen hattest.

Du erhältst bald Nachricht von mir nach München, wo du ja noch ein paar Tage zu bleiben gedachtest.

Sollte Tante G. noch einmal besser werden, was der Himmel gebe, so sehen wir uns wohl bald in unserem lieben Heim in Berlin!

Gott segne dich bis dahin!

Deine Ire!«

Brennende Schamröte war Job Christoph über die Stirn gezogen, und wie jemand, der unter einer Wucht von Selbstvorwürfen zusammenbricht, sank er stöhnend auf den nächsten Stuhl.

Wie es von jeher ihre Gewohnheit war, spät aufzustehen und zu frühstücken, so ruhte Raineria auch jetzt in der elften Morgenstunde im eleganten weißen Spitzenschlafrock, dessen weite Ärmel die schöngeformten Arme sehen ließen, auf dem Liegesofa und rührte gedankenvoll in einer Tasse Tee.

Die Platte mit allerhand einladend servierten Sachen stand neben ihr auf einem Tischchen; doch sie schien kein Verlangen danach zu haben.

Unruhe, Missmut und Enttäuschung prägten sich deutlich um den zuweilen bebenden Mund.

In ihrem Schoß lag ein prachtvoller Rosenstrauß, dem täuschend ähnlich, welchen sie auf ihrem Porträt dem Beschauer entgegenhält.

Vor einer Viertelstunde hatte die Kammerzofe ihr die Blumen mit einem Briefchen überbracht, doch wurde letzteres nach dem Lesen mit einer Geste des Zornes beiseitegeschleudert.

Mehrere Male waren darauf leise Töne, wie von unterdrücktem Weinen, über ihre Lippen geschlüpft, dann langte sie ungeduldig nach dem Tee.

»Den ganzen gestrigen Tag umsonst gewartet! Auf jedes Klopfen an der Tür, jeden Laut umsonst gehorcht! Der süße Trank hat einen bitteren Nachgeschmack!«, flüsterte sie, wobei der silberne Löffel in ihrer Hand leise zitterte.

Nach einigen Minuten griff Raineria abermals nach dem Brief.

Keine Überschrift! Gut! Vorsicht – hm! Doch im Ton und Stil lag etwas Aufreizendes, etwas, was wehe tut und Gift für die Nerven ist.

Die großen, jetzt halbverschleierten Augen flogen wieder über die mit eigentümlich kleiner, runder Schrift verfassten Zeilen hinweg.

Wie war doch jedes Wort reiflich überlegt. Lächerlich!

»Diese Rosen sollen mein gestriges Nichtkommen entschuldigen. Wir hatten eine Konferenz von Fachleuten mit darauffolgendem Essen.

Heute gemeinsamer Ausflug nach Tegernsee. Muss voraussichtlich Ende des Monats Professor Ramberg, der noch immer leidend ist, in Breslau vertreten.

Werde mir aber erlauben, noch vorher meinen Abschiedsbesuch zu machen.

Mit verehrungsvollem Handkuss

J. Ch. v. d. Th.« ...

Plötzlich ging ein Aufblitzen über Rainerias Gesicht.

Also in Breslau vertreten! Ist dort nicht gerade jetzt jene viel besprochene Jahrhundertausstellung? Könnte ich ihm nicht zufällig dort begegnen?

O du seltsamer, aus zwei Naturen bestehender Mensch! In meiner Nähe von Hingebung und Leidenschaft durchglüht! Meinen Augen entrückt – alsbald ein Zagender – ein Schwächling. Doch Geduld – Job Christoph, es gibt noch Gewalten – Fesseln, die –

Starkes Klopfen an der Tür ließ die Träumende zusammenschrecken, und rasch versteckte sie den Brief.

Ihr Ruf klang gereizt:

»Bitte!«

Stephan trat ins Zimmer, und während er langsam näher kam, fragte er gepresst:

»Störe ich etwa? Du frühstückst noch?«

»Keine Spur!«

Allein befremdet schaute sie zu ihm empor, weil eine krankhafte Blässe über seinen Zügen lagerte. Die sonst so fröhlichen, klaren Augen lagen tief in ihren Höhlen.

»Herrgott! Wie siehst du aus, Junge? Bringst du etwa irgendeine Hiobspost? Das fehlte gerade noch! Oder ein kleiner Kater? Wie?«

Sie reichte ihm die Rechte hin, die er lässig ergriff, doch nicht küsste wie sonst. Seine Blicke ruhten unverwandt auf den Rosen in ihrem Schoß.

»Willst du essen, Stephan? Da – bediene dich nur; aber reiche mir mal diese Pfirsiche herüber. Ich nehme stets Obst in der Frühe.«

Er schüttelte den Kopf, tat jedoch wie die Schwester ihm geheißen.

Mit ihren schmal geformten Zähnen biss sie herzhaft hinein.

Etwas Gezwungenes, Unstetes lag in ihrem Wesen, und sie vermied noch immer, den Bruder anzusehen.

»Wo ist dein Mann?«, fragte er eigentümlich schleppend.

»Ahne ich nicht. In der Stadt vielleicht. Geschäfte natürlich! Er steckt ja bis über die Ohren in jenen neuen Unternehmungen. Wolltest du ihn sehen?«

»O nein – im Gegenteil. Es ist mir lieb, dich allein zu finden, Raineria. Ich möchte einmal über eine mir sehr am Herzen liegende Sache mit dir reden.«

»Komisch! Wie du das sagst, Stephan! Du hast ja förmlich einen bösen Blick.«

Sie setzte sich nun halb auf und schob die Rosen bis zum Fußende des Liegesofas.

Nun begegneten auch ihre Augen prüfend, fast durchbohrend den seinen.

»Ach natürlich, die alte, langweilige Geschichte mit deinem Schützlinge, der wohl mal wieder Geld braucht. Na, sag's nur bald, um welchen Betrag es sich handelt. Ich glaube, man missbraucht dich, Stephan!«

»Wie kannst du so etwas nur äußern? Das kränkt mich! Robert Sumiersky hat mich noch nie um etwas gebeten, und ich muss ihm jede Erleichterung förmlich aufdrängen. Nebenbei scheint in seinem Zustande plötzlich eine ziemlich ernste Wendung eingetreten zu sein. Ich besuchte ihn noch gestern Abend und fand ihn auffallend matt. Sein Vater in Neuyork ist gestorben, und diese Nachricht hat den Leidenden ganz besonders aufgeregt.«

»So – der Alte ist tot?«

Raineria wiegte sinnend den Kopf.

»Ja – und ich will nun alles, alles aufbieten, dass Robert am Leben bleibt. Er ist mir wirklich ein Freund geworden«, gab er tiefernst zurück.

»Was bist du doch für ein seelenguter, lieber Mensch, Stephan! In dir gipfelt mein ganzer Stolz – mein Lebenszweck!«, sagte sie in einem Gemisch von Weichheit und Sentimentalität.

Der Angeredete warf den Kopf trotzig in den Nacken, und indem er nun dicht an das Ruhelager trat, rief er mit einer an ihm völlig fremden Härte: »Ich wünsche aus deinem Munde durchaus keine Lobsprüche über meine Eigenschaften und Handlungen, Raineria, denn, so tief schmerzlich es immerhin auch ist, ich muss es aussprechen: Meine Liebe, Dankbarkeit und brüderliche Verehrung für dich sind seit einer für uns beide unseligen, verhängnisvoll gewordenen Stunde in Gefühle der Empörung – um nicht schroff zu behaupten – Verachtung umgewandelt worden!«

»Stephan! Was fällt dir ein, mich in solcher Weise zu beleidigen! Das ist roh! Du hast kein Recht dazu!«

Wie mit Purpur übergossen, in den Augen eine unheimliche Glut, war sie vollends aufgestanden und maß den Bruder herausfordernden Blickes.

»Das Recht jedes anständig und sittenstreng denkenden Mannes«, versetzte er schroff.

»Wieso?«

»O, du verstehst mich schon! Ich habe zufällig etwas sehen müssen, was mich in deinem Namen erröten lässt!«

Seine Hand wies nach der Tür des anstoßenden Salons.

»Du bist ein Narr, ein Tugendpinsel immer gewesen, der mit seiner asketischen Anschauung die Welt verbessern will. Hahaha! Besinne dich nur, wie du mir damals, in Strelnow, schon Moralpredigten gehalten hast!«

»So –. Also damals hat die Sache bereits begonnen?«

Er fragte barsch.

»Blödsinn! Fällt mir gar nicht ein, mich von dir ausfragen zu lassen. Was man seinem eigenen Gewissen schuldig ist, geht niemand an, hörst du?«

»Allerdings. Ich spreche ja nicht bloß von dir, Raineria. Du stehst aber im Begriff, mit roher Hand ein Glück zu zerstören.«

Seine Stimme klang plötzlich weicher.

»Bist du so genau unterrichtet?«

»Ich kenne Frau von der Thann bereits genügend, um zu vermuten, dass sie jeden Eingriff in ihre ehelichen Rechte ganz anders beurteilen würde als viele Frauen, gleich dir, die sich kein Gewissen daraus machen, mit verheirateten Männern zu liebäugeln und sich von ihnen umarmen zu lassen.«

»Schweig! Ich brauche keinen Sittenrichter!«

Die aufgeregte Frau fuhr mit den Armen durch die Luft und rief in entfesselter Leidenschaftlichkeit: »Oh! Das ist nun der Dank, den man von einem geliebten Bruder, einem Menschen, für welchen ich mein Glück, meine Seelenruhe geopfert habe, erntet! Nur deinetwegen, Stephan, um dir den Besitz von Strelnow, das andernfalls hätte verkauft werden müssen, zu sichern, bin ich Vinzenz' Frau geworden! Deinetwegen – habe ich ...« – sie zögerte – »nein, das brauchst du nicht zu erfahren, er und ich wissen es allein und ...«

Rainerias Stimme versagte, und höhnisch sah sie ihn an.

»Wer? Was weiß er?«

Stephan maß die Aufgeregte mit erschrecktem, ahnungsvollem Blick.

»Ja, gewiss – mein Herr Genosse! Derjenige, welcher mich nicht hindern konnte, eine nichtswürdige Handlung zu begehen, den die Liebe zu mir blind und energielos gemacht, der in seiner ritterlichen Ehrlichkeit aber dem Vater dennoch meinen bösen Bubenstreich bekannt hat«, zischte sie, wobei ihre schönen Züge einen hässlichen, tückischen Ausdruck annahmen und der Mund sich verzerrte.

Ohne Verständnis sah der Bruder auf die Fassungslose.

Sprach Raineria irre?

In kaum mehr zu bändigender Heftigkeit sprudelte sie weiter:

»Doch schließlich – wozu Rücksichten nehmen? Wozu mich besser hinstellen, da ich in deinen brüderlichen Augen ja ohnedies tief genug gesunken bin! Magst du daher die Schmach, welche ich nun schon zwei Jahre mit mir herumschleppe, mit mir teilen. Ändern kannst du es ja auch nicht mehr. Futsch – ist futsch! Und ein kleiner Dämpfer für dein abscheuliches Benehmen heute dürfte dir ganz dienlich sein, Brüderlein!«

Von düsteren, peinigenden Vorahnungen erfüllt, hatte Stephan ihr Handgelenk mit festem Drucke umspannt und stieß einen Weheruf aus:

»Die Urkunde –! Der Stammbaum – er ist – ist …?«

»Allerdings – darum handelt es sich!« Ihre Stimme sank zu einem Flüstern herab. »Er hatte ihn gefunden, endlich, und tadellos zusammengestellt! Aber ich – in meiner Enttäuschung, meiner sinnlosen Wut darüber, dass jener Amerikaner doch des alten Onkels rechtmäßiger Erbe war – habe das Schriftstück – verbrannt, hörst du, verbrannt!«

»Allmächtiger Gott! Und warum?«

»Tor! Um dir das Geld zu sichern, welches nach Fug und Gesetz den – anderen gehörte!«

Als ob ein Faustschlag ihn niedergeschmettert, sank Stephan auf einen Sessel und bedeckte das Gesicht.

Kein Laut drang über seine krampfhaft geschlossenen Lippen. In seinem Innern tobte ein Sturm.

Das hatte die eigene Schwester getan? Ihre Gefallsucht, ihre Leichtfertigkeit, ihre gewissenlosen Verführungskünste, das alles schien in Stephans Augen tausendmal entschuldbarer als jenes entsetzliche, nie zu sühnende Vergehen Menschen gegenüber, die sich in steter Sorge und Plage ums tägliche Brot an den einzigen Rettungsanker, die Familienurkunde, angeklammert hatten. Der alte Mann drüben in Amerika war tot. Das Sündengeld aus Rainerias Hand musste ihm wohl zum Fluch geworden sein. Der Sohn, krank, aller Unbill des kärglichen Daseins ausgesetzt, aber immer demütig, dankbar, nur Milde und Güte und mit einer Seele voller Menschlichkeit. Und diesem Unglücklichen hatte ein schmählicher Betrug jedwede Selbstständigkeit, jeden sorgenfreien Lebensgenuss versagt! Gab es denn etwas Mitleidloseres, Grausameres auf dem Erdenrund? »Um des Bruders willen«, so hatte die kaltherzige Frau dort drüben gesagt. Entsetzlich! Er selbst sollte genießen, am unrechten Gut sich erfreuen, er sollte –!

Stephan vermochte nicht weiter zu denken. Unsicher, einem Trunkenen ähnlich, erhob er sich und machte ein paar Schritte nach der Schwester hin.

Zorn und Empörung glühten jetzt in seinen sonst so warm und freundlich blickenden Augen, und fast hatte es den Anschein, als wolle er den Arm erheben gegen jene, die er bisher in brüderlicher Liebe und Dankbarkeit verehrt. Doch nur unartikulierte Laute, ein Gurgeln entrang sich seinem Munde.

Dann reckte er sich mühsam empor und sagte, ohne Raineria anzusehen, völlig tonlos:

»Diese Stunde trennt uns beide für immer. Ich habe nun deutlich erkannt, dass ich von heute ab, ohne mich je wieder von dir beeinflussen oder leiten zu lassen, meinen ferneren Lebensweg zurücklegen werde, erkannt, dass jede weitere Gemeinschaft zwischen uns unmöglich ist. Möge Gott dir verzeihen!«

Immer noch wankend, schritt Stephan an ihr vorüber aus der Tür. –

Es war ein wunderbar schöner, goldiger Herbstmorgen.

Schon fing das Laub der prächtigen Baumkronen im Englischen Garten sich zu färben an. Dahlien, Astern, Georginen und Sonnenblumen blühten in leuchtendsten Farben, und die Schwalben rüsteten bereits, zu Scharen vereint, zum Fortzuge.

Allein über allen Reizen, aller glühenden Farbenpracht der Gottesnatur lag dennoch der leise Hauch des Absterbens, den die empfindsame Menschenseele nur ahnen, die Augen nicht wahrzunehmen vermögen.

Vergänglichkeit des Irdischen! Bald sind die Spuren aller Schönheit, alles Lebens verweht, und gleich einem wüsten, gebrochenen Lachen, abgerissen, rau wird der Herbststurm durch die kahlen Bäume fauchen. –

Solcherart waren die ernsten Gedanken des jungen Mannes, der, von Kissen gestützt, noch bleicher und verfallener als sonst, schwer atmend, im Lehnstuhl ruhte.

Seine träumerischen Augen verfolgten die neckischtanzenden Lichtreflexe am Zimmerboden, an den primitiven Möbeln, auf seiner Staffelei. Der winzige Wandspiegel gleißte und glitzerte, als ob ein vorwitziger Sonnenstrahl sich darin eingefangen hätte.

Am Fenster saß eine Nonne. Der Patient hatte am Abend vorher, vielleicht infolge gar zu anstrengender Arbeit, einen Blutsturz mit tiefem Ohnmachtsanfall gehabt, und auf Anordnung des Arztes war diese Pflegerin herbeigeholt worden.

Den bequemen Sessel hatte die mitleidige Hauswirtin ins Kranken-
zimmer bringen lassen.

Nun brütete tiefes Schweigen über dem dürftigen Gemach.

Ob es wohl Zufall sein mochte, dass die matten Blicke öfters nach
dem Eingänge hinüberflogen?

Erwartete er, dass von dort etwas ganz Besonderes, Herzerfreuendes
die Not und die Einsamkeit dieses traurigen Morgens erhellen müsse?

Graf Stephan! Ja, an ihn hatte der arme Verlassene zuerst gedacht,
als nach langer Bewusstlosigkeit endlich wieder ein Gedanke in ihm
aufblitzte.

Nach ihm sehnte sich das Herz – nach dieser treuen Freundeshand,
nach seinen trostreichen Worten, seinen lieben, fröhlichen Augen.

Gestern, gerade ehe der schlimme Anfall kam, war Stephan noch da
gewesen, und er hatte versprochen, bald, vielleicht noch den nächsten
Morgen, nach ihm zu sehen.

Dort den Strauß von duftenden Herbstveilchen, auf den gerade die
Sonne ihren Glanz ergoss, hatte Stephan gebracht.

Alles Liebe, Gute, Schöne in seinem kümmerlichen dasein kam stets
von ihm. –

Auch die Hoffnung? –

Gerade Stephans Einfluss war es zu danken, dass die bedrückte
Seele bestmöglich alle trüben Zukunftsahnungen von sich fortgescheucht
hatte.

Wollte er nicht leben, seiner teuren Kunst leben, sich nicht einen
Namen erringen, um dann auf die alten Tage an einem schönen, stillen
Erdenfleckchen ausruhen zu können von allen Mühen und Sorgen? –

Der Arzt hatte so freundlich gelächelt und die sanfte Schwester
ebenfalls, als er schüchtern gefragt, wann er denn wieder malen dürfe.

Und doch war er heute so sterbensmatt, und die schwache Brust
rang so mühsam nach Luft.

Ach, sterben! Es mochte wohl doch der glücklichste Abschluss für
ihn sein – erlöst von allem Ringen, allen Bitternissen, wie jetzt sein
armer Vater, den Gott zur rechten Stunde abgerufen hatte.

Sterben! –

Die Hauswirtin öffnete vorsichtig die Tür und winkte nach der
Schwester hinüber.

Auf leisen Sohlen kehrte diese bald darauf zurück und trat zum
Leidenden.

118

»Fühlen Sie sich kräftig genug, einen Besuch zu empfangen?«, fragte sie liebevoll.

»Besuch? Wer sollte zu mir kommen? Graf Stephan etwa? – O gewiss – ich freue mich so sehr – ich warte ja – bereits auf ihn!«

Des jungen Malers Augen leuchteten im Fieberglanze, und jähe Röte flog über die wächserne Stirn.

Und dann erschien ihm plötzlich sein kleines Atelier in ein Lichtmeer gehüllt. Gab das Glück nicht neue Kraft? Vermochte eine teure Stimme, die gleich reinen Akkorden an sein Ohr klang, erschlaffte Lebensgeister nicht neu zu wecken?

Graf Stephan! Ja, da stand er wirklich vor ihm, und seine warme Hand strich sanft über das braunlockige Haar.

Zwar zuckte des Gastes Mund so eigentümlich schmerzlich, obwohl er sich zu einem Lächeln zwang, und in ermutigendem Tone sprach er:

»Nun wird und muss alles gut werden, Robert.« Er hatte den Kranken bisher noch nie beim Vornamen genannt. »Ich bringe nämlich eine überraschende, schöne Kunde mit, die in Ihrem Schicksale eine große Wendung hervorrufen soll!«

Der Angeredete lächelte nur wie ein müdes Kind. Über diese Enthüllung nachzugrübeln, vermochte er in seiner großen Schwäche nicht.

Beide waren allein, da die Schwester nicht zurückkehrte.

Nun setzte sich Stephan dicht an den Lehnstuhl des Leidenden.

»Ja, Robert, sobald Ihre Kräfte etwas gehoben sein werden – sollen Sie fort aus München – dorthin, wo milde Luft – und viel, viel Sonne ist! Lange Zeit müssen Sie nur der Gesundheit leben, um bald wieder Ihre alte Schaffenskraft zurück zu erlangen!«

»Ich – reisen – nach dem Süden? – Das kostet doch aber sehr – viel Geld«, stammelte der Maler sichtlich verwirrt.

»Einerlei! Jetzt spielt das keine Rolle mehr – denn du musst genesen, Robert« – Stephans Stimme schwankte – »genesen und leben, um das dir von Gott geschenkte Gut voll zu genießen – leben – um meinetwillen!«

»Was – was ist denn geschehen?«

»O, viel, Robert. Nun höre: Der langvermisste Stammbaum unserer Familie ist doch im Strelnower Archiv gefunden worden und bekundet sonnenklar, dass nicht mein Vater, sondern der deine, also du allein der rechtmäßige Erbe des alten litauischen Onkels Sumiersky bist!«

Aber des Kranken Züge erhellten sich nicht. Es hatte sogar den Anschein, als ob ein Ausdruck von schmerzlicher Trauer über die eingefallenen Züge glitt.

Mühsam hob er den schmalen Oberkörper aus den Kissen und fragte ängstlich erregt:

»Und – Sie – du – Stephan? – Das darf ja nicht – sein!«

Dieser lächelte indes wieder in seiner sonnigen Art.

»Ich habe noch nie bisher Anspruch an jenes Geld erhoben, beunruhige mich auch nicht, wenn Strelnow verkauft werden müsste. Mein Beruf befriedigt mich vollkommen, und dich, Robert, nun sorgenfrei zu wissen, macht mich wahrhaft glücklich. Helfen will ich dir aber stets, wo immer du mich brauchen kannst. Vor allem – wozu der Allmächtige seinen Segen gebe – werde bald gesund!«

Immer ernster und trauriger wurde des jungen Malers Gesicht.

Seine durchsichtigen Künstlerhände umschlossen plötzlich mit krampfhaftem Druck des Freundes Arm, und mehr hauchend als sprechend, flüsterte er ein paar unzusammenhängende, halb unverständliche Worte:

»Ach, Stephan – jetzt ist es – doch schön! – Sterben! Das Leben – war – wertlos –! Mein Tod – reicher – Ersatz – dafür!« –

Nur wenige Tage später stand Stephan als einziger Leidtragender am Grabe des so früh Verblichenen.

Das Gute, das ich ihm stets anzutun wünschte – es kam zu spät, dachte er tief bewegt und reiste noch in der nämlichen Nacht nach dem Orte seiner Tätigkeit zurück.

Wieder wie einst, an jenem sonnigen Frühlingstage, da er mit seinem kleinen Schützlinge die bedeutsame Unterredung gehabt hatte, schritt Kanonikus Thorwald durch die geradlinigen, buchsbaumumsäumten Wege seines Gartens.

Es war September geworden; aber noch blühten ein paar Karl-Druschki-Rosen, seine besonderen Lieblinge, und niedliche Monatsröschen auf niedrigem Gesträuch, und am Südgiebel des schlichten Hauses schimmerten goldige und blaue Trauben durchs üppige Laub. Freche Spatzen, von sorgender Hand verwöhnte, kleine, dreiste Kerle, hüpften über den Kies, und zwei gelbschnäbelige Amseln ließen sich durch die Nähe des großen Mannes keineswegs stören, sie flöteten auf dem Wipfel einer Tanne abwechselnd ihr Abendlied.

Heute jedoch hatte der alte Herr kein Auge und keinen Sinn für das traute Fleckchen Heimatboden.

Sein kluges, runzeliges Gesicht zeigte tiefe Sorgenfalten, und unter dem kleinen Samtkäppchen schillerte das immer noch volle Haar jetzt silberweiß.

Obwohl seit den in München verlebten Tagen kaum fünf Wochen vergangen waren, so sollte doch gerade die jüngst verflossene Zeit erhebliche Ansprüche an seine Kräfte und Nerven stellen, so dass die an ihm bekannte Rüstigkeit sichtbare Einbuße erlitten hatte.

Fräulein Gismondes Zustand, welcher anfangs eine ziemlich ernste Wendung zu nehmen den Anschein gehabt, besserte sich indes so weit, dass die Fünfundsiebzigjährige, obwohl rechtsseitig gelähmt und zuzeiten nicht mehr bei vollster Geistesklarheit, doch wenigstens im Rollstuhle gefahren werden konnte.

Der bis heute ausgedehnte Besuch von Irene bereitete ihr sogar lebhafte Freude.

Allerdings versah eine geschulte Pflegerin den keineswegs leichten Dienst bei der alten Dame, doch das jetzt welke und abgemagerte Gesicht bekam stets einen milderen Ausdruck, wenn die junge Frau sich freiwillig und liebreich um sie bemühte. Alles, was die Tante früher an der Nichte zu mäkeln gehabt, schien vergessen.

»Wann kommt dein Mann?«, forschte sie täglich.

Doch Irene wusste darauf selbst keine Antwort zu geben, da gerade dieses Kommen sich ins Ungewisse hinausschob.

Kanonikus Thorwald fragte längst nicht mehr danach, und er vermied es auch sichtlich, seelische Angelegenheiten des jungen Paares zu berühren; aber die Sorgenfalte auf seiner Stirn wurde tiefer und tiefer.

Da musste doch wohl ein dunkler Punkt in Jobs Vorleben gewesen sein, hatte der geistliche Herr in peinlicher Erkenntnis gefolgert.

Hing es wohl mit jenen vornehmen, eleganten Leuten in München zusammen?

Der Mann, ein schwatzhafter Ignorant, ohne irgendwelche wissenschaftliche Grundlage, nur oberflächlich geistig poliert. Die Frau schön, voller Geist, mit Augen, wie sie etwa die Schlange im Paradiese gehabt haben mochte.

Und diese Menschen streuten dem Jungen in einer Weise Weihrauch, die gefährlich werden konnte.

Am Vortragabend im Odeon hatte er ja genügend Gelegenheit gehabt, Beobachtungen anzustellen.

Sollte er Job, dem er das Liebste auf dem Erdenrunde anvertraut hatte – sollte er ihn dennoch überschätzt und dieser sich des Kleinods wirklich nicht würdig gezeigt haben?

Gewiss, es war auch wieder sehr beglückend, dass Irene, an der Tante Stelle, nun als Hausfrau in der Kurie waltete und sie ihn, als vortreffliche Fußgängerin, oft bei seinen Besuchen der Jahrhundertausstellung begleitete – aber viel lieber hätte er sie doch in Berlin bei dem Gatten gewusst, wohin sie gehörte.

Durfte man Irenes Opferwilligkeit, die Kranke zu betreuen, noch länger in Anspruch nehmen und dem jungen Ehemann seine Frau entziehen?

Das alles waren peinliche Dinge, die der alte Herr innerlich allein mit sich verarbeitete und dabei immer qualvolle Erinnerungen von sich abzuwälzen bemüht war:

Dieses Sündenbabel Berlin! Wie war doch sein eigener Bruder damals in den Strudel der Lust, in den Taumel des Genusses hineingezogen worden, wie hatte auch er den Augen und Lockungen einer Frau erliegen müssen! –

In inbrünstigem Gebet faltete der alte Priester oft die Hände:

»O Herr, lasse dem Kinde nicht das gleiche Schicksal beschieden sein wie der Mutter!«

Doch nein, keine unnötigen Sorgen.

Noch nie hatte er Irene traurig oder verstimmt gesehen.

»Job Christoph lässt grüßen, Onkel Gotthard! Er hat schrecklich viel zu tun, weil er doch in allen Sachen den noch immer kranken Professor Ramberg vertreten muss. Doch denke dir, nächstens will er bestimmt kommen, und er freut sich darauf, auch die Ausstellung endlich besichtigen zu können.«

Das hatte sie erst am Morgen in heiterem Tone zu ihm gesagt.

Aber der junge Mund bebte dabei leise und seltsam schmerzhaft, und die lieben blauen Augen senkten sich scheu zu Boden.

Ob des Onkels scharfe Blicke es wohl wahrgenommen? –

Zur nämlichen Stunde saß Irene oben in ihrem kleinen, bereits als Mädchen von ihr bewohnten Mansardenstübchen und beendete einen Brief.

Der Schluss lautete:

»Wenn du kommst, Job Christoph, dann weiß ich genau, dass jene unbedeutende Spannung zwischen uns, wie diese wohl in jeder Ehe einmal eintritt, überwunden sein wird. Dass du aber kommen willst, ohne von mir gerufen und gebeten zu sein, macht mich sehr ruhig und glücklich.

Deine Ire.«

Als Kanonikus Thorwald am Nachmittag zur gewohnten Stunde von einem Krankenbesuch bei seiner Schwester, deren schönes, luftiges Zimmer im oberen Stockwerk, jedem Geräusch entrückt, nach der Gartenseite lag, zurückkam, trat ihm im Flur das Stubenmädchen mit einer Visitenkarte entgegen.

»Der Herr wartet unten.«

Er betrachtete das Blättchen in seiner gemessen ruhigen Art und las halblaut:

»Stephan Graf Sumiersky, Regierungsreferendar, Potsdam.«

Hm! – Das war doch jener sympathische, höfliche, junge Mann, den er damals in München kennengelernt und anlässlich Jobs Vorträge mehrere Male gesprochen hatte.

»Führen Sie den Herrn Grafen in mein Arbeitszimmer, Ida. Ich komme gleich«, erwiderte er kurz, und die Dienerin eilte treppab.

Hm – sonderbar!

Der Kanonikus schüttelte wiederholt den Kopf und überlegte eine Weile; dann begab er sich ebenfalls ins untere Stockwerk.

»Ich weiß wirklich nicht, wie ich diesen Besuch bei Ihnen motivieren soll, Herr Kanonikus. Allein ich rechne bestimmt auf Ihre Nachsicht, Güte und das wohltuende Verständnis Menschen gegenüber, die etwas Dringliches auf dem Herzen haben – was so deutlich in Ihren Gesichtszügen zu lesen steht –, und – und, da bin ich eben gekommen!«, sagte Stephan beim Eintritt des Hausherrn, zwar befangen, doch offen und treuherzig, wie er immer sprach, und verneigte sich tief.

Über die ernste, gefurchte Mannesstirn flog nun ein milder Schein.

»Nun, ich freue mich, mein lieber Herr Graf, wenn ich Ihnen irgendeinen Rat geben oder nützen kann. Es ist ja stets beglückend, wenn das Alter der Jugend Vertrauen einzuflößen vermag. Also reden Sie getrost. Ich bitte.«

Freundlich geleitete er den Gast nach zwei bequemen, altväterischen Sesseln, und beide nahmen Platz.

Stephans frisches Gesicht war abgemagert, fast eckig geworden, und ein harter, müder Zug prägte sich um den von einem kleinen Bärtchen beschatteten Mund.

Trotzdem aber nahm die gefestigte Männlichkeit seines Wesens und Auftretens für ihn ein.

»Es ist durchaus nicht meine Absicht, weitschweifig zu werden, und Sie sollen bald den wahren Grund meines Kommens erfahren, Hochwürden, obwohl es mir sehr schwer fällt, Dinge zu berichten, die meine Familie direkt, jedoch auch – die Ihre indirekt angehen.«

Jetzt schoss es wie eine blitzartige Erleuchtung durch des alten Mannes Hirn; allein er entgegnete nichts, und der Jüngere fuhr fort:

»Ob ich ein Recht habe, mich hier einzumischen, das wollen wir vorläufig unerörtert lassen. Ich sehe nur die Notwendigkeit vor Augen, Sie zu ersuchen, mit allen Ihnen zu Gebote stehenden Mitten ein langsam, Schritt für Schritt nahendes Unglück zu verhüten.«

Stephans Lippen bebten, als er das beinahe heftig hervorstieß, und voll Schmerz und Trauer sah er in das ernste Greisenantlitz.

»Und ich – der Priester, ein alter Mann, der so weit ab steht vom eitlen Weltgetriebe, soll eingreifen in des Geschickes Räderwerk, soll einen Unbesonnenen, der Gefahr läuft, zermalmt zu werden, fest am Schopfe fassen und mit den Füßen wieder auf die Erde stellen? Nein, Herr Graf, dazu eigne ich mich nicht. Das scheint wohl ein Danaidenwerk!«

»O, Sie verstehen mich auch, wissen, worauf ich ziele. Ihr Blick ist scharf, Hochwürden, und das erleichtert mir erheblich die peinliche Sache.«

»Ich ahne, vermute nur. In solch tief schmerzlichen Sachen kann jeder unberufene Eingriff mehr schaden als nützen, mein lieber Graf.«

»Gewiss nicht, Herr Kanonikus – noch ist es Zeit. Allerdings scheint Gefahr im Verzuge, allein, ganz so schlimm, wie Sie vielleicht annehmen, ist es, gottlob, wohl noch nicht.«

Prüfend und mit stiller Verwunderung sah der Priester in das erregte, junge Gesicht.

Darauf entgegnete er freundlich:

»Gut, also – so reden Sie. Ich muss vor allem klar sehen, um objektiv urteilen zu können.«

Und Stephans bedrücktes, volles Herz quoll endlich über:

Von seiner Schwester leichtfertiger Sinnesart, ihrem Temperament und Charakter sprach er zuerst; wie sie anfangs aus purer Spielerei und müßigem Zeitvertreib in Strelnow mit Herrn von der Thann kokettiert und ihn in sich verliebt gemacht, allein bald darauf den Vetter Graf Herlingen geheiratet habe. Seines Wissens hätte jedoch während der verflossenen zwei Jahre nicht die geringste Verbindung zwischen ihr und von der Thann bestanden, bis der kritische und verhängnisvolle Wendepunkt in München gekommen sei. Gerade während jener Tage habe er selbst erst die drohende Gefahr, welche sich für beide daraus entwickeln musste, erkannt und er wäre seitdem von steter Unruhe gefoltert gewesen.

»Sie lieben natürlich Ihre Frau Schwester sehr?«, forschte teilnehmend der alte Herr.

»Ich habe sie geliebt und hochgestellt – bis es – um jener Angelegenheit willen zwischen uns zum Bruch kam.«

»Hm –! Traurig! Und nun wollen Sie die Verirrte wieder auf den rechten Weg zurückführen – da ich nicht annehmen kann, dass Ihre Sorge – oder Fürsorge Professor von der Thann allein gilt?«

Eine flammende Röte huschte über Stephans Stirn, und er bemühte sich, den fragenden Blicken des Geistlichen auszuweichen.

»Herr von der Thann ist doch – verheiratet, und die Ehe – das Glück ...« Er stockte.

»Selbstverständlich! Sie kennen ja übrigens auch meine Nichte, Herr Graf. Ire ist unser Sonnenschein, und ich ahne wohl – dass sie leidet. Etwas Fremdes ist plötzlich eingedrungen in ihre stille, heilige Welt«, fügte der Kanonikus mit schwankender Stimme hinzu.

Darauf richtete er sich wieder straffer empor und fragte gefestigt:

»Nun? Sie sind wohl aber noch nicht zu Ende? Was kam später?«

»Herr von der Thann reiste nach Berlin zurück, die Herlingens ebenfalls. Ich selbst hielt mich, so viel ich vermochte, unauffällig in deren Nähe auf und versäumte keinen von des Professors Vorträgen. Diese Art Spionage hatte etwas Verächtliches – doch um der guten Sache willen gab ich mich dazu her. Zu meiner Beruhigung musste ich aber wahrnehmen, dass jener, ungeachtet meine Schwester fortgesetzt bemüht war, ihn zu sehen und zu sprechen, ihr tunlichst auswich. Ich muss auch offen eingestehen, dass ich allem Vorangegangenen zum Trotz viel Sympathien für den Professor hege. Ein Mann von solch hoher Begabung ist eben ein Ausnahmemensch und darf nicht kleinlich beurteilt werden. Ist er doch viel größeren Gefahren und Versuchungen ausgesetzt als unsereiner, der in der breiten Masse mit fortläuft. Raineria ist ja so schön und kann hinreißend sein, wenn es gilt, Herzen zu erobern. Gerade darum fürchte ich, dass vielleicht bald ein Etwas, was – wie Sie eben sagten: heilig ist – klirrend zerfallen könnte.«

Kanonikus Thorwald strich sinnend über die hohe Stirn. Tiefes Weh lag jetzt um den eingefallenen Mund.

Mehrere Minuten blieb es still im Zimmer. Das kleine Wörtlein heilig hatte ihm wie ein wunderbares Lied geklungen, das schmerzende Saiten in der alten Brust erweckte. Hässliche Schatten aus vergangenen Tagen tauchten wieder auf.

Und gerade jetzt, wo sein Lebensabend so still und voll Frieden sein konnte – jetzt –?

Die sonst so kräftige Stimme hatte einen matten Klang bekommen, als er leise fragte:

»Was soll ich also tun? Wie soll ich hier helfen?«

Stephan zögerte, doch es lag ein zielbewusster Ausdruck in seinem Blick.

»Sie wissen natürlich, Hochwürden, dass Professor von der Thann demnächst nach Breslau kommen will?«

»Ja, ich erfuhr es.«

»Nun – die Herlingens haben, wie ich beiläufig hörte, auch den Plan, die hiesige Ausstellung zu besuchen. Um Ihnen das mitzuteilen, deshalb kam ich heute hierher. Der Zufall kann uns oft einen bösen Streich spielen, allein auch ebenso oft mitleidiger sein als die Menschen.« Befangen zögerte Stephan.

»Der Zufall? Hoch über allem Wissen, Wünschen und unserem dürren Verstände steht diejenige Macht, auf die wir unerschüttert bauen müssen, mein junger Freund!«

Der alte Herr reichte dem Gaste die welke Hand, welche dieser voll Wärme drückte.

»Ich danke Ihnen, Herr Kanonikus!« Es lag viel in diesen kurzen Worten.

»Darf ich Ire, meiner Nichte, von Ihrem Besuche sprechen, Herr Graf?«

»Das überlasse ich Ihrem Ermessen, Hochwürden.«

Abermals flog eine heiße Röte über des jungen Mannes Stirn, so dass jener stutzte und die alten Augen feucht zu schimmern begannen.

Ablenkend sagte er: »Bleiben Sie länger hier, Herr Graf?«

»Nein, Hochwürden. Ich reise noch heute Nacht zurück.«

»Aber ich hoffe, dass Sie vielleicht später einmal wieder den Weg nach meiner stillen Klause finden werden. Wir sind ja nun treue Verbündete. Die innige Zusammenarbeit muss Früchte tragen.«

Stephan schien unsicher. Die Antwort klang zögernd und gepresst: »Auch das wollen wir der höheren Leitung anheimstellen, Hochwürden.«

»Sie haben recht, Herr Graf.«

Mit festem Händedruck nahmen die Männer voneinander Abschied.

Kanonikus Thorwald geleitete den Gast bis an die Tür. Dann stand Stephan wieder draußen in dem totenstillen Flur.

Einige Male atmete er tief und schwer und trat an das dort befindliche, nach dem Garten mündende Fenster.

»Die stille Klause!«, hatte der alte Mann gesagt.

Ja, es wehte ein wohliger Friede hier ringsum, und ein wunderbarer Zauber lag über diesem Erdenfleckchen ausgebreitet.

Dort draußen ergoss soeben die untergehende Sonne ihr feuriges Licht in leuchtenden Farben, jeder Baum, jeder Strauch, jede Blume erschien in goldigen Tinten getränkt, und dort, dort war sie ja selbst, um deretwillen – ihres Glückes, ihres Friedens willen er die Reise hierher unternommen hatte.

Das lichte Kleid goldig überflutet, das durchgeistigte, schmale Gesicht mit den tiefen Schmerzenslinien aufwärts gerichtet, hinauf zur schlanken Tanne, in deren Gipfel die Amsel wieder ihr verlockendes Abendlied zu flöten begann.

Da durchrieselte Stephan ein unnennbares Glücksempfinden.

Wozu lebt man? Das Bewusstsein, für andere zu wirken, birgt wohl Ewigkeitswerte.

Irene –! Friede!

Möchte er über dich kommen, Ire! –

Graf Herlingen streckte seine langen Beine aus und rekelte sich missmutig und gelangweilt auf dem harten, unbequemen Gartenstuhle.

»Nee, Kinder! Das lohnt sich wahrhaftig nicht, die Reise nach Breslau. Also deswegen habt ihr mich hierhergeschleppt? Man hat, weiß Gott, schon Besseres gesehen! Lappalien!«

Durch die noch recht erhebliche Wärme des prachtvollen Septembernachmittags und wohl auch veranlasst vom raschen Gange durch das weitläufige Gelände der Breslauer Jahrhundertausstellung zeigte sein Gesicht und der unbedeckte Kopf eine beinahe rosenrote Farbe. Die spärlichen lichtblonden Haare klebten ihm an der Stirn.

»Na, höre mal, Vinzenz, so redet nur ein Stockblasierter oder ein Mensch, der sich langsam zum Idioten ausbildet!«, brauste ein junger Mann entrüstet auf. »Du verdirbst einem ja die Stimmung, dummer Kerl! Diese Ausstellung ist einfach grandios, sowohl die ganze Anlage wie auch alle Sehenswürdigkeiten der sogenannten ›Historischen‹. Wie kommt man je wieder dazu, solch auserlesene Sammlungen von Kunstschätzen aller Herren Länder zu bewundern? Du bist ja heut ganz verrückt, Vinzenz!«

»Ach, lass ihn nur in Ruhe, Heinz! Er ist heute wirklich unausstehlich – schimpft und grunzt wie ein altes Marktweib. Mir selbst fällt es aber gar nicht im Traum ein, mich dadurch ärgern zu lassen!«, rief Gräfin Raineria übermütig lachend und klappte den weißen Spitzenschirm, so dass ihr schönes Gesicht jetzt nicht mehr beschattet wurde, energisch zu. Dabei streifte ein fast verächtlicher Blick den leise brummenden Gatten, und bestimmt fügte sie hinzu: »Ich finde es reizend hier und unterhalte mich köstlich.«

Eine Gesellschaft von zehn Personen, elegant, selbstbewusst im Auftreten, reichlich ungeniert und laut, hatte auf der untersten Terrasse des Restaurants »Rheingold« einen Kreis gebildet und soeben eine Mahlzeit eingenommen.

Man plante noch weitere Gänge nach den »Dahlien«, dem »Lunapark« mit seinen harmlosen Vergnügungen und der Kolonialausstellung.

Bisher hatte sich die Unterhaltung nur um alles Sehenswerte gedreht.

Jeder schien voll Übermut und guter Laune; nur Graf Herlingen blieb unbefriedigt.

Wieder knurrte er: »Erst schleppt mich meine Frau bei der Hitze – anstatt aufs Land zu fahren – nach Berlin, und nun noch diese Extratour. Man gibt ja ein Heidengeld aus.«

»Sprich nicht solchen Unsinn, Vinzenz! Du wolltest doch selbst gern den Vortrag von Professor von der Thann hier hören«, warf die Gräfin wieder spöttisch ein und fügte, zu ihrem Nachbar gewandt, leiser hinzu: »Mein Mann wird neuerdings nämlich geizig. Er beguckt sich jedes Goldstück zehnmal, ehe es aus den Fingern rollt.«

»So –! Und gibt Hunderttausende, ja halbe Millionen für Spekulationen hin? Na, Vinzenz ist ein kluger Mann und wird sich hoffentlich nicht reinlegen lassen«, versetzte der mit Heinz Angeredete, wobei es um seine Mundwinkel zuckte.

»Ich bekümmere mich nie um seine Geldgeschäfte.«

Raineria warf bei diesem Ausspruch den Kopf zurück.

»Was – Vorträge von Professor von der Thann?«, mischte sich nun eine andere Dame ein, und eine dritte lächelte überlegen: »Ja, demnächst im Konzerthaus, und der gefeierte Mann soll bereits in Breslau sein.«

»Wirklich? Seit wann?« Raineria, die das fragte, beugte sich über eine Krachmandel herab, welche sie mit ihren schlanken, beringten Fingern knackte.

»Seit gestern. Mein Bruder erzählte es, und der ist mit den Thorwalds bekannt. Er verehrt den alten Kanonikus und schwärmt für Professor von der Thanns reizende kleine Frau.«

»Ich kenne sie. Ziemlich unbedeutend – das Äußere wenigstens«, erwiderte Raineria, wobei ein seltsames Flimmern in ihren Augen aufzublitzen begann.

O, wenn sie alle wüssten, diese Menschen um sie herum, Verwandte, Bekannte, welche sich, meist im Auto von ihren Schlössern kommend, hier in der Ausstellung zusammengefunden, um einen heiteren Abend zu verleben – wenn sie wüssten, dass sie selbst einzig nur einen Zweck verfolgte. Ihn, Job Christoph, der nichts war als ein schlichter Gelehrter, ein Mann der Arbeit, ihn wollte sie sehen und sprechen. Ihre stark ausgeprägte Energie hatte alle Bedenken, jeden Widerspruch des Gatten besiegt, und so baute sie eben auf ihr gutes Glück! Also Job Christoph war bereits eingetroffen, und hier draußen, an dem Sammelplatze aller Fremden, musste man ihm sicherlich begegnen.

Darum sollte die Ausstellung fortan das Feld ihrer Nachforschungen und Beobachtungen sein.

Was war nur seit München geschehen? Hatte er wirklich *Pater peccavi* gemacht und war als reuiger Sünder zu seiner Frau zurückgekehrt? War seine ihr in Berlin gezeigte Zurückhaltung nur Komödie, Asche über sengender Glut? –

Raineria unterhielt sich scheinbar angelegentlich mit den Anwesenden, als ob sie versuchen wollte, des Gatten mürrisches Wesen durch Liebenswürdigkeit zu entschuldigen. Keiner gewahrte ihre unruhig suchenden Blicke, mit denen sie jeden einzelnen der vorübergehenden Herren fixierte.

Jetzt hatten sich am anderen Tischende eine ältere Dame und ein junges Mädchen erhoben.

»Du musst uns entschuldigen, liebste Raineria, dass wir genötigt sind, dieses gemütliche Zusammensein durch unseren Aufbruch zu stören«, sagte jene, »doch ich möchte noch vor der Abreise meine Schwester in Kleinburg besuchen, und um halb acht Uhr geht unser Zug.«

»O wie schade, Tante Therry!« Raineria hatte sich rasch erhoben. »Das war allerdings nur eine kurze Freude; aber ich danke dir für dein Kommen. Und das Cousinchen wird uns mal in Wolfsberg besuchen, ja?« –

»Mit tausend Freuden!«, sagte die Jüngere, und das Gesichtchen strahlte.

Alle hatten die Sitze verlassen, und Gräfin Wülkenitz reichte jedem die Hand.

»Weißt du was, Tante Therry, ich begleite euch noch die Strecke bis zum Ausgang. Ein bisschen Luftveränderung tut bei der Wärme hier unten ganz gut«, rief Raineria heiter.

»Nein, nein, liebes Kind, dich aus dem netten Kreise zu entführen, das kann ich ja gar nicht annehmen«, wehrte die Dame ab.

Allein jene zog bereits die Handschuhe an und nickte den übrigen lachend zu.

»Wir wollten doch aber gleich nach dem Vergnügungspark, Gräfin Herlingen!«

»Bleiben Sie aber, bitte, nicht zu lange fort!«, riefen ein paar Stimmen.

»Ich komme dann direkt dorthin!«, gab diese, mit dem Schirm winkend, zur Erwiderung.

»Wo treffen wir uns?«

»Am Tanagratheater. Adios.«

Und die drei Damen schritten davon.

Kaum zehn Minuten später überquerte Raineria den nach der Jahrhunderthalle führenden weiten Platz. –

Am Eingang der historischen Ausstellung drängte ihr eine wahre Menschenflut entgegen, und suchend, immer wieder suchend, glitten ihre fiebernden Blicke über die Menge hinweg.

»Du wirst und du musst kommen, Job Christoph!«, flüsterten ihre trotzig gewölbten Lippen.

Und Rainerias Herzschlag stockte plötzlich. War es Suggestion? Hatten Tausend und Abertausend Wünsche, Sehnsucht, Leidenschaft ihn wirklich hierhergezaubert?

Dort, jener schlanke Mann – o, wie sie jede seiner Bewegungen kannte, seine Haltung, seinen Schritt – im blauen Anzug, den Panama tief in die Stirn gedrückt, dass nur sein Profil erkenntlich blieb, – dort ging er soeben langsam die Stufen zum Portal der »Historischen« hinan.

Ein schwer zu unterdrückender Jubellaut wollte ihrer Brust entquellen.

»Du, du, warum bist du in meinen Lebensweg getreten? Warum hast du mich so selig, so todelend gemacht? – Mein Kismet!«

Immer heißer wallte es in Raineria auf, und zögernd schritt sie ihm nach.

O, dort drin musste er ihr gegenübertreten! Dort drin konnte er ihr nicht entgehen! Viele bewundernde Blicke folgten der wunderschönen Frau im weißen Jackenkleide, mit dem großen, von flockigen, weißen Paradiesreihern überwogten Hute, die wie träumend, kaum einen Gegenstand betrachtend, durch die Säle irrte, die topasschillernden Augen immer nur auf einen Punkt in der Ferne gerichtet.

Würde er wirklich umkehren, oder die lange Zimmerflucht durchwandern?

Die weite Mittelrotunde mit dem künstlerisch nachgebildeten Scharnhorstdenkmal war erreicht, jetzt schritt Job Christoph durch die offene Glastür in den dicht daranstoßenden hübschen, kleinen Gartenhof. Das versteckte, stille Plätzchen war von erfrischender Luft und Blumendüften erfüllt und gerade menschenleer.

Ohne Besinnen trat Raineria ebenfalls hinaus und stieß einen gutgespielten Ruf der Überraschung aus.

Ungläubig und wie benommen sah sie, als er sich umwandte, in sein bleich gewordenes Gesicht.

»Sie – hier – Gräfin!«, stammelte Job Christoph völlig verwirrt, und deutlich gewahrte sie, dass er mühsam nach Fassung rang, seine Blicke jedoch dabei wie gebannt an ihren Zügen hafteten.

Reizend und schüchtern, gleich einem schmollenden Kinde, senkte sich der schöne Frauenkopf, wobei es flüsternd zu ihm hinüberklang: »Ich ahnte, wusste ja, dass Sie kommen würden, hier sind!«

Den Hut noch immer in der Hand, einen todestraurigen Zug um den fest zusammengepressten Mund, steif, ohne sich zu rühren, stand er vor ihr, und dennoch zuckten seine Arme, seine Finger diesem Dämon an verführerischer Schönheit entgegen.

Gibt es wirklich übermenschliche Kräfte, die das Herz, den Sinn und alles Wünschen und Begehren des Mannes mit Stahl umpanzern können?

Die alte Macht! Allgütiger Himmel, die alte Macht! War sie noch immer nicht gebrochen? –

Wilden Wolkenfetzen ähnlich jagten die Gedanken durch des schweigsamen Mannes Hirn.

»Ja, nun rede doch, Job Christoph, rede und sage alles, was eine klare Vernunft sich mühsam zurechtgelegt, alles, was du ihr schreiben wolltest. Warum tatest du es nur nicht? Jetzt stehst du vor einer Alternative, die entscheidend für dich wird!« –

»Bleibe – genieße! Das Leben ist so kurz!«, schrien böse Gewalten in seiner gequälten Brust.

»Geh! Brich die Brücken hinter dir ab! Willst du ein Treubrüchiger, ein Ehrloser sein?«, mahnte das Gewissen.

Immer noch still und anscheinend eingeschüchtert schritt Raineria nun nach einer hinter Koniferenbüschen und hohen Staudengewächsen halb verborgenen Bank. Zwar mündeten die breiten Fenster eines Ausstellungsraumes direkt auf den Gartenhof; allein warum sollten zwei harmlose Personen, die sich schließlich vielleicht auch gar nichts angingen, nicht ausruhend dort sitzen?

Wer kümmerte sich, angesichts so vieler Sehenswürdigkeiten, um gleichgültige Menschen?

Er folgte zögernd, blieb jedoch seitwärts stehen, während Gräfin Herlingen sich niederließ und scheu, mit merkwürdig schwimmenden Augen zu ihm emporsah.

Endlich fragte sie stockend:

»Wir sind jetzt allein – Job Christoph, weltenfern allein – und auf solch eine Viertelstunde – habe ich seit langen – langen Wochen – gewartet! Sie wollten mir aber keine mehr gönnen! Das ist bitter hart – und ich weiß wirklich nicht – wie ich es verstehen und mir auslegen soll!«

Die tiefe Blässe in des Angeredeten Zügen war nun einer brennenden Röte gewichen, und abgerissen, gepressten Tones entgegnete er:

»Verstehen? Ja, Gräfin – es ist gut und richtig, dass Sie dieses Wort selbst anführen – da wir beide doch endlich verstehen müssen, in welch irriger Verblendung, welchem Wahne wir befangen gewesen sind!«

»Und das ist alles, was – Sie mir jetzt sagen wollen?«

Ihre Stimme steigerte sich bis zu einem unheimlich hohen Diskant, und unter dem weichen Wollstoff ihrer Jacke hob und senkte sich die mächtig arbeitende Brust.

»Gräfin – bitte, nur Ruhe – Fassung!«

Nun war er bis dicht an die Bank herangetreten und sah schmerzbewegt und voll banger Sorge zu ihr nieder.

»Nicht so – bitte, nicht so! Wir müssen ruhig, wie zwei Freunde, miteinander reden«, bat er sehr leise.

»Es gibt keine Freundschaft zwischen Mann und Weib! – Entweder – oder ...« Sie stockte jäh.

»Dieses Oder ist meine heilige Pflicht! Ich habe eine junge, vertrauende Frau – Gräfin!«

Da lachte sie auf, höhnisch, grell.

»Und das, was vorher war – Job Christoph? Das Einzige, was mein armseliges Dasein wert machte – es ist vergessen?«

»Das Schicksal ist unerbittlich – es schlägt tiefe Wunden. Wir müssen gefestigt werden.«

Da ging ein krampfartiges Zittern durch den schlanken Frauenkörper, und in Tönen, die an eine geborstene Glocke gemahnten, murmelte sie ohne jede Fassung: »Die Sehnsucht nach dir ist mit mir gegangen in meinem Leben; vielleicht war sie schon da, ehe ich dich kannte – es war die Sehnsucht, welche die Heimat, den Frieden sucht. Wie ein abgerissenes Blatt wird der Sturm mich nun verwehen – bis ...«

»Raineria! Barmherzigkeit, still!«

In ungestümem Griff hatte er nach ihrer Hand gelangt und diese an sich gerissen. Suchte er selbst einen Halt? Eisenfest hielt er die zarten Finger umspannt.

»Wenn ich bleibe – dann verliere ich jede Achtung vor mir selbst!«, stöhnte er auf.

Hilflos wandten sich seine irrenden Blicke von ihr ab und trafen das hohe Fenster hinter der Sitzenden.

Aber seine fliegenden Pulse schienen plötzlich auszusetzen.

Was war das?

Ire? – War das nicht Ire, die eben dort drin langsam vorüberging und voll Entsetzen, als ob sie etwas Furchtbares erblickt, zu ihm hinausgestiert hatte?

Täuschung? Nein! O diese Augen, diese holden, lieben Augen kannte er ja nur zu wohl.

Ire, die alles Unedle, Unreine verabscheute, deren ganzes Wesen nur den Abglanz höchster Sittenstrenge widerspiegelte! Ist es sein Schutzgeist, der dieses hehre Bild plötzlich vor seine Seele gezaubert hat? War sie es wirklich selbst, die ihn hier in Gesellschaft jener Frau gesehen? Jener Frau! –

Wie sonderbar! Empfindungen von Scham und Ekel erfüllten in diesem Augenblick Job Christophs Busen, und er fühlte sich so klein und verächtlich, so sündig und gedemütigt, dass der Glaube an sich selbst erst wieder neu geboren werden musste.

Allgütiger Gott! Welche Erkenntnis – jene Frau! –

Was fesselte ihn denn noch an sie? Musste er denn nicht längst erkannt haben, dass es einzig nur ihre blendende Schönheit gewesen, die ihn stets von Neuem in ihre Netze gezogen hatte?

Untreue gegen den eigenen Gatten, verführerisch, voll Leidenschaftlichkeit bis an die Grenze des Schicklichen, ohne inneren Halt! –

Ire mit dieser zu vergleichen dünkte ihn heute Entweihung.

Job Christoph war in stolzer Abwehr mehrere Schritte zurückgetreten, dabei das Auge noch immer dem Fenster zugewandt.

Hatte Raineria den jähen Wechsel im Ausdruck seines Gesichts, den Zug von herbem Trotz, ja Widerwillen, wahrgenommen?

Sie machte eine ungestüme Handbewegung, und zugleich lag der feine Schildpattgriff ihres Sonnenschirmes plötzlich zerbrochen am Boden. Verächtlich schleuderte sie die Stücke mit dem Fuße fort und sprang empor:

»Unsere Unterhaltung fängt an, mich zu langweilen, Herr – Professor! Wenn Männer Pantoffelhelden und sentimental werden, so hat das stets einen Stich ins Komische. Auch ist mir meine Zeit heute recht knapp zugemessen. Freunde und liebe Verwandte erwarten mich draußen. Adieu!«

Lachend, doch mit einem hässlichen, schmerzverzerrten Grinsen, neigte Raineria den Kopf, und ohne ihn noch eines Blickes zu würdigen, eilte sie durch die Pforte ins Ausstellungsgebäude zurück.

Am Drehkreuz vor dem Ein- und Ausgang der Ausstellung lungerte eine Schar Zeitungsträger, Losverkäufer, fliegende Händler und sich den regen Betrieb nutzbar machende halbwüchsige Jungen herum, als eine Dame heraustrat und hastig fragte: »Kann mir einer von euch sofort ein Auto von dort drüben herbeiholen?«

Wie der Wind flog ein kleines, mageres Kerlchen, dessen zweifelhaft saubere Finger nun ein Markstück krampfhaft umschlossen hielten, über den sonnigen Platz, und wenige Minuten später schnaufte der Kraftwagen mit seiner Insassin der Stadt und der Domstraße zu.

Wie ein Bild, von Stein, regungslos, mit glanzlosen Augen, saß Irene in den Polstern.

Nur nicht denken, nur jetzt nicht denken müssen, da es sich wie ein Mühlrad in ihrem Kopfe herumwälzte und das fiebernde Pochen der Schläfen die Adern zu sprengen drohte.

Fort – nach Hause – zu Onkel Gotthard! Dieser eine Gedanke gab der erschütterten Frau Besinnung und Kraft.

Das Auto hielt an Kanonikus Thorwalds Kurie.

Ire vermochte nur noch dem aus der Tür eilenden Mädchen zuzurufen: »Bitte – bezahlen!« Dann stürmte sie durch den Flur und pochte am Eingang zum Arbeitszimmer.

»Herein!«

Tiefer Friede breitete sich über den von feierabendlicher Stille durchwehten Raum, wo der alte Geistliche mit gebeugtem Haupte am Schreibtische saß.

Da flog auch schon Ire – das Kind, sein wohlgehüteter Liebling, in wilder Erregung zu ihm hinüber und brach dicht an seinem Platze haltlos in den Knien zusammen.

»Onkel Gotthard! – O, ich möchte sterben! Ich kann – nicht – mehr – leben!«

Der alte Mann sagte kein Wort; obwohl tiefes Erschrecken sich in seinem ehrwürdigen Antlitz malte, so hob er doch die schlanke Gestalt mit kräftigen Armen empor und zog sie nach dem Sofa hin.

»Onkel Gotthard – hörst du – es ist alles aus!«, rang es sich wieder gequält aus der jungen Brust.

Er setzte sich neben die Aufgeregte, nahm ihr den Hut vom Kopfe, öffnete die Jacke und strich väterlich zart über die feuchte Stirn.

»Nichts ist aus, was Gott nicht zulässt, und an einem kleinen Herzensweh stirbt man nicht!«, sagte er mit seinem tiefen, warmen Bass.

Das Gefühl des Geborgenseins, hier Schutz und Hilfe zu finden, löste endlich die Starrheit der gepeinigten Seele in Tränen auf.

Das Gesichtchen mit den Händen bedeckend, schluchzte Ire eine Weile herzzerbrechend.

»Gut – gut – weine dich erst aus, mein Kind, das ist immer das Beste, und nachher wollen wir sprechen – beraten.«

Und so kam es. –

Kanonikus Thorwald, der nach jenem Gespräch mit dem jungen Sumiersky, lange und eingehend mit sich zurate gegangen war, hatte in der Meinung, es recht gut zu machen, der Nichte geraten, während der Zeit, wo Job Christoph in Breslau wäre, zu ihm ins Hotel zu ziehen. Der Aufenthalt im Hause, wo eine Schwerkranke liege, sei für ein junges glückliches Paar doch nicht angenehm, und im Übrigen ginge es Tante G. ja jetzt leidlicher, so dass Ire ganz gut abkömmlich sei.

Allein menschliche Pläne sind wie Seifenblasen.

Als Job Christoph eines Morgens wirklich kam, stand der finstere Todesengel wieder einmal lauernd und wartend an der Leidenden Schmerzenslager. Ein erneuter heftiger Schlaganfall hatte das ganze Haus in Aufregung versetzt, so dass Ire den zurückgekehrten Gatten eigentlich nur zwischen Tür und Angel zu begrüßen und zu bitten vermochte, doch erst am nächsten Morgen wiederzukommen. Herz und Pflichten hielten sie nun bei der Tante fest.

So verlief das von ihr heiß ersehnte Wiedersehen, und wehmütig und getrübten Blickes sah sie der Droschke, die Job Christoph entführte, nach.

Zu seinem Bedauern hatte auch Kanonikus Thorwald den Mann seiner Nichte nur flüchtig begrüßen können.

Die traurige Stimmung im Hause drängte natürlich alles andere in den Hintergrund. Indes wirkte die herzlich gezeigte Teilnahme des Jüngeren wohltuend auf sein Gemüt.

Es war verabredet worden, Job Christoph einen Radler mit Nachricht über Tante Gismondas Befinden nach der Historischen Ausstellung zu senden; im Gartenhofe daselbst sollte er ihn Punkt fünf Uhr erwarten.

Zur Freude und Erleichterung aller trat gegen Mittag aber eine erhebliche Besserung im Befinden der Kranken ein. Die Lähmung der Sprache ließ nach, sie schien wieder bei Besinnung und verlangte etwas zu genießen, so dass der Arzt diese kräftige Natur einer Greisin bewunderte.

»Jetzt fährst du mir jedoch selbst hinaus zu deinem Manne, mein Kind. Du brauchst entschieden eine Erholung, und ihm wollen wir doch auch die Freude, dich zu sehen, von Herzen gönnen«, sagte der alte Geistliche fast diktatorisch, während Ire mit heiterer Miene beim Mahle ihm die Suppe vorsetzte und bereitwillig seinen Wunsch zu erfüllen versprach. –

Die frühe Dämmerung des Herbsttages fing bereits an, ihre grauen Fäden zu spinnen, aber noch lagerte ein schwüler Dunst über dem Domplatze. Der Himmel war bewölkt, im Westen türmte sich eine dunkle Gewitterwand, allein kein Lüftchen regte sich.

»Bim – bam – bum! Bim – bam – bum!«

Feierlich und voll läuteten die Abendglocken der ehrwürdigen Kathedrale.

Wie waren doch jene wundersam schönen Töne verwachsen mit Ires ganzem Leben! Seit ihrem sechsten Jahre kannte sie den einer trauten Mutterstimme ähnelnden Klang, immer beruhigend, immer tröstend oder Freude erweckend in der jungen Brust.

Heute aber schauerte sie in sich zusammen.

War das nicht eben genau wie düsteres Grabgeläute? –

Onkel Gotthard hatte Ire selbst hinauf in ihr Zimmer gebracht, einen Sessel ans Fenster geschoben, beide Flügel weit geöffnet und sie sanft in den Stuhl gedrückt, dass die eindringende Luft ihr die vom Weinen brennenden Wangen und Lider kühlen sollte.

Da saß sie nun allein – lange schon, still und in sich gekehrt, in dumpfes Brüten versunken, die Hände gefaltet und ab und zu ein leises Stoßgebet auf den Lippen:

»O Gott – Kraft – Kraft! – Ich könnte es ja nicht ertragen, ihn ganz zu verlieren! Hilf du mir doch!«

Ganz? Wie viel gehörte ihr denn noch von des Gatten Liebe und Treue? Wie viel hatte ihr jemals davon gehört? Erzwungenes Glück! Ja, das war es damals doch gewesen, und darum blieb der Segen aus.

Eine andere hatte die Jugendliebe aus seinem Herzen verdrängt, und sich mit dieser anderen messen wollen – dazu war sie viel zu stolz.

Im Geiste sah sie noch immer das schöne Gesicht mit den wunderbaren Augen, wie heute, dort draußen in der Ausstellung zu Job Christoph voll verzehrender Leidenschaft emporgerichtet. Und er hatte vor dieser Frau gestanden – Hand in Hand!

Nein – verzeihen konnte sie nicht – unmöglich! Nur noch einmal sagen wollte – musste sie ihm, dass –

Ja, was denn eigentlich? –

Die kaum bekämpfte Bitterkeit, das Gefühl grenzenloser Verlassenheit übermannte sie abermals.

Den Kopf zurückgelegt, saß Ire regungslos und ließ noch einmal jene zwei Ehejahre in ihrer Erinnerung vorüberziehen.

Sie dachte an alles, was sie Job Christoph hatte sein wollen, und doch war immer ein fremdes Etwas zwischen ihn und sie getreten. Nie hatte sie die ganze, volle Zärtlichkeit und Hingebung des Herzens zu zeigen gewagt, nie war sie zu rechtem Bewusstsein wahren Glückes und inneren Friedens gekommen.

An ihr schönes, stilles, durch seinen Kunstsinn und seine reichen Sammlungen ausgestattetes Heim in Berlin dachte Ire, wie seine freilich seltene Anwesenheit daselbst es stets noch tausendfach verschönte und wie es dann gleich wieder öde und einsam wurde, wenn er ging und seine Berufspflichten ihn in die weite Welt führten. Zuweilen, so auch während ihres gemeinsamen Aufenthaltes in Ägypten, war es oft wie ein beglückendes Ahnen über ihre Seele gezogen: Ich bin ihm vielleicht doch mehr, als meine gar zu mädchenhaft schüchterne Liebe anzunehmen vermag!

Dann war aber schnell wieder die krasse Erkenntnis der eigenen Nichtigkeit zutage getreten.

Seit dem so jäh abgebrochenen, verhängnisvollen Aufenthalt in München und ihrer hastigen Abreise nach Breslau verging die Zeit wie unter einem bleischweren Druck.

Und das Ende? – Wie nur dachte er sich die Zukunft? –

Ire richtete sich plötzlich erschreckt empor. Klang das nicht wie ein kurzer, fester Schritt draußen im Flur? Sein Schritt – Kam Job Christoph zu ihr –? Jetzt –?

Erblasst und mit zitternden Knien war sie emporgesprungen; aber ihre Hände tasteten wieder nach der Sessellehne.

So blieb sie hochaufgerichtet, doch mit angsterfüllten Augen, als die Tür aufging und Job Christoph über die Schwelle trat.

Ein paar Sekunden verharrten beide wortlos; doch seine tieftraurigen Blicke umfassten die in ihrer deutlich gezeigten herben Abwehr nur umso anziehendere Gestalt.

»Bitte – sprich nicht – kein Wort! Ich will nicht, dass – du redest! Es hat ja keinen Zweck, mir Sachen zu erklären – die du, als Mann von Ehre und Gewissen, nicht verantworten kannst!«, rief Ire endlich, und ihre sonst melodische Stimme hatte dabei einen metallischen Klang.

»Doch – ich werde reden, muss reden – gerade weil du an meine Ehre, mein Gewissen appellierst, gibt es nur ein Wort, welches ich zu sprechen verpflichtet bin. Du irrst, Ire! Heute waltet ein schmerzlicher Irrtum zwischen uns, den ich geklärt sehen will.«

Der stets so weiche, kindliche Ausdruck ihrer blauen Augen war schnell einem trotzigen Aufflackern gewichen, und mit heftigem Kopfschütteln entgegnete sie.

»Mir genügt meine Auffassung, an der sich nicht deuten noch entschuldigen lässt. Dass ich nicht engherzig und kleinlich bin, habe ich dir ja bereits an jenem Abend in München bewiesen, als du mir versichertest – jene – Strelnower Episode sei ein überwundener Standpunkt. Mit dem, was vor der Ehe gewesen, muss sich wohl jede Frau abfinden. Allein der Irrtum, von dem du sprichst, liegt gewiss nur in deinem, allerdings rücksichtsvollen Wunsche, mir meine jetzige Lage milder – erträglicher zu gestalten. Dein Mitleid aber kränkt und verletzt mich!«

»Ire! In dieser Weise werden wir uns nie verständigen. So lass mich dir wenigstens sagen, dass einzig der Zufall mich heute mit – Gräfin Herlingen zusammengeführt hat.«

Job Christoph war näher getreten. Erschöpfung und Nervenabspannung prägten sich in seinen Zügen.

»Wozu verständigen?«, fragte sie, ohne aufzusehen.

»Du glaubst mir nicht?«

»Das wäre wohl beleidigend für dich, Job Christoph, aber eine Frau urteilt oft objektiver, klarer über Dinge, wo der Mann zu entschuldigen sucht. Ich bitte dich daher noch einmal dringend, die Sache als erledigt anzusehen und fortan totzuschweigen.«

Jetzt flackerte es auch in seinen Blicken zornig und trotzig auf. Die breite Stirn rötete sich, und schon öffneten sich die Lippen zu einer herben, schroffen Entgegnung.

Da hatte sie – vielleicht unbewusst – die Augen voll zu ihm aufgeschlagen, und alles, was ihm daraus hervorschimmerte, das grenzenlose Weh eines tief verwundeten Frauenherzens, die stumme Qual, die bittere Enttäuschung, gaben ihm schnell Selbstbeherrschung und Fassung wieder.

Wer von ihnen beiden war nun der Beleidigte? Ire – oder er? –

Tor – dass er in dem Wahn hierhergekommen war, diese Frau mit ein paar verbrauchten Worten zu beschwichtigen.

Mochte also der Irrtum für sie unaufgeklärt bleiben – er verdiente keine Rechtfertigung. Die heutige Stunde hatte ihm eine Demütigung gebracht, ihn aber ebenso gelehrt, den wahren Wert eines Kleinods erst nach zwei langen Jahren seiner Ehe voll zu schätzen.

»Und was wünschest du, dass nun geschehen soll, Ire? Du musst bestimmen.«

Eine feine Röte der Befangenheit zog über das schmale, junge Gesicht.

»Ich bin hier an Tante Gismondas Krankenbett gebunden.«

»Und ich?«

Merkliche Bitterkeit klang durch seinen Ton.

Keine Antwort erfolgte.

Über dem traulichen Gemache, welches auch hier in des alten Onkels schlichtem Heim den künstlerischen Sinn und Geschmack der Bewohnerin kennzeichnete, lag bereits die Dämmerung.

Nur die Umrisse der schlanken Frauengestalt waren sichtbar, nur über Haar und Stirn fiel noch ein lichter Streif vom Fenster her.

Dem Manne, welcher mit innerster Bewegung nach Fassung rang, dünkte das wie eine übernatürliche Verklärung.

Er richtete sich straff empor.

»Willst du einen Vorschlag anhören, den ich dir jetzt machen möchte, Ire?«, fragte Job Christoph nach einer bedrückenden Pause.

»Ja, gewiss.«

Seine Stimme bekam wieder die alte Sicherheit.

»Im Archäologischen Institut zu Kairo sollen demnächst große Baulichkeiten und Veränderungen vorgenommen werden, und man wünscht dort auch einen deutschen Fachmann und Gelehrten hinzuzuziehen. An mich ist der Ruf ergangen – schon vor einigen Wochen. Ich wollte dir nichts davon sagen und schreiben, weil ich – um deinetwillen gewillt war – meine Arbeit kann sich eventuell auf acht bis zehn Monate erstrecken – dieses ehrende Anerbieten dankend abzulehnen. Jetzt erblicke ich darin einen höheren Fingerzeig. Lass uns also diesen Zeitraum zwischen uns legen, Ire. Du wirst vielleicht milder denken lernen und ruhiger werden, und ich«, seine Stimme begann zu schwanken, »und ich will warten, bis ...« Er trat ihr näher. »Was immer ich – vom Tage unseres Verlöbnisses an, gefehlt habe, Ire, es dürfte wohl durch jene Buße gesühnt werden. Oder – willst du, dass das schöne Wort Wiedersehen ausgelöscht bleiben soll – für immer?«

Noch lag der fahle Lichtschein über Ires blassem Gesicht, und so gewahrte er, dass zwei kristallhelle Tropfen über ihre Wangen rieselten.

Die letzte Frage ließ sie unbeantwortet, allein impulsiv und schnell reichte sie ihm die Rechte zu und sagte stockend, doch fest:

»Ja – es ist gut und richtig – so – Job Christoph – aber schreibe – mir!«

Fest pressten sich seine Lippen auf die kleine, weiche Frauenhand – dann stürmte er hinaus. –

Genau auf dem nämlichen Platze, dem alten Geistlichen gegenüber, wo Job Christoph vor mehr als zwei Jahren im Begriff gestanden hatte, diesem offen zu bekennen, dass seine einstigen Gefühle für Ire durch ein anderes Mädchen verdrängt worden wären – genau auf diesem Platze legte er ihm heute eine unumwundene Beichte ab.

Weit entfernt davon, sich in irgendeiner Weise zu schonen, konnte er jedoch nur mit Festigkeit versichern, dass der schmerzliche Abschied von Ire und die Aussicht, so viele Monate von ihr getrennt zu sein, all seine Willensstärke und Kraft gekostet habe.

»Jetzt lege ich das Weitere in Ihre Hände, mein väterlicher Freund! Sie werden mir stets Nachricht von ihr geben und gewiss versuchen, hin und wieder ein gutes, mildes Wort für den Abwesenden bei ihr einzulegen.«

Als Job Christoph gegangen war, stand Kanonikus Thorwald noch eine ganze Weile mit gefalteten Händen vor dem Pastellbilde der kleinen Ire, welches auf dem altmodischen Schreibtische schon seit Jahren seinen Platz gefunden hatte – dann schaute er wehmütigen Blickes zum Porträt ihres verstorbenen Vaters, seines einzigen Bruders, hinauf.

»Menschenschicksale! Wie sie sich doch oftmals ähneln! Überall der Versucher mit seinem gleißnerischen Spiel! Aber nur ein Charakter und wahre Manneskraft, die tiefinnerlich noch nicht berührt und entwürdigt worden, können sich losringen aus schmählichen Banden. Gott segne dich, guter Job!«, flüsterten die welken Lippen in Weichheit und Milde. –

»Puh! Tolle Hitze heut! Jetzt abends halb neun Uhr noch sechsundzwanzig Grad Reaumur! Berlin ist ein wahrer Backofen, und wer nicht unbedingt nötig hat, sich in diesem Schwitzkasten aufzuhalten, der verdufte lieber schnell«, sagte ein großer, hagerer Mann Mitte der Vierzig, mit frischrotem, gutgeschnittenem Gesicht, blitzblauen Augen und einer regelrechten Adlernase.

Diesen Kopf mit den martialischen Zügen hätte man sich recht gut unter der Sturmhaube deutscher Ritter denken können; im Grunde aber war Baron Flemming der friedliebendste, menschenfreundlichste Herr von der Welt, nur gewaltig cholerisch und in seinen Ausdrücken nicht immer wählerisch.

Er war nach jenen Worten an den nur für wenige Personen reservierten Tisch in einem der ersten Hotels getreten.

Kopf an Kopf saßen elegante Leute ringsum, und das Stimmengewirr übertönte oft die einschmeichelnde Zigeunermusik im Nebenraum.

Zwei bereits an diesem Platze sitzende Gäste begrüßten ihn mit freundschaftlicher Handbewegung.

»Na, mach' dir's nur bequem, Silvius«, sagte der Älteste von ihnen. »Ich habe schon bestellt: Oxtailsuppe; Forellen, Hamburger Hühner und Haselnusscreme.«

»Ach was, ich habe keinen Appetit. Es ist alles faul – faul sage ich euch! Justizrat Westernheim hat mir soeben dreiviertel Stunden Vortrag über die Sache Herlingen gehalten, dass mir noch der Kopf brummt. Die reine Schweinerei dort. Ich vor allem – und du, Onkel, und du auch, Lex« – er wies auf den Sitzenden – »sind natürlich gelappt worden. Kostet mich fast eine halbe Million Märkel. Der Vinzenz ist zwar mein richtiggehender Vetter und ich hatte eigentlich, außer dass ich ihn für einen selbstbewussten, aufgeblasenen, im Grunde aber saudummen Kerl gehalten, stets eine leidliche Meinung von ihm. Anständig war er immer und hat seinen Namen nicht verschandelt; allein er wollte die Weisheit mit Löffeln gefressen haben, und da ist er mal reingeplumpst. Die Sequestration der Besitzungen ist schon eingeleitet. Nicht ein roter Heller da in bar, zur Deckung der Schlussbilanz! – Scheußlich!«

»Ja, das ist doch eigentlich undenkbar bei Herlingens vielen Gütern, die sind sicher ein paar Millionen wert. Im guten Glauben, dem Vinzenz gefällig zu sein, habe ich erst kürzlich mal bei einer Sache für ihn gutgesagt«, rief nun auch der dritte, sichtlich erregt, und warf die halbgerauchte Zigarre fort.

»Und mich hat Herlingen noch vor kaum sechs Wochen breitgeschlagen, in diese ungarische Waldankaufsspekulation neunzigtausend Mark zu stecken, wobei, wie er meinte, ein Dutzend unserer deutschen Magnaten beteiligt sind. All die Leute wollen doch verdienen. Wenn auch dabei wirklich mal einer danebenpfeift, so gibt das noch keinen Krach. Es wird eben nie so heiß gegessen, wie's gekocht wird – und viel dazu gelogen.«

Der alte Herr mit dem grauen Spitzbart, welcher jenen Einwurf tat, schüttelte ungläubig den Kopf.

»Verehrter Onkel, lass mich doch erst mal ausreden. Gewiss, aus der Spekulation könnte eventuell was herausleuchten, wie hätte ich Schlaumeier mich sonst darin vergaloppiert. Aber es steigen mächtige Gewitterwolken am politischen Himmel auf. In spätestens vier Wochen haben wir den Krieg!«

Baron Flemming setzte sich nach diesen wie einen Trumpf ausgespielten Worten wuchtig nieder und schnitt eine Grimasse.

»Krieg? Lächerlich, mein Junge! Wer soll denn anfangen? Nur keine Schwarzseherei! Der Serajewoer Mord hat eben alle Gemüter so bedenklich erregt, dass die Menschen überall Gespenster sehen. Genau wie vor einigen Jahren, da war es noch brenzlicher, und alles hat sich wieder ausgeglichen«, warf der mit Lex Angeredete etwas überlegen lächelnd ein.

Allein der alte Herr war sehr ernst geworden. Er rückte noch näher an seinen Neffen heran, und da man am Nebentische bereits die Ohren zu spitzen begann, äußerte er flüsternd:

»Es liegt in unserer menschlichen Natur, das Unangenehme solange wie möglich von uns abzuwehren oder nicht daran glauben zu wollen. Ich selbst halte es aber keineswegs für ausgeschlossen, dass der Vulkan, auf dem wir längst stehen, über kurz oder lang einmal zum Ausbruch kommt. Dann wird's allerdings bös! Gott bewahre uns davor.«

Im selben Augenblick erregte der Eintritt einer Dame in den Speisesaal die Aufmerksamkeit der zunächst sitzenden Gäste.

Die große, schlanke Gestalt war durchaus nicht auffallend angezogen, nur dass das weiße Batistkleid ihre schönen Formen, der herrschenden Mode entsprechend, vielleicht zu deutlich heraushob. Vorzüglich aber schien es der an ihrer ganzen Erscheinung haftende Hauch von fast unnahbarer Vornehmheit, wie der halb blasierte, halb spöttische Ausdruck des schönen Gesichts zu sein, welcher Neugier und Bewunderung erregte.

»Gräfin Herlingen!«, tuschelten mehrere Stimmen.

Jetzt streifte sie den Tisch, woran Baron Flemming und seine Begleiter saßen.

Alle drei erhoben sich leicht und grüßten.

Doch ersterer konnte nicht unterlassen, etwas boshaft zu murmeln: »Da geht sie hin – und singt nicht mehr! Augenblicklich wohl nur das traurige Lied vom armen Mann! Ja, ja, schöne Frau Raineria, mit der euch ausgesetzten Rente wirst du keine so großen Sprünge mehr machen können.«

»Hat sie verschwendet?«

»Das wohl gerade nicht; aber gerechnet hat sie auch nie. Wie das so geht: blutarmes Mädel, leichtlebiges polnisches Blut – da war's so schön, bissel im Golde zu manschen. In München hat der Vinzenz seine Frau voriges Jahr bei einem berühmten Künstler malen lassen. Vierzigtausend Mark kostete der Spaß, na und so weiter. Jetzt wohnen die Herlingens mit Kammerdiener, Jungfer und so weiter schon seit Wochen hier im Hotel, und wir Esel müssen für ihre Schulden aufkommen!«

»Hm, dann schadet es ihnen wahrlich nicht, mal für ein paar Jahre krumm zu liegen. Ich habe nie Mitleid mit Leuten, die verschwenden«, meinte Lex und holte sich seine nur halb gerauchte Zigarre wieder aus der Aschenschale, die er aufs Neue entzündete.

»Lebt denn der alte Ignaz Sumiersky noch auf seiner verlotterten Raubfeste?«, fragte jetzt der Ältere und sah Raineria voll Interesse nach, als sie sich seitwärts an einem für sie reservierten Platze niederließ.

»Lebt und säuft. Früh fängt er mit Pommery an und endet abends mit Schnaps, der alte Sünder! Gott, wenn ich so ein Hundedasein geführt hätte wie der, ich schösse mich mausetot. Strelnow ist mit Herlingenschen Hypotheken belastet, aber Zinsen haben sie nie besehen. Nur dem Sohne gibt er seltsamerweise noch pünktlich die Zulage, wie ich hörte. Irgend so ein verrostetes Möbel von Inspektor wirtschaftet noch das Denkbarste aus der Klitsche 'raus, dass sein Herr gerade nicht verhungert. Ob der alte Ignaz in seinem alten Fuselkoppe noch so viel Verstand haben wird, den Herlingenschen Krach zu kapieren? Strafe muss sein – basta!«

Baron Flemming schlug bei dieser Schlussbemerkung mit der Hand auf den Tisch, dass die Gläser klirrten.

»Und der Sohn?«

Jetzt bekamen Flemmings blitzblaue Augen einen noch intensiveren Glanz, dann sagte er merkwürdig weich:

»Leider hab ich keine Jungen; aber solch einen Bengel hätte ich mir wahrhaftig mal gewünscht. Vom Scheitel bis zur Sohle ein Ehrenmann, schlicht und treu – nie Schulden, nie über die Verhältnisse gelebt, dabei im Wesen und Auftreten stets der vornehme Mann. Gerade dem gönnte ich alles Gute; doch solche Prachtkerle sind meist stiefmütterlich von der Vorsehung behandelt und müssen oft für die Sünden anderer Schubbejacks bluten, eben weil ...«

Er verstummte.

Der Kellner trat mit der Suppe an den Tisch.

Es war nahe an Mitternacht. Der Balkon des von den Herlingens bewohnten Salons im Hotel Bristol stand noch weit offen und ließ die erfrischende Nachtkühle in den durch die Tageshitze erstickend schwülen Raum wohltätig eindringen.

Nur eine einzige elektrische Flamme brannte hoch oben an der Decke.

Raineria hatte alles übrige Licht ausgeschaltet, und so saß sie, nachdem ihr Mahl im Speisesaale beendet war, den Kopf sichtlich abgespannt an die Sessellehne gedrückt, schon seit geraumer Zeit und wartete auf ihren Mann.

Zuweilen ging ein leises Frösteln durch die schlanken Glieder; war es nervöse Reizbarkeit, Ermüdung? Aber trotzdem wartete sie.

Warum nur?

Hatte sie denn heute Abend oder vielmehr diese Nacht noch etwas so Wichtiges mit ihm zu besprechen? Nein. Keineswegs. Ihre Ansicht und Meinung in jener trostlos verworrenen Geschäftssache war ja von keinem erbeten worden; vielleicht darum, weil sie sich von Anfang an gleichgültig und interesselos dafür gezeigt. Mochte doch Vinzenz nun die Suppe auslöffeln, die er sich in seiner Torheit und Spekulationswut eingebrockt hatte. – Um Millionen sollte es sich handeln! Pah! Was bedeutete ihr das elende Geld? – Sie hatte es ausgegeben, weil es eben dagewesen. Nun gut, dann würde man in Zukunft einfacher werden müssen, keine großen Reisen mehr machen, keine kostbaren Schmuckstücke, keine Pariser Toiletten mehr kaufen! Ach, das war ja jetzt alles so einerlei! Glück hing wahrlich nicht am ekelhaften Mammon! – Glück! –

Raineria starrte mit ihren großen, seit Kurzem oft so leeren Augen hinunter nach dem ungeachtet der späten Stunde noch regen Leben Unter den Linden.

Autos und Equipagen sausten vorüber, Trupps fröhlicher Menschen zogen, aus Cafés und Theatern kommend, heimwärts.

Und sie selbst war so einsam – grenzenlos einsam, weil sie das Glück nicht zu halten verstanden hatte; einer schillernden Seifenblase gleich war es vor ihren sehnsüchtigen Blicken immer wieder zerplatzt.

Vorüber! Die Träume – der kurze Rausch!

Pah! Auch das war einerlei! –

Etwas aber regte sich noch immer mächtig in Rainerias Brust, das war der Stolz, der verletzte Stolz.

O, sie hatte es heute abends dort unten im Speisesaale, wohl bemerkt, wie die Leute sie neugierig, halb mitleidig, betrachtet hatten. War doch das Herlingensche Missgeschick vielleicht schon Stadtgespräch in Berlin. Gerade darum wollte sie keine Schwäche zeigen, und darum auch wühlte und arbeitete eine heimliche Angst in ihrem Innern.

Kannte sie doch nur zu genau den Hochmut und Ehrgeiz ihres Mannes, der sicherlich nun Folterqualen leiden musste.

Herabgestürzt aus schwindelnder Höhe, alle Pläne und Entwürfe vernichtet! Was blieb nach jämmerlicher Ernüchterung? Eine Zukunft, deren Bilder nur graue Alltäglichkeiten zeigten. Das schien für Vinzenz bitter und hart. –

Am Nachmittag war er plötzlich wie ein Rasender zu ihr ins Zimmer gestürmt mit den rau und heiser ausgestoßenen Worten:

»Eisenstein und die ganze Rotte – von Halunken haben mich – mich zahlen und immer wieder zahlen lassen und sich schlau den Rücken gedeckt. Nichts ist für mich mehr zu retten, sagt mein Anwalt, und die anderen zucken nur die Achseln: schlechte Zeiten, ungünstige Konjunkturen. Niemand kauft jetzt Holz! Warum? Das weiß der Teufel. Man ist halt zu nobel, ein Edelmann, hat auf Reellität gebaut – und nun ...«

Stöhnend war der Aufgeregte in einen Stuhl gesunken.

Und Raineria hatte dabeigestanden, wortarm, ohne Entgegnung, ohne Trost.

Hatte dieser Mann ihr denn immer so wenig gegolten, dass nicht ein Funke von Mitleid noch Teilnahme für ihn sich in ihr regte, oder wollte sie nicht zeigen, dass dennoch eine innere Ergriffenheit sich ihrer bemächtigt hatte?

Dann war Vinzenz wieder ebenso wild und hastig davongestürzt. –

Seltsam, je näher der Abend und schließlich die Nacht heraufzog, desto beklommener wurde es Raineria ums Herz.

Wo war Vinzenz geblieben? –

In seiner verzweifelten Stimmung schien es ausgeschlossen, dass er Bekannte aufgesucht und diese langen Stunden mit ihnen verbringen konnte.

Sollte ihm etwas zugestoßen sein? Oder –

Raineria schauderte.

Nein, nein, nur das nicht! Mit Aufgebot all ihrer Geisteskräfte wehrte sie solch furchtbare Vorstellungen von sich ab.

O gewiss, er musste ja bald kommen, und da würde sie ihn freundlich und teilnehmend begrüßen, ihm Mut zusprechen. Man besaß ja noch reichlich genug zu einer anständigen Existenz. Das beruhigte ihn sicher.

Sie liebte diesen Mann allerdings nicht, hatte nie wärmer für ihn empfunden, aber warum sollte sie nun in ihrem einsamen Dasein nicht wenigstens versuchen, ihm zu Gefallen zu leben? Lag darin nicht eine befriedigende Aufgabe, gleichwohl sie Opfer erheischte? –

Raineria brach plötzlich in Tränen aus; ihre Nerven schienen jegliche Spannkraft zu verlieren.

O, früher war Stephan ihr Lebenszweck gewesen. Nichts in der weiten, großen Welt hatte ihr mehr am Herzen gelegen als der Bruder und sein Wohl.

Diese lieben, treuen Augen mit dem offenen, warmen Blick! Nie hatte sie sich seit Monaten nach diesen Augen gesehnt, in denen ja das Einzige, Beste, Wahrste für sie lag – das Glück! –

Allein schnell trocknete Raineria die nassen Wangen und horchte wieder angstvoll nach der Tür.

Alles blieb totenstill.

Die Jungfer war längst zu Bett geschickt worden; aber obgleich die Ermattung sie selbst fast zu übermannen drohte, so wollte sie dennoch warten, und sollte es bis zum Morgen sein.

Endlich musste er doch wohl kommen!

So saß sie, den Kopf mit den goldenen Haaren vornübergeneigt, und dämmerte leicht vor sich hin.

Da –! Ein jäher Schreck durchfuhr die regungslose Gestalt.

Die Türklinke hatte sich leise bewegt – da stand Vinzenz auch schon inmitten des Zimmers und stierte sie mit glanzlos verschwommenen Augen an.

Er sah um Jahre gealtert aus; das dünne, lichtblonde Haar klebte ihm an Stirn und Schläfen, und eine fast bläuliche Nöte färbte das schweißperlende Gesicht.

»Du – du, Ary – noch wach? Was ist denn los? Hattest du Gäste?«, fragte er, mühsam nach Atem ringend, und trat bis an ihren Sitz heran.

Man gewahrte deutlich, dass Zeichen von Befriedigung um seine Lippen spielten.

»Keine Rede! Ich war nur in Sorge darüber, dass du so lange bliebst, Vinzenz, und wollte deine Rückkehr erwarten«, entgegnete sie ruhig und erhob sich schnell.

»So –!« Ein paarmal nickte er sinnend und fuhr hastig fort:

»Nun – allerdings, es ist spät geworden. Ich war nämlich bei – Leutenburg, Fürst Leutenburg – drüben in seiner Villa in Potsdam. Du weißt, Ary, wir sind immer dicke Freunde gewesen und alte Regiments-kameraden. Da bat ich ihn, mir doch ein bissel aus der Patsche zu helfen. In seiner glänzenden Lage – ein Kinderspiel. Seine Name ist bar Geld – und abgezahlt wird ja mal alles – nach und nach – weißt du, Ary!«

Sie sah ihn müde und beklommen an und fragte kurz:

»Nun?«

»Abgeblitzt! Der Kerl war bis an die Krawatte zugeknöpft. Hundert lahme Entschuldigungen, tausend schöne Redensarten. Pah! Ich pfeife auf Freundschaft!«

Herlingen schüttelte sich wie im Fieber, dann sagte er seufzend:

»Ich hatte solchen Schwindel im Kopfe, dass ich den Weg vom Bahnhof hierher zu Fuß gelaufen bin, um mich etwas zu erholen und auf andere Gedanken zu kommen. Jetzt bin ich aber tüchtig kaputt.«

»Setze dich nur, Vinzenz.«

Raineria schob ihm einen Sessel hin.

Wieder sah er sie verwundert an, worauf, merkbar gepresst und unsicher, eine Frage über seine Lippen kam:

»Ja – was denkst du denn eigentlich, Ary – was nun – geschehen soll, mit – mir?«

»Du meinst: mit uns«, verbesserte sie ihn schnell, indem ein bitteres, doch mattes Lächeln ihren schön geschwungenen Mund umkräuselte. »Es reicht schon zum Leben. Vinzenz – übergenug.«

»Nein, nein – Ary, kaum für dich allein, du bist so verwöhnt!«

»Meinst du etwa – von Strelnow her?« Nun wurde das Lächeln stärker. Aber in ihrem Innern klang es immer nur wie Worte der Erlösung:

»Gottlob, dass er da ist! Dass er sich kein Leid angetan! Dass die Schande mir erspart geblieben!«

Geldangelegenheiten schienen zur Stunde ja völlig Nebensache.

»Siehst du, Ary, jetzt rächt es sich – bitter – ich bin so grenzenlos unpraktisch – bin nie ein guter Finanzier gewesen.«

»Das lernt sich schon. Wie lange kann denn die Sequestration der Güter dauern?«

»Zehn Jahre – ganz bestimmt«, gab er kleinlaut zurück.

»Gut. Dann wollen wir beide nach Wolfsberg gehen und recht sparsam sein. Ich helfe dir bei allem, Vinzenz, und freue mich schon auf die Tätigkeit.«

Immer verwunderter schaute er in das schöne Gesicht. Ein ganz anderer Ausdruck lag darin. Festigkeit und Energie leuchteten ihm daraus entgegen.

Allein der ermüdete Mann vermochte wohl die ganze Sachlage jetzt nicht weiter zu bedenken. Wie innerlich erleichtert, seufzte er nur ein paarmal tief auf und küsste in ehrfurchtsvoller, ritterlicher Weise seiner Frau die Hand.

Mit leise geflüstertem »Gute Nacht« verließ Herlingen den Salon. – Bis zum Morgengrauen lag Raineria noch wach im Bett.

Tausend und Abertausend Gedanken wälzten sich durch ihr fieberhaft arbeitendes Hirn.

O, es war ja so lange, lange her, dass sie gebetet und Gott um Beistand angefleht hatte.

Jetzt aber faltete die von Angst und Sorgen mürbe gewordene Frau in stummer Bitte die Hände:

»O Herr, gib mir Stephan wieder und lass ihn doch erkennen, dass ich den redlichen Willen habe – gut und treu zu sein!«

Umflorten Auges las Irene eine Stelle am Schlusse des letzten Briefes ihres Mannes:

»Was vergangen, kehrt nicht wieder, Aber ging es leuchtend nieder
  – Leuchtet's lange noch zurück!«

Wie seltsam wehmütig diese Worte klangen. Er bezog sie vielleicht
auf die prähistorischen Zeitepochen seiner Forschungen, die der Wis-
senschaft noch heute als Leitstern dienten? Worte waren es, die weit,
weit über das Meer zu ihr hingeflogen kamen.

Allein immer, wenn sie sich aufs Neue darin vertiefte, weckten sie
einen Sturm peinigender Empfindungen in ihrer Brust.

Jetzt sah sie, ein Päckchen Briefe im Schoß, auf dem von wildem
Wein und rot blühenden Geranien umrankten Balkon des eigenen
Heims in Berlin.

Der köstliche Juliabend, die neunte Stunde hatte bereits geschlagen,
verlockte zu längerem Aufenthalt im Freien.

Und heute war Ires Stimmung so merkwürdig gedrückt, innere Angst
und Unruhe quälten ihr Herz schon seit vielen Stunden.

Sie war ausgegangen, sogar bis Unter die Linden, um sich etwas zu
zerstreuen, doch überall begegneten ihr aufgeregte und lebhaft debattierende Menschen, überall hörte sie nur die nämlichen, ominösen,
schrecklichen Rufe:

»Krieg! Krieg!«

Onkel Gotthard hatte ja auch schon von einer möglicherweise her-
einbrechenden Katastrophe geschrieben, die Nichte jedoch ebenso
wieder zu besänftigen versucht.

Im Jahre 1912 hätte es gleichfalls drohend in der Welt ausgesehen,
doch wäre alles wieder still und glatt im Sande verlaufen.

Und doch schien Irene ihre Einsamkeit noch nie so schmerzlich
empfunden zu haben wie heute Abend.

Allein! Allgütiger Gott – warum allein? –

Weil sie in Trotz und Eifersucht nicht ein einziges Mal geschrieben
hatte:

»Job Christoph, komm zurück zu mir! Ich sehne mich nach dir –
kann das Leben ohne dich nicht mehr ertragen!«

Leidenschaftlich presste Irene das Päckchen Briefe an die Brust und
flüsterte schluchzend:

»Was vergangen, kehrt nicht wieder!«

Wie kam Job Christoph nur darauf, solch hoffnungslose Worte zu
schreiben?

Baute er denn gar nicht mehr auf die Liebe seiner Frau? –

Aber der Krieg – der drohende Krieg – welcher glück- und friedenstörend in alle Ehen eingreifen würde! –

Doch zugleich atmete Irene befriedigt und erleichtert auf und suchte eilig einen zweiten der vielen Briefe heraus. Sie las:

»Liebe Ire!

Heute muss ich etwas bekennen, was ich dir seit Wochen verschwieg, und baue zugleich auf deine Verzeihung. Der Unfall, von dem ich dir mehrere Male oberflächlich schrieb, hatte sich leider als wesentlich ernster herausgestellt.

Um dich nicht unnötig besorgt zu machen, sprach ich bloß von einer fatalen, höchst schmerzlichen Verstauchung meines rechten Beines. Allein heute, wo durch Gottes Gnade die Gefahr, ein Glied zu verlieren, behoben ist, muss ich dir doch endlich die Wahrheit gestehen.

Herabfallende große Steinmassen hatten meine Kniescheibe derartig zerschmettert, dass bei heftigem Wundfieber eine Blutvergiftung eintrat.

Ich habe ziemlich viel ausstehen müssen, kann aber heute, nachdem ich bei vorzüglicher ärztlicher Behandlung fast sieben Wochen im festen Verbände gelegen, wieder leidlich marschieren.

Du würdest einen Invaliden wiedersehen, liebe Ire! Das Bein bleibt leider steif!

Diese peinliche Eröffnung machte mir gestern unser vortrefflicher Arzt, ein humorvoller, guter Deutscher, der tröstend sagte:

›Ein Streiter fürs Vaterland – falls wir einmal Krieg bekommen – ist an Ihnen verloren gegangen, Professor von der Thann! Seien Sie dankbar, dass der Kopf heil und gesund geblieben ist; damit können Sie noch viel leisten!‹«

Das Schreiben war Irene wieder in den Schoß gefallen, und sinnend sah sie vor sich hin.

»Du würdest einen Invaliden wiedersehen!«

Würdest! Welch mit zagender Überlegung gesprochenes Wort!

O Job Christoph – wie kennst du deine Ire doch noch schlecht.

Sie grübelte und sann:

Wiedersehen! – Heiße Sehnsucht erfasste ihr Herz.

Aber wo und wann? Jetzt, in einer Zeit furchtbarster Aufregungen und Unruhen, durfte – konnte er reisen?

Oder gar sie selbst?

Also ausharren! Wieder einsam bleiben! Diese Hilflosigkeit und Verlassenheit war qualvoll.

Ja, Onkel Gotthard musste kommen, bald kommen und raten.

Und Irenes irrende Gedanken flogen hin zum lieben, stillen Hause an der Breslauer Kathedrale.

Seit Weihnachten schlummerte Tante Gismonde ja schon unter grünem Rasen.

Sanft und schmerzlos war schließlich der alten Dame Ende gewesen, nachdem sie vorher bei vollem Bewusstsein der früher oft gescholtenen und bemäkelten Nichte für die aufopfernde Pflege gedankt und sie zur Erbin ihres Vermögens eingesetzt hatte. Alle von ihr geäußerten seltsamen kleinen Wünsche und Bestimmungen sollte sie jedoch pünktlich und gewissenhaft erfüllen.

»Gute, schlichte Tante G....!«, flüsterte Irene nun bewegt. »Von meinem bitteren Herzeleid hast du, gottlob, nie erfahren. Du würdest Job Christoph wohl kaum jemals vergeben haben!«

Ach ja – vergeben, verzeihen! Das war natürlich schön und segensreich! Erst die eigenen Fehler in seinem Innern suchen, und dann –

Helles, schrilles Läuten an der Wohnungstür ließ die Sinnende erschreckt emporfahren.

Besuch? Halb zehn Uhr! Dazu war es zu spät. Der Briefbote? Nein. Vielleicht ein Telegramm? O Gott – von Job Christoph!

Im selben Augenblick trat die Dienerin mit einer Karte ein.

Ob der Herr die gnädige Frau nur für wenige Minuten sprechen dürfe?

Leicht erblasst, nahm Irene das Blättchen zur Hand und las:

»Stephan Graf Sumiersky.«

Blitzschnell tauchten auch peinigende Erinnerungen, die mit jenem Manne verquickt waren, vor ihrem Geiste auf, und eine düstere Falte legte sich über Ires Stirn.

»Ich lasse bitten!«, sagte sie nur kurz. Da trat der Gemeldete bereits vor sie hin. Das hübsche, ausdrucksvolle Gesicht mit den klar blickenden Augen war tief gerötet, und halb verlegen, doch in sichtbarer Erregung stammelte er:

»Bitte – bitte – gnädige Frau – verzeihen Sie nur, dass ich hier – zu solch ungebührlicher Zeit, so formlos eindringe – allein ich durfte nicht zögern – es liegen triftige Gründe vor – die« … er stockte.

»Mein Gott – bringen Sie Nachricht von meinem Manne? Ist ihm – etwas geschehen? – Nur reden Sie schnell!«

Stephan, der die ihm gereichte Hand voll Ehrerbietung an die Lippen gezogen, fühlte, dass die kleinen Finger zitterten.

»Nein, nein, ohne Sorge! Doch gerade des Herrn Professors wegen komme ich. Er muss sofort zurück, mit dem nächsten Schiff womöglich! Binnen wenigen Tagen – wir schreiben heute den 31. Juli – erfolgt Österreichs und unsere Kriegserklärung an Russland, dessen Truppen bereits an unserer Grenze stehen. Das ist positiv, gnädige Frau. Ein Verwandter meiner Familie, der im Auswärtigen Amt arbeitet, sagte mir vor einer halben Stunde, dass die Katastrophe, trotz möglichster Versuche des Kaisers, das Vaterland vor dieser Kriegsgeißel zu bewahren, unabwendbar sei. Ein rollender Stein ist nicht mehr aufzuhalten, und wenn erst der Funke ins Pulverfass fällt, dann ...«

Mit gefalteten Händen stand Ire vor dem Gaste.

»Und was – soll ich tun?«, fragte sie angstvoll wie ein Kind.

»Kabeln Sie sofort nach Kairo an Ihren Herrn Gemahl: ›Rückkehr dringend erwünscht. Näheres brieflich, Hamburg postlagernd.‹ Dies wäre der einzige Weg, ihn vor Absperrungsgefahr zu bewahren. Den tatsächlichen Grund Ihrer Besorgnis wird Herr von der Thann wohl bald selbst erfahren und Ihnen sehr dankbar sein, meine gnädige Frau.«

»Mir?«

Mit voll Tränen schwimmenden Augen sah sie Stephan ins Gesicht.

Dieser Gang hierher war ihm durchaus nicht leicht geworden. Wie kam er, der Unberufene, Fremde, eigentlich dazu, sich in die privaten Angelegenheiten gerade jener Frau einzumischen, dafür Sorge zu tragen, dass ihr Gatte noch vor Kriegsausbruch in Sicherheit gebracht werden sollte?

Ja, warum?

Das quälende Rechtsempfinden hatte ihn dazu angetrieben, hier etwas zu sühnen, was eine andere an einem jungen, vertrauenden Wesen gesündigt, was diese um Haaresbreite Irene von der Thann entrissen hätte.

An sich selbst hatte Stephan Sumiersky nicht gedacht, nicht, dass jede Minute köstlich sei, welche ihm vergönnt sein würde, Irene von der Thann gegenüberzustehen, sich in den holden Ausdruck ihrer Züge zu vertiefen, zu sehen und zu beobachten, wie sein Beistand, sein Rat, sie beglückte.

Jetzt aber, als er nochmals die weiche Hand in der seinen fühlte, das Zucken des süßen Mundes, das dankbare Aufleuchten der blauen Augen gewahrte, da kam es wie ein Fieberrausch über ihn, und er musste an sich halten, das beseligende Glücksempfinden nicht zu verraten.

Sie würde nun bald nicht mehr einsam hier in dieser reizenden, den reichen Kunstsinn der Bewohner kennzeichnenden Behausung sein, über welcher nun etwas Totes, Seelenloses ausgebreitet lag, über all den vielen gesammelten Schätzen, die des Gatten Hand aufgehäuft hatte.

Lächeln, nur lächeln und fröhlich sein sollte Irene von der Thann wieder, wie damals, als er sie in München kennengelernt hatte. –

Gleichsam neu belebt war Irene zum Schreibtisch geeilt, und schon flog die Feder über das Papier.

»Dringend – gnädige Frau! Haben Sie auch nicht vergessen, dieses Wort hinzuzufügen? Ich selbst werde das Telegramm besorgen.«

Sie nickte, ohne aufzusehen.

Doch plötzlich stutzten beide. Abermaliges Läuten der Glocke.

»Eine – Depesche – gnädige Frau!« Hastig kam die Zofe ins Zimmer gestürzt, und während ihre Augen voll Spannung und Neugier funkelten, übergab sie der Gebieterin das leicht zusammengefaltete Papier.

Ohne des Mädchens Anwesenheit zu beachten, las Irene laut:

»Bin vor einer Stunde gesund und glücklich in Cuxhaven gelandet. Erbitte Antwort nach Grand-Hotel Hamburg.

Job Christoph.«

Mit einem Jubelrufe war Irene wieder auf ihren Platz zurückgesunken.

Alle Angst, alle Sorge schien für einen Augenblick vergessen, in der tief empfundenen Seligkeit und Freude aber auch der nun beiseite stehende Gast, der ja nur hierhergeeilt war, um zu helfen.

Als die Dienerin das Zimmer verlassen, trat Irene rasch auf Stephan zu und reichte ihm voll Rührung beide Hände.

»Ich werde diesen uns geleisteten Freundschaftsdienst niemals vergessen, Graf Sumiersky, und ich freue mich doppelt, dass gerade Sie Zeuge einer so beglückenden Kunde sein durften.«

»Die Erinnerung daran wird auch mir stets lieb und wert bleiben«, gab er eigentümlich tonlos und gepresst zurück.

Wie das Aufdämmern einer Ahnung flog es durch den Geist der jungen Frau, und plötzlich dünkte es ihr, als hätte sie einen tiefen Einblick tun können in eine große, wundervolle Menschenseele, die das eigene Ich so himmelweit zurückstellt um anderer willen.

Zu der noch immer geöffneten Balkontür scholl jetzt in ununterbrochener Eintönigkeit der laute Ruf herauf:

»Ein Extrablatt! Ein Extrablatt!«

Bange Schauer rieselten durch Ires schlanke Glieder, und zagend fragte sie:

»Und das – das bedeutet?«

»Der Ruf zur Fahne, gnädige Frau. Die Würfel sind gefallen! Hören Sie das Stimmengebraus von der Straße herauf?«

Beide lauschten erregt.

»Und Sie selbst, Graf Sumiersky?«

»Ich folge ihm so gern, diesem Ruf! Mit Leib und Seele – für Kaiser – Vaterland!«

Stephan Sumiersky hatte auch heute, wie er es stets gewohnt gewesen, seinen Koffer eigenhändig gepackt, da er tags darauf zu früher Stunde mit seinem Regiment ins Feld nach dem Westen ausrücken sollte.

In seiner Wohnung war alles besorgt und für ein mögliches Nichtwiederkehren geordnet.

Der sichtbar aufrichtige Kummer der alten Hauswirtin, bei welcher er nun fast zwei Jahre wohnte, hatte etwas Rührendes für ihn. Gab es doch sonst niemand, dem sein Scheiden Schmerz verursachte.

Wohl war Stephan für einige Stunden in Strelnow bei seinem Vater gewesen, doch dieser schien durchaus kein Verständnis für des Sohnes Begeisterung, noch für Patriotismus zu empfinden, wie überhaupt der Begriff Pflicht für Graf Ignaz stets etwas Unverständliches geblieben.

Von des Alten Seite vollzog sich daher der Abschied in der bekannten derb burschikosen Weise.

Die Frage nach Raineria vermochte der Sohn nur ausweichend zu beantworten. Denn obgleich Stephan über des Schwagers finanziellen Zusammenbruch längst orientiert war, so hielt er sich durchaus nicht verpflichtet, dem alten Manne diese Sorge aufzubürden, insbesondere, da er ihn überhaupt sehr verändert und stumpf gefunden hatte.

Und so schien denn alles für Stephan erledigt, bis auf eine Sache, deretwegen er sich, seit er den feldgrauen Rock des Kaisers und seines geliebten Garderegiments trug, dem er als Reserveoffizier angehörte, in hohem Grade quälte und beunruhigte.

Täglich hatte er einen neuen Plan gefasst und ihn immer wieder verworfen, und dennoch trieb eine innere Stimme in seiner Brust ihn zum schleunigen Handeln an.

»Was du tun willst, das tue bald!«

Und heute war der letzte Tag daheim, denn morgen ging es hinaus in Kampf, Kugelregen – und Tod.

Ihm selbst hatte das Dasein nichts mehr zu bieten.

Alles, was seinem Herzen nahegestanden, alles, worin die Quintessenz irdischen Glücks, seelischer Harmonie, ja der höchste, wahre Lebenswert gipfelte, es war ihm entrückt – oder er hatte es nie besessen.

Die einst beinahe noch knabenhafte Zuneigung und Verehrung zur Schwester hatte diese selbst leichtfertig mit Füßen getreten und in seinem Herzen erstickt.

Der arme Dulder Robert Sumiersky, den er leider viel zu spät als hingebenden Freund erkannte, war nicht mehr.

Und schließlich das, was die Mannesbrust als edelstes Gut, als Heiligtum hüten und bewahren soll, die Liebe zu einer reinen Frau, jene bei ihm so still und scheu aufgekeimte Liebe, sie war ihm nur als sündhaftes Begehren, als Eingriff in fremdes Eigentum erschienen.

Aber gerade jetzt in der Scheidestunde trug auch wieder das Bewusstsein, recht gehandelt zu haben, wesentlich dazu bei, manchen Stachel zu mildern.

Ödes Wüstenland! Das bedeutete sein Leben. War daher die Aussicht, nun hinauszuziehen und mit allen Kräften, mit Gut und Blut dem teuren Vaterlande nützlich zu sein, nicht verlockend?

Stephan straffte die schlanke, sehnige Gestalt.

»Ja, was du tun willst, das tue bald!«

So mahnte es abermals in ihm, und schnell setzte er sich an den Schreibtisch und tauchte die Feder ein.

Wieder zögerte er.

»Sei doch kein Narr! Sei nicht unversöhnlich! Es gibt vielleicht ein Abschiednehmen fürs Leben.«

Seine Lippen zuckten bei diesen leise gemurmelten Worten, und mit fester Hand schrieb er:

»Liebe Schwester!

In Groll und Bitterkeit sind wir voneinander geschieden.

Die vorwurfsvollen Anklagen, welche ich dir damals in jenem für uns beide so bitteren Augenblick entgegengeschleudert habe, weiß ich nicht mehr. Allein sie waren hart genug, uns zu trennen.

Heute indes, in einer Stunde, die alte Rechnungen auszugleichen erheischt, einer Stunde, die der Allmächtige geschickt hat, in trotzig verstockten Herzen einmal *tabula rasa* zu machen – bitte ich dich, mir zu verzeihen, Schwester!

O, wie erbärmlich klein dünken einen jetzt in dieser erhabenen, großen Zeit vorschnell gefällte Urteile über menschliche Schwächen, ja Uneinigkeiten und Zerwürfnisse, wo jeder an die eigene Brust schlagen muss mit der Frage: Bist du selbst frei von Fehl?

Also lasse mich dir hier noch einmal innig danken, Raineria, für alle Güte und schwesterliche Liebe, die du mir von frühester Jugend an erwiesen hast, und lasse jenen peinlichen Zwischenfall begraben und vergessen sein!

Frieden möchte ich haben, mit Gott und in mir!

Ihr habt Kummer! Ich weiß es und bin darüber betrübt. Aber die Sorgen werden vorübergehen. Prüfungen machen fest und stark.

Um mich bange dich nicht, Schwester. Mein Herz ist leicht und froh und voll heiliger Zuversicht.

Gott geht mit uns!

Es küsst dir in Liebe die Hand

Dein treuer Bruder Stephan.«

In den für gewöhnlich stillen, vornehmen Straßen Hamburgs fluteten Menschenschwärme auf und nieder; lange, lange Trupps marschfertiger Soldaten zogen, patriotische Lieder singend, nach den Bahnhöfen, Militärautos rasten hin und her, endlose Pferdetransportkolonnen machten hier und da den Verkehr der Elektrischen stocken. Dazwischen das gellende Geschrei der Zeitungsträger und die Extrablatt-Rufe. Das alles zusammen gab dem Stadtbilde ein fremdes, nervenaufreizenoes Gepräge.

Krieg! Krieg!

Auf allen Lippen, in allen Blicken erkannte man dieses verhängnisvolle Wort, und beklemmende Angst machte sich auf den Gesichtern der Menge bemerkbar. Jede Stunde, jede Minute brachte Ereignisse, welche die Erregung noch steigerten.

Vor der Auslage einer Buchhandlung verharrte Professor von der Thann, auf seinen Stock gestützt, blass und schmal geworden, und las den an die Glasscheiben angeklebten neuesten Bericht:

»Englands Kriegserklärung.

Berlin, 4. August 1914.

Kurz nach sieben Uhr erschien der englische Botschafter Goschen auf dem Auswärtigen Amt, um Deutschland den Krieg zu erklären.«

Ein Seufzer der Erleichterung hob Job Christophs Brust.

Gott sei Dank! Wieder auf deutschem Boden!

Vor Wochen war ihm durch einen befreundeten englischen Politiker bereits der dringliche Rat erteilt worden, die Brücken schleunigst hinter sich abzubrechen und Ägypten zu verlassen, ein Rat, der ihm damals noch unverständlich gedünkt, heute aber Empfindungen der Dankbarkeit in ihm auslöste.

Daheim! Ja, das war Job Christoph nun allerdings, nach fast zehnmonatiger Abwesenheit.

In diesem beglückendem Wort lag indes für ihn dennoch eine tiefe Bitterkeit.

Wohl hatte er des Öfteren an Irene über seine Rückkehr geschrieben, ebenso seine bald wieder neu aufzunehmende Tätigkeit in Berlin erwähnt und von allerhand Zukunftsplänen gesprochen. Allein in keinem ihrer immer gleich freundlich bleibenden Antworten war eine Silbe von Wiedersehensfreude zu finden gewesen.

Nur der treue Kamerad blieb Irene fortan, sonst nichts.

Wie oft hatte er in Weh und Schmerz darüber die Hand geballt, wie litt er gerade jetzt unter diesem unnatürlichen, widersinnigen Zustand.

Tausendmal, wenn sein Herz dort draußen in der fernen Einsamkeit überquoll und er die Feder ansetzte, um zu schreiben: »Ire, ich vergehe vor Sehnsucht nach dir! Lass mich wieder in deine klaren, blauen Augen sehen, deine Stimme hören wie einst«, hielten ihn quälende Zweifel, hielt ihn der gekränkte Mannesstolz davon ab.

Nein, – nach allem, was zwischen heute und damals lag, durfte er das nicht sagen.

Also ausharren – in Geduld ausharren!

Ob Irene nun jetzt schreiben oder depeschieren würde?

Eine Antwort auf sein Telegramm durfte er wohl stündlich erwarten. Im Geiste vergegenwärtigte er sich bereits, wie sie die Nachricht seiner Rückkehr aufgenommen haben würde.

Kam freundlicher, ihn beglückender Bescheid, so reiste er noch diese Nacht nach Berlin – sonst ...

Job Christoph seufzte und sann. Ein paar Stunden planlos, eigentlich nur, um die Zeit unterzubringen, in den oft kaum passierbaren Straßen Hamburgs herumzulaufen, zumal das Gehen am Stock ihm ziemlich beschwerlich fiel, war eigentlich recht ermüdend.

Die nächste Droschke brachte ihn daher nach seinem Hotel am Alsterbassin zurück.

Es war ein schwüler Nachmittag, so dass bei seinem Eintritt in die luftige, mit hohen Palmen und frischen Blattgewächsen ausgeschmückte große Halle ihm wohltuende Kühle entgegenschlug.

Aber ringsum, zu vieren und fünfen beieinander, standen oder sahen lebhaft debattierende und die neuesten Tagesblätter lesende Menschen.

Job Christoph zwängte sich bis zur Portiersloge hindurch.

Der sofort höflich grüßende, betresste Mann hatte einen, wie ihm auffiel, eigentümlich lauernden, halb neugierigen, halb beobachtenden Blick.

Wie man in Momenten innerer Herzensunruhe und Sorge auf Kleinigkeiten sieht, so erweckte das besonders unangenehme Empfindungen in ihm, doch völlig gelassen, beinahe gleichgültig fragte er:

»Ist irgendeine Nachricht für mich gekommen? Depesche – oder Brief?«

»Nein, Herr Professor! Nichts – dergleichen.«

»Hm! Bitte, Portier, geben Sie mir meinen Zimmerschlüssel, Nr. 144.«

Wieder jener, nun fast einem verstohlenen Lächeln gleichende Blick.

»Ist bereits oben, Herr Professor!«

»Oben? So!«

Und mit leichtem Kopfnicken stieg Job Christoph in den Fahrstuhl.

Bängliche Empfindungen, die beinahe an Angstgefühle erinnerten, beschlichen sein Herz.

Warum keine Nachricht? War Irene vielleicht gar nicht in Berlin? Ging es etwa dem alten Onkel Gotthard gesundheitlich nicht gut, dass sie nach Breslau gereist war?

Oder hatte sie jetzt, in dieser Zeit voller Aufregungen und Unruhe, Schutz gesucht dort im stillen, trauten Hause am Breslauer Dom?

Eine sehr harte Geduldsprobe schien es allerdings für ihn zu sein. –

Auf dem langen Gange der oberen Etage, der nach seinem Zimmer führte, begegnete ihm das Stubenmädchen.

»Haben Sie den Schlüssel zu Nummer 144?«

»Der – der Schlüssel – steckt. Herr Professor!«, klang die Antwort in eigentümlich kicherndem Tone zurück.

Mit dem Gedanken, dass heute wirklich alles hier ganz komisch sei, öffnete Job Christoph die Tür.

Man träumt oft von Dingen und Begebenheiten, die der Wirklichkeit entnommen zu sein scheinen, allein doch auch wieder ins Unwahrscheinliche, Märchenhafte hinüberspielen und jede Sekunde, gleich einer Fata Morgana, in nichts zu zerfließen drohen.

Festhalten möchte man solche wundersamen Träume, die den Menschengeist in eine Zauberwelt hinübertragen.

Job Christoph blieb, mit weit aufgerissenen Augen, noch immer im Rahmen der Tür stehen.

Allgütiger Gott! Welch entzückendes, anheimelndes Bild – genau wie daheim in Berlin, ein Bild, das er sich draußen, unter Ägyptens heißer Sonne, wenn der Glutball beim Scheiden den rätselhaften Kopf der mächtigen Sphinx, die Quadern der Pyramiden, ja das Land, soweit das Auge reichte, in jenem, von keinem Malerpinsel naturgetreu Wiedergegebenen, leuchtenden Rot erglühen lässt –, tausendmal vor die Seele gezaubert hatte. – Ja, genau so wie daheim, im kleinen Salon am Teetische, mit ihren zierlichen Händen den duftenden Trank brauend, stand hier Irene selbst.

Ein großer Rosenstrauß inmitten des einladend gedeckten Tisches! Ein Platz für ihn zum Empfang bereit!

Ein paarmal, wie um sich zu vergewissern, dass seine erregte Fantasie ihm nicht dennoch einen Streich gespielt, strich er mit der Hand über die erhitzte Stirn – dann, so schnell es sein steifes Bein gestattete, eilte er zu ihr hin.

»Ire!«

Es war das Einzige, was er atemlos, mit trockener Kehle hervorbrachte, doch seine Augen spiegelten wider, was Worte nicht zu verraten vermochten.

»Also ist die Überraschung doch gut gelungen?«, fragte Irene mit dem ihr eigenen, süßen und doch so klaren Blick und hob den reizenden, bisher tief gesenkten Kopf.

In ihrer schlanken, anmutigen Mädchenhaftigkeit stand sie, hold lächelnd, vor ihm.

»O Gott, ich kann's ja gar nicht fassen. Ich verdiene doch gar nicht so viel Glück!«, rief Job Christoph ungestüm, sie noch immer in zagendem Staunen und scheuer Ehrfurcht betrachtend, als sei er diesen Schatz zu berühren gar nicht wert.

Das Lächeln um den rosigen Mund wurde noch um vieles lieblicher und ausdrucksvoller.

»Ire – was soll ich denn eigentlich sagen – wie soll ich dir danken – dass du gekommen bist – meine Ire!«

Da legte sie beide Arme um seinen Hals und blickte ihm voll tiefer Rührung und mit einem Ausdruck unendlicher Glückseligkeit in die Augen.

»Ach, Job Christoph, es ist ja so furchtbar draußen in der Welt – überall Zwist und Uneinigkeit – da soll doch in den Menschenherzen – wie unser Heiland das will – der Friede sein. Um dir dies zu sagen und dich zu bitten, dass wir beide Vergangenes ausgelöscht sein lassen wollen, und – um dich von ganzer Seele lieb zu haben, Job Christoph – deshalb kam ich hierher!«

Jauchzen klang aus der hochatmenden Mannesbrust. –

Wie ein Märchenschloss lag Strelnow inmitten feiner schneeigen, glitzernden Raureifpracht.

Die alten hundertjährigen Trauerweiden am Wallgraben mit ihren bis tief zur Erde niederhängenden Ästen hatten ein weißes Federgewand angelegt, das jetzt im ersten rosenroten Strahle der Morgensonne von Diamanten übersät funkelte.

Kaum je vorher war das sonst so düstere Haus und seine fast melancholische Umgebung so bezaubernd, von einer solch poetischen Schönheit umrahmt gewesen wie heute an diesem klaren, kalten Novembertage.

Auf der gleichfalls bereiften und wie vom Zuckerbäcker kunstvoll glasierten Zugbrücke, die ehemals Graf Ignaz stets missbilligenden Blickes nach dem »Stinkgraben« hin überschritten hatte, stand heute Himek, der Halunke, der Saukerl, wie sein Herr ihn früher hundertmal benamst, als völlig umgewandelter Mensch. Keine Spur von gedunsener Trunkenheit lag in dem jetzt glatt rasierten Gesicht, die unruhigen, verschlagenen Schlitzaugen hell und freundlich, ja seelisch zufrieden auf die Pracht des reizvollen Winterbildes gerichtet, nicht mehr schmierig und salopp im Anzug, sondern in einfacher dunkler Livree, als Schlossfaktotum von Strelnow.

Ja, das Schicksal hatte gar seltsam mit ihm gespielt. Das mochte wohl Himek eben denken. Noch vor kaum zwei Monaten, an einem hässlichen, regnerischen Tage zu Anfang September war es gewesen, als man ihn in seiner ganzen schmachvollen Erbärmlichkeit aus der Kneipe geholt, weil die Frau Gräfin ihn oben im Schlosse zu sprechen wünschte.

Mit dem letzten Rest klaren Verstandes wusste er auch alsbald alle fatalen Konsequenzen dieser für ihn höchst peinlichen Begegnung zu überdenken.

»Schuft! Lump! Schere dich zum Teufel! Einen Säufer dulde ich nicht länger in meinem Hause!« Das war vielleicht noch das Mildeste, was ihm bevorstand und blühte, und wie ein verprügelter Hund schlich Himek, den struppigen Schädel geduckt, treppan, bis zum Ahnensaale hinauf, wohin er befohlen worden war.

Dort stand ja die Frau Gräfin, schlank und rank, hochaufgerichtet, wie ein lebendes Bild in ihrer pechschwarzen Witwentracht mit der Schneppenhaube, die nur ein winziges, weißes Streifchen zierte, und schaute ihn mit ihren riesenhaften Augen durchbohrend an.

Wahrhaftig – nun kam's! Aber so ganz anders, als er es sich gedacht.

Genau wie ein warmer, sanfter Frühlingsregen, der allen Schmutz, alles Hässliche, Unlautere abwuscht, so ergoss es sich milde über den bis ins Mark hinein erschütterten Mann.

So hatte ja noch niemand, das Geschöpf Gottes, den Menschen in ihm sehend, zu ihm gesprochen.

»Himek, Sie wissen, mein Mann ist tot, als Held für seinen Kaiser auf dem Felde der Ehre gefallen, mein Bruder liegt seit Wochen schwer verwundet im Westen in einem Lazarett – meinen Vater musste ich als Siechen, Unheilbaren nach einem Sanatorium bringen. Nun stehe ich hier ganz allein; die meisten unserer Leute sind beim Heeresdienst. Ich richte daher die Frage an Sie, Himek – wollen Sie versuchen – ich spreche nur von versuchen – ein anderer und mir fortan ein treuer Diener zu werden? Wenn ich dieses große Vertrauen in Sie setze, so sagt mir eine innere Stimme, dass doch ein guter Kern in Ihnen steckt und Sie die Willenskraft besitzen werden, sich zu neuem Leben aufzuraffen. Ich möchte nicht gern; dass Sie – als altes Strelnower Kind – als Sohn achtbarer Eltern ganz zugrunde gehen!«

Wenn Himek über diese wundersame Stunde nachdachte, – und er tat es mit Vorliebe –, so sah er sich stets vor dieser herrlichen Frau auf seinen Knien am Boden liegend und den Saum ihres Kleides küssend, dieser vornehmen Frau, die Mitleid mit ihm gehabt und ihn nicht wie alle anderen verhöhnt und verachtet hatte.

Ja, gottlob – er war dem der Frau Gräfin feierlich gegebenen Worte treu geblieben, und noch nie vorher im Leben hatte Himek sich so frei, glücklich und zufrieden gefühlt wie jetzt, wo er ihr helfen, beistehen und raten durfte in allen Stücken.

Da wurden bald Neuerungen geschaffen und Verbesserungen in Haus und Hof vorgenommen, und ungeachtet des Mangels an Arbeitskräften schien die einstige Lotterwirtschaft auch bald zu schwinden.

Ja, die Frau Gräfin! Wie hatte die sich geändert und wie praktisch war sie geworden, so dass jeder verwundert den Kopf schüttelte. Mit dem alten Inspektor fuhr sie täglich durch Feld und Wald, ergänzte ohne Rücksicht auf Geld totes und lebendes Inventar und bemühte sich redlich, das herababwirtschaftete Gut für die Zukunft ertragfähiger zu gestalten.

Nur der Krieg – Himek selbst war durch ein vom vielen Trinken entstandenes Herzleiden militärdienstunfähig – nur der Krieg legte der rastlosen Frau oft einen Hemmschuh an.

»Wir werden's trotzdem schaffen, Himek!«, sagte sie mit mattem Lächeln oft zu ihm. Allein der ihr fortan bis in den Tod Getreue sah wohl, dass sie innerlich litt und in der Arbeit gegen Kummer und Leid Vergessen suchte.

Der Bruder, ach, dieser von ihr so vergötterte Bruder! Das schien ja jetzt das schwerste, härteste Kreuz! –

Aber Himek wollte sich jetzt nicht solch schmerzlichen Gedanken hingeben.

Also weg damit! – Und der Feldpostbrief an Graf Stephan, welcher ihm zur Beförderung übergeben worden war, musste ja bald hinunter zur Post.

Vom Fenster aus – Raineria hatte sich jetzt in einem früher unbewohnten Flügel des großen Schlosses mehrere Zimmer herrichten und mit eigenen Möbeln ausstatten lassen – schaute sie dem über die Brücke schreitenden Diener nach. Doch ihre sonst schönheitsdurstigen und für die Natur empfänglichen Augen erfreuten sich heute nicht an diesem prächtigen Winterbilde.

Eine tiefe Schmerzensfalte um die Lippen, sah sie nur auf den Brief in Himeks Hand. Noch als die in der Entfernung immer kleiner werdende Männergestalt die Fahrstraße überquerte, schimmerte der weiße Umschlag zu ihr herüber.

»Du wirst ihn erreichen, armseliges Blatt Papier! Dich wird er in Händen halten, während ich hier an die Scholle gebannt bin und es mir verwehrt ist, an dein Schmerzenslager zu eilen, um dich zu trösten!«, flüsterte die einsame Frau, ihre Bewegung tapfer niederkämpfend.

Darauf schritt Raineria vom Fenster fort und setzte sich in ihren großen, altväterischen Ohrenlehnstuhl. Es war ein Möbel, das sie sich aus Stephans einstigem Zimmer hatte bringen lassen, und welches so gar nicht zu der übrigen eleganten Einrichtung passte.

Hier saß sie gern, wenn die Arbeit ruhte oder wenn Angst und Sorgen sie wieder einmal zu übermannen drohten.

Auch heute begann das schmerzliche Grübeln und Sinnen von Neuem: Hatte sie denn nicht auch Furchtbares, Entsetzliches durchlebt seit jenem Septembertage, wo die Kunde gekommen war, Vinzenz sei auf einem Patrouillenritte von belgischen Franktireurs erschossen worden!

Der Oberst seines Regiments hatte selbst an sie geschrieben, dass ihr Mann wie ein wahrer Held gekämpft und gestorben. – Armer Vinzenz! Und sie musste so oft daran denken, wie der vierundvierzigjährige Mann damals beim Abschied in vollster Begeisterung gesprochen: »Ich kann dort draußen viel gutmachen, Ary, denn im Leben war ich sonst ein schwaches Rohr, ein Mensch, der stets nur dem Genusse und seinen Passionen lebte. Kehre ich nicht heim – so ist für dich gesorgt. Dir, als meiner Witwe, muss das Verwaltungsdirektorium die volle, unverkürzte Rente auszahlen.«

Und nun lag Vinzenz draußen in fremder Erde! Wann durfte sie ihn holen zur Familiengruft der Herlingens, wo seine Ahnen ruhten?

Immer schwerer legte sich des Schicksals Hand auf Rainerias Schultern.

Bereits nach Kriegsausbruch, als Vinzenz ins Feld gegangen war und sie den Vater aufgesucht hatte, um überhaupt in Strelnow wieder einmal nach dem Rechten zu sehen, fand sie diesen in einem höchst traurigen Zustande.

Eine Art Verfolgungswahn, die ersten Anzeichen des Delirium tremens, schien sich des beklagenswerten Mannes bemächtigt zu haben. In fast tierischen Lauten schrie er oft um Hilfe und bat weinend, ihn doch von Personen, die ihn marterten, zu befreien.

Durch der Tochter energisches Eingreifen und mit Hilfe eines Arztes wurde der Tobsüchtige schleunigst in ein nahes Sanatorium gebracht.

Und dann – dann –

Raineria bedeckte das Gesicht.

Anfangs hatte Stephan wohl vier bis fünf Mal aus dem Felde geschrieben; erst vom Westen, später aus dem Osten und schließlich wieder vom Westen – liebe, frische Briefe, voll Feuer und Kampfesmut – bis ganz plötzlich jede Kunde ausblieb.

Es gab wohl kaum mehr eine Militärbehörde, an die Raineria sich nicht gewandt hätte. Von keiner erhielt sie einen beruhigenden Bescheid.

Vermisst! O, dieses furchtbare, schauerliche Wort!

In aufreibender Sorge, ja Todesangst flossen Tage, Wochen dahin.

Da endlich – der November war schon mit kaltem Nebel und Frost ins Land gezogen, da – ein Feldpostbrief vom Adjutanten seines Regiments.

Allgütiger Gott! Stephan lebte, war gefunden, aber völlig ausgeraubt gefunden worden. Der Offizier schrieb nur äußerst kurz, fast zurückhaltend, dass der schwer am Kopf Verletzte lange Zeit ohne jegliches Bewusstsein gelegen und man seine Personalien eher nicht habe feststellen können. Jetzt läge Graf Sumiersky in X. an der Maas und wäre in allerbester Pflege.

Allein die seltsame Knappheit der Briefform erweckte neue Sorge im Schwesterherzen, und da es unter den obwaltenden Reiseverhältnissen unmöglich schien, den Kranken aufzusuchen, so schrieb sie noch in nämlicher Stunde an Stephan selbst.

Ihre ganze, fast mütterliche Liebe war ausgeschüttet in diesen Zeilen, und wiederholt bat sie um schnellen, ausführlichen Bescheid.

Und die Antwort kam –

Zur Teestunde war's. Himek hatte im Speisezimmer am flackernden Kaminfeuer alles zierlich gerichtet und wartete auf der Gebieterin Erscheinen. Die Uhr schlug fünf, schlug sechs – aber die Schlossfrau zeigte sich nicht. An diesem Abend überhaupt nicht mehr.

Den anderen Morgen schlichen die Leute nur still und beklommenen Gemütes durch das Haus.

Nach dem Bericht der Kammerzofe habe sie die Frau Gräfin totenblass und völlig verstört, ohne dass sie das Bett berührt, im Wohnzimmer in dem großen Sessel sitzend gefunden. Ein irrer Ausdruck habe auch in den wie versteinerten Zügen gelegen, während die blassen Lippen immer nur ein paar schreckliche Worte gemurmelt hätten:

»Blind! Stephan ist blind! Auf beiden Augen blind geworden!«

Viele Tage hatte es gedauert, ehe der Geist der tatkräftigen Frau wieder ins richtige Gleichgewicht gekommen und die frühere Elastizität bei ihr zurückgekehrt war.

Noch heute, an diesem Wintermorgen, beschlichen sie Empfindungen, als lägen Jahrzehnte zwischen heute und jener grausigen Stunde.

Mit ungelenker Hand hatte Stephans Bursche das kurze Diktat niedergeschrieben:

»Ein Granatsplitter traf meine Stirn, und als ich nach sieben langen Wochen aus völliger Bewusstlosigkeit und Betäubung erwachte, bat ich zuerst darum, mir doch die Binde von den Augen zu nehmen. Ich wollte sehen – sehen!

Liebe Schwester, bitte, sei auch du so ruhig und gefasst, wie ich es heute bin, denn es ist Gottes Wille! Beim Auszug ins Feld hatte ich ja gelobt, dem teuren Vaterlande das Beste zu opfern, und das war – mein Augenlicht!

Darin liegt ein wunderbarer Trost!

Und wenn ich einst zu dir heimkomme, dann jammere und klage nicht, Raineria, sondern lass mich am festen Druck deiner Hand fühlen, das; du mich verstehst!«

Jede einzelne Zeile dieses verhängnisvollen Schreibens war der gebeugten Frau tief ins Herz gegraben.

Das Beste hatte Stephan gegeben! Allem, sie selbst nicht etwa auch? War der Bruder nicht der einzige Sonnenblick, das Licht ihrer einsamen Tage?

Wie sollte sie Fassung gewinnen beim Wiedersehen!

Ach, und gerade heute zogen wieder alle Bilder des verflossenen Lebens an ihrer Seele vorbei.

Ja, Gott prüft und straft hart! –

Aber sie hatte doch Job Christoph geliebt, wahrhaft und heiß geliebt, nur mit gefährlichen, vergifteten Waffen gekämpft, um ihn ganz zu besitzen! Darin lag die große Schuld! –

Und nun schien das alles so weltenmeit zurückzuliegen. Wie still und ruhig war heute das ungestüme Herz geworden – dieses arme Herz, dass einzig nur noch den Wunsch kannte, für den blinden Bruder zu leben.

»Ich will fortan dein Stab und deine Stütze sein, Stephan – ich will ...«

Es klopfte leise, und Himek kam mit den Postsachen zurück.

Als der Diener ihr ein Päckchen Briefe und Zeitungen überreichte, ging es plötzlich wie ein elektrischer Schlag durch Rainerias Herz.

Ihre bebenden Finger griffen nach dem obenauf liegenden Brief.

Diese Handschrift! Mein Gott – wie kannte sie jeden Zug derselben genau.

Was bedeutete das? Was wollte jener Mann jetzt von ihr?

Eine schlimme Nachricht etwa?

Nein, nein! Er hatte ja keinen Anteil mehr an Dingen, die sie innerlich berührten.

Der steife Umschlag – es war ein Feldpostbrief – flog alsbald in Stücke.

»Hochverehrte Frau Gräfin!

Verzeihen Sie, dass ich, als ein Ihrer Familie Fernstehender, mich einzumischen wage in eine Sache, die nur Sie allein und Ihren von mir hochgeschätzten Bruder betrifft.

Jedoch ich wollte es keinem ganz Fremden überlassen, Ihnen, eine so beglückende, freudige Kunde mitzuteilen.

Graf Stephan Sumiersky wird, so hat mir soeben unser berühmtester Augenarzt im Felde versichert, mit Gottes Hilfe und Gnade wieder sehend – auf dem einen Auge bestimmt, auf dem anderen mit mattem Schimmer sehend werden!

Der furchtbare Schlag des faustgroßen Granatsplitters, welcher Ihrem Bruder einen Teil der Schädeldecke und den Stirnknochen zertrümmerte, hatte auch die Sehnerven völlig gelähmt und erschüttert, so dass Erblindung eintrat.

Unsere ärztliche Kunst ist aber jetzt auf einem Höhepunkte, um Operationen und Kuren zu riskieren, die fast ans Wunderbare streifen.

Ich selbst bin mit einem Liebesgabentransport für das Christfest in die Nähe von X.... gekommen, und beim Besuche der dortigen Lazarette wurde mir die große, wahrhaft beruhigende Überraschung Zuteil, Graf Sumiersky als fast Genesenden daselbst anzutreffen.

Er bat mich dringlich, Ihnen – Frau Gräfin, diese Zeilen zu schreiben, was ich umso lieber tue, als ich genau weiß, welche Freude und welchen Trost Ihnen die gute Nachricht bieten wird.

Mit dem Ausdruck größter Verehrung

Job Christoph von der Thann.«

Raineria war vor dem Sessel – Stephans Sessel – in die Knie gesunken und schluchzte laut:

»O Gott! Du hast doch noch Erbarmen mit mir! Es war so finster um mich her. Die Zukunft so öde und hoffnungslos. Job Christoph – wie danke ich dir! Durch deine Worte ist wieder der erste Lichtstrahl in mein verängstigtes Herz gefallen. Du warst doch der Bessere von uns beiden!«